荒漠里的人

無名氏長篇小說

李存光
編注

《荒漠里的人》作者卜甯（無名氏）1941年，重慶。

《荒漠里的人》主人公金耀東的原型李範奭，1942年，重慶。

無名氏（右）與韓國光復軍參謀長李範奭（左）、光復軍第二支隊顧問汪祖繼（中）合影1943年，西安。

貴陽《中央日報》副刊《前路》所載《關於〈荒漠里的人〉》（1943年8月19、24日）。

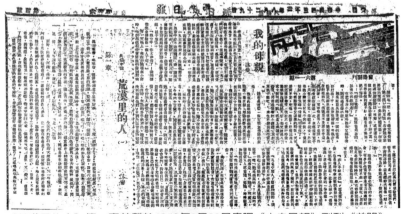

《荒漠里的人》第一章首載於1942年8月29日貴陽《中央日報》副刊《前路》。

《荒漠里的人》最後一期載於1943年7月24日貴陽《中央日報》副刊《前路》。

《野獸·野獸·野獸》（無名書初稿第一卷，1946年）所載廣告。

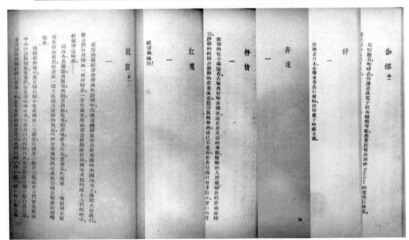

短篇小說集《龍窟》（1947年）所收《伽倻》、《狩》、《奔流》是《亞細亞狂人》第五部《荒漠里的人》第一、二、四章中的部分節次，《抒情》是第六章的部分節次；《紅魔》和《龍窟》分別是《亞細亞的狂人》第一部第一章和第二章的六節。

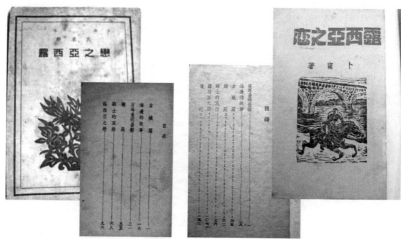

短篇小說集《露西亞之戀》（夜星文藝叢書，重慶中國編譯出版社，1942年，右圖）所收《騎士的哀怨》和《露西亞之戀》分別是《亞細亞的狂人》第四部結尾和第六部的部分章節。後來的版本刪去了初版所刊《後記》（真善美圖書出版公司，1947年，左圖）。

《火燒的都門》（1947年）第二輯所收《幻》是《亞細亞狂人》第一部第一章的斷片。

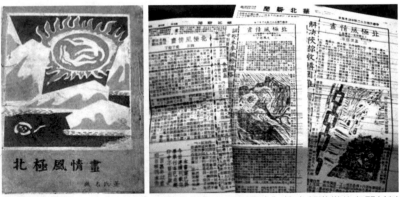

《北極風情畫》（1944年）是借用為《亞細亞的狂人》第六部準備的有關材料
即興創作的。

作者第一篇描寫韓國革命者的短篇小說《韓國的憂鬱》，載香港《大公報・文
藝》第707期，1939年9月25日。

編輯說明

一、本書收錄卜甯（無名氏）一九四二年八月十九日至一九四三
　　年七月二十四日在貴陽《中央日報》副刊連載的長篇小說
　　《荒漠里的人》。這部長篇雖未全部完成發表，但它在無名
　　氏的小說創作中仍佔有重要位置，具有多重意義，研究界和
　　讀者也殷切期望一睹其貌。文本由編者彙集、整理、編輯、
　　校勘、注釋。

二、《荒漠里的人》報載各期書名中的「里」均作「里」而非
　　「裡」或「裏」，現從原刊作「里」。報載各期作者署名均
　　為「卜甯」。著者以本名發表其他作品時亦署「卜甯」，如
　　《韓國的憂鬱》（1939）、《露西亞之戀》初版（1942）。
　　二十世紀七十年代以來，臺灣、香港寫作「卜寧」，大陸
　　寫簡化字「卜宁」。「甯」雖被認為是「寧」的異體字，
　　但兩字含義有微妙差異。為尊重著者本意，本書中涉及以
　　「卜甯」之名發表的作品時按原著署名，其他地方則作「卜
　　寧」。

三、全書分為兩部分。

　　　　正文部分：收錄貴陽《中央日報》所載五章三十六節，
　　附作者單獨發表而內容為《荒漠里的人》第六章一部分的
　　《抒情》（共五節）。共計四十一節。

　　附錄部分：編入作者一九四一年十二月所作《騎士的哀怨》和載於一九三九年九月二十五日香港《大公報・文藝》的《韓國的憂鬱》兩個短篇。前者當是作者計畫寫作的長卷《亞細亞的狂人》第四部結尾的斷片，內容正好與第五部《荒漠里的人》首章銜接；後者長期堙沒，無人道及，而它作為作者第一篇描寫韓國人的小說，值得重新披露。

四、《荒漠里的人》報載後，部分內容作為短篇單獨發表時，作者對報載節次有所調整改動。本書據報載標示章節，另加題注說明單獨發表時的節次變動情況。

五、本書保留《荒漠里的人》報載時作者的全部注釋，按原格式①②……作為章節附註置於每章末；編者所作注釋標以1.2.……作為腳註置於每頁末。

六、貴陽《中央日報》所載文字有諸多空白字、黑團字、筆劃缺損字，還有的背面文字滲透嚴重，正反面文字交叉重疊，難以準確辨識。編者除反復斟酌識別，還據母本外的其他紙本原報校讎。雖竭心盡力逐字辨認校核，但仍有少量文字實在不能確認。

七、為尊重原作並保留原文文字的時代特徵，書中正文部分的文字據貴陽《中央日報》，正文附件和附錄部分的文字據初載書籍。其中，引號、書名號、省略號等標點符號的寫法改為現行印刷規範（如原文中的省略號小圓點數目，少則六個，多則達四十多個，現一律改為六個）。異體字改排現在通行字（個別字加注說明）；為不影響閱讀，原報排印中的明顯錯字、不規範字和疑似錯字改為正字，並加注說明；

脫文或衍文予以增補或刪除，並加注說明。其他文字作如下處理：

1. 編者辨識推斷出的空白字、黑團字、嚴重殘損字，納入正文，不另作標示；

2. 完全無法辨識的文字以方空格□表示；

3. 報載時第一章的「注」置於每節末，此後各章的「注」置於每章末，現將第一章改在章末，並另排序號；為醒目起見，在各章或節的「注」前加「注釋」二字；

4. 外文，中外地名，外國人名、作品名的中文譯名，生僻字，不盡符合當下語法習慣的措辭及句子，均一仍其舊，不予改動，必要時另加注說明。

八、校勘中未能辨識的文字和訛誤，祈請方家指教郢政。

前言　無名氏小說園圃中
一枝早綻的奇葩
——長篇小說《荒漠里的人》考辨

李存光

> 《荒漠里的人》與長卷《亞細亞的狂人》
>
> 《荒漠里的人》是否「全部殺青」？
>
> 為何放棄《亞細亞的狂人》改寫《無名書》
>
> 《荒漠里的人》的文獻價值和文學史意義

　　在無名氏的小說作品中，有一部長篇名為《荒漠里的人》。對於讀者來說，這是一個十分陌生的書名；對於論者來說，這則是一個撲朔迷離的書名。許多論者在提到《荒漠里的人》時，或語焉不詳，或張冠李戴。鑒於多年來圍繞《荒漠里的人》的諸多問題成為「謎團」，因此，厘清這部小說的真形實貌，探究它與無名氏其他重要作品之間的關聯，顯得十分必要。

《荒漠里的人》與長卷《亞細亞的狂人》*

查無名氏的書單，有兩部長篇小說先後冠名為《荒漠里的人》。一部曾在報上連載卻鮮為人親覽，一部則只是「計畫」中擬定的書名。

一九四二年八月十九日至一九四三年七月二十四日，一部作者署名「卜甯」的長篇小說《荒漠里的人》，在貴陽《中央日報》連載[1]，共刊出一五〇期（類似前言的《關於〈荒漠里的人〉》載二期，正文載一四八期）。其中，一四九期刊在《前路》副刊（連載該長篇的《前路》版面，有一四一期置於第四版，有八期置於第五版），一期刊在第五版《今日談》副刊。一般每期載六、七百字，有時只有二、三百字，個別時候僅百餘字，一五〇期所載字數約十四萬。所載正文計五章三十六節：第一章六節，第二章九節，第三章七節，第四章十節，第五章四節。小說主人公為韓國流亡革命軍人金耀東，寫一九二九年到一九三一年「九一八」事變主人公逃亡到黑龍江西北部外興安嶺隱居狩獵的故事。這本書是作者一九四〇年代初計畫寫作的百萬言八部長卷《亞細亞的狂人》第五部。

---

* 本節採用了筆者和金宰旭合寫《解開無名氏的長篇小說〈荒漠里的人〉之謎》（載《中國現代文學研究叢刊》二〇一二年第七期）一文中的部分內容，對其中的不確之處做了修改。

[1] 抗戰爆發後，《中央日報》從南京先遷至長沙，後到重慶，於一九三八年九月在重慶復刊，此後增設若干地方版，貴陽版即其一。該報系直屬國民黨中宣部的漢口《武漢日報》遷至貴陽改名，期號接續《武漢日報》。

　　另一部題為《荒漠里的人》的長篇，在無名氏一九四〇年代中期計畫寫作的二百萬言七卷巨制《無名書初稿》中列為第四卷。作者一九五〇年在給哥哥卜少夫的信中談到將要寫作的《無名書初稿》後幾卷時說，「第四卷探討神和宗教問題，第五卷寫東方的自然主義主義和解脫」。[2]這裡的第四卷指《荒漠里的人》，第五卷指《死的岩層》。這部書的主人公自然將是貫穿《無名書初稿》的中國人印蒂。

　　早在一九四六年，作者便對這兩部同名小說做過說明。列入「無名書初稿第二卷」的《野獸・野獸・野獸》（時代生活出版社，一九四六年十一月），載有一頁題為「無名書初稿　共七卷」的廣告，所列七卷書名如下：

第一卷　野獸・野獸・野獸

第二卷　海豔①

第三卷　金色的蛇夜

第四卷　荒漠里的人②

第五卷　死的岩層

第六卷　開花在星雲之外

第七卷　創世紀大菩提

　　廣告中的兩個注釋，「注一」是說明作者此前所作《一百萬年以前》曾改用《海豔》之名出版，以後仍以初名出版。「注二」全文如下：「著者前在貴陽某報曾以另一筆名發表長篇小說《荒漠里的人》，本書第四卷《荒漠里的人》內容與所發表者完

---

[2]　無名氏致卜少夫（一九五〇年），見司馬長風《中國新文學史》下卷，昭明出版社，一九七八年十二月，頁一〇五。

全不同。」此後出版的《無名書初稿》各書仍刊載這一頁廣告，但刪去了兩個注釋。《荒漠里的人》書名的混淆自此發生。

　　一九五〇年前，作者只出版《無名書初稿》第一卷《野獸·野獸·野獸》、第二卷《海艷》和第三卷《金色的蛇夜》（上冊），此後作者處境十分艱難，只能蟄伏「地下」繼續寫作。由於無名氏生死下落不明，引起海外推崇他作品的論者對七卷《無名書初稿》後幾卷狀況的推測。最早談到第四卷《荒漠里的人》去向的是司馬長風，他說：「《無名書初稿》，原計劃共七卷」，第四卷《荒漠里的人》「全稿完成並已在印刷廠排峻未及出版，共軍攻陷上海，遂不知所終。」[3]司馬長風的解說根據的是不確的傳聞。作者一九八〇年代中期以後明確表示：「司馬長風《中國新文學史》上有關《荒漠里的人》解釋有誤。」[4]實際情況是，《無名書》最終完成本是六卷，所少的一卷便是原計劃的第四卷《荒漠里的人》。作者沒有寫這一卷，並放棄了以《荒漠里的人》作書名，將此卷的有關材料和內容納入了原計劃的第五卷《死的岩層》（改為第四卷並以此為書名）。因此，《無名書》中不存在《荒漠里的人》這一卷。[5]

　　事情很清楚，無名氏題為《荒漠里的人》的長篇只有一部，這就是一九四二年八月到一九四三年七月作為《亞細亞的狂人》

[3]　司馬長風《中國新文學史》下卷，昭明出版社，一九七八年十二月，頁一〇三。
[4]　《〈無名書〉的姻緣──紀念〈無名書〉六卷全部出版》，載卜寧（無名氏）《在生命的光環上跳舞》，人民文學出版社，二〇〇二年六月，頁一六五。
[5]　二〇〇〇年以後發表的一些論文和文學史著作中，仍存在指《無名書》為七部，《荒漠里的人》為第四部的敘述。如唐金海、周斌主編《二十世紀中國文學通史》，東方出版中心，二〇〇三年九月，頁三一七。

第五部連載於貴陽《中央日報》的《荒漠里的人》。本文所論和本書所刊者，便是這部長篇小說。

　　既然《荒漠里的人》是長卷《亞細亞的狂人》中的一部，就需要弄清楚兩者的關係。

　　無名氏在一九四二年一月二十二日所作《〈露西亞之戀〉後記》中，最早透露了要以韓國傳奇式的革命家李範奭為原型寫作長篇的資訊，文中說：「《露西亞之戀》與《騎士的哀怨》兩篇，是正在寫作中的一個長篇的兩章，材料悉由友人范奭所供給，對於這位為自由而奮鬥一生的韓國革命者，我將在另一本較大的書上詳細的敘述他。」[6]

　　作者一九四二年八月發表的《關於〈荒漠里的人〉》一文，除介紹即將連載的《荒漠里的人》的內容外，對上文所說「正在寫作的一個長篇」、「另一本較大的書」的寫作緣由和總體構想，有了更詳盡的說明：

　　　　《荒漠里的人》是我的正在寫作中的長篇《創世紀》的第五部。這個長篇共分八部。縱斷面是一部韓國革命史，從韓國的滅亡寫到韓國的再生。橫斷面是一個韓國革命者的一生奮鬥史，從幼年寫到老年。這裡面的材料，完全由一些韓國朋友們所供給。其中的情節，大部分是根據史實與事實，因為這本書的主人公，就是曾和我在一間屋子同住過大半年，這大半年中，我幾乎完全用來搜集材料

----

[6]　載《露西亞之戀》，重慶中國編譯出版社，一九四二年二月，頁一四二。

與記錄他的談話。我相信，只有從現實的底蘊中抽繹[7]出來的素材才能深刻，生動，感人。但憑腦子幻想，即使技巧精緻，也不過是盆景清供一類的點綴而已。

我所以先行發表第五部《荒漠里的人》，是由於一種心理的偏好。在全書中，我最愛的就是這一部分，而這一部分的材料，過去就很少有人寫過。在這一部分，主要是寫書中主人公在吉林奉天從事革命失敗以後逃亡到黑龍江西北部的故事。背景是外興安嶺，時間是從一九二九年到一九三一年九一八事件發生。在這裡面：我要寫一個人在大絕望中，怎樣逃避現實，而終於又離不開現實；他怎樣要回返原始而其實還是在人間。而更主要的是：我想寫一個人[8]是如何懂得生命，愛生命，與生命鬥爭，而終於克服生命……

幾年來我直接的間接的參加韓國革命工作，最使我痛苦的一件事是：世人太不瞭解不認識韓國革命與韓國民族的偉大，……我發誓要為他們寫成一部大書，來掃除世人對韓國民族的種種偏見。現在這個願心總算有了初步的實現。我希望這本書最低限度還不致誤解韓國革命。[9]

一九八〇年代中期以後作者又說：在重慶的兩年時間裡，除寫一些宣傳品外，「我又取材韓國革命，寫短篇小說及其他文

---

[7]　原文為「抽譯」。

[8]　原文為「我想每一個人」。

[9]　貴陽《中央日報・前路》第六〇八、六〇九期，一九四二年八月十九、二十四日。

章。」「超於這一切的，這時我著手撰一本百萬言長篇小說，以韓國的滅亡、革命、復國為經，以範奭的戲劇性的一生為緯，敘述韓國現代革命的全部歷史。書名《亞細亞的狂人》。」[10]「當時我正以韓國革命者李範奭的一生為緯，以韓國的滅亡、革命、復國運動為經，寫一本百萬言小說，敘述韓國現代革命歷史，書名《亞細亞的狂人》。」[11]

　　研究者也探討過與此相關的情況，談得最細緻具體也最可靠的是汪應果、趙江濱著《無名氏傳奇》（以下簡稱「汪著」），書中這樣說：

　　　　一九四一年十一月起，卜乃夫（無名氏）與李範奭同居一室，每夜都要傾聽李範奭的徹夜長談。卜乃夫則耳聽手寫，一直記錄到一九四二年四月。

　　　　卜乃夫在此基礎上，迅速擬寫了一個一百萬字長篇小說的寫作計畫，取名為《亞細亞狂人》。計畫寫七卷。內容是，第一卷敘述韓國被日本滅亡；第二卷寫韓國「三‧一」革命；第三卷寫李範奭及金佐鎮將軍指揮的「青山里戰役」；第四卷寫李範奭退居東北，在東北少數民族索倫人和鄂倫春人當中組織抗日義勇軍，開展武裝鬥爭，最後失敗；第五卷則寫失敗後撤退至蘇俄小城托木斯克，巧遇

10　《〈無名書〉的因緣——紀念〈無名書〉六卷全部出版》，卜甯（無名氏）《在生命的光環上跳舞》，人民文學出版社，二〇〇二年六月，頁一六四。

11　《〈無名書〉寫作經過紀略》，載卜甯（無名氏）《在生命的光環上跳舞》，人民文學出版社，二〇〇二年六月，頁一六七至一六八。

波蘭少女杜妮亞的愛情故事；第六、七卷則是寫韓國的復國獨立。[12]

這裡有兩個問題需要回答：

一是長篇的總題目是一九四二年所寫的《關於〈荒漠里的人〉》一文中說的《創世紀》，還是一九八○年代中期以後屢次提及的《亞細亞的狂人》？二是這部計畫中的長卷到底分為幾部（卷）？各部（卷）的主要內容是什麼？

關於第一個問題。韓國革命志士李範奭有著非凡的傳奇經歷，把他稱之為「亞細亞的狂人」可謂名副其實，但以他的經歷為基本素材體現「創世紀」的宏大主題，恐怕有些勉強。所以，作者放棄了這一題目，這個題目要留給更適合的材料，這就是他後來寫的《無名書初稿》。從這裡或許能看出作者這時已經開始醞釀《無名書初稿》的端倪，《無名書初稿》末卷（第六卷）題名是《創世紀大菩提》，這個書名絕非偶然。

關於第二個問題。作者說《亞細亞的狂人》「共分八部」，「縱斷面是一部韓國革命史，從韓國的滅亡寫到韓國的再生。橫斷面是一個韓國革命者的一生奮鬥史，從幼年寫到老年。」除指明第五部《荒漠里的人》主要內容外，沒有一一說明其他七部的內容。汪著則說「計畫寫七卷」並具體指出了每一卷（部）的主要內容。

汪著沒有說明其材料的來源，但根據著者的介紹「由於一些

---

[12] 汪應果、趙江濱《無名氏傳奇》，上海文藝出版社，一九九八年十月，頁五二。以下正文中簡稱「汪著」。

特殊的機緣，筆者偶然地與無名氏成為深交，得到他大量的第一手資料，包括他的手稿及著作修改稿，加之經常的越海電話使我得以瞭解他的最新思想動態」。一九九五年三月起，兩人「信件往返，逐漸地成為很親密的朋友。」[13]因此，汪著的說法應該是有來由和根據的。

為了搞清楚《亞細亞的狂人》各部的內容，這裡先列出汪著所述的各卷的內容和筆者確認的故事發生時段：

第一卷敘述韓國被日本滅亡，時間應為一九一〇年前後；

第二卷寫韓國「三·一」革命，時間應為一九一九年；

第三卷寫李範奭及金佐鎮將軍指揮的「青山里戰役」，時間應為一九二〇年；

第四卷寫李範奭退居東北，在東北少數民族索倫人和鄂倫春人當中組織抗日義勇軍，開展武裝鬥爭，最後失敗，時間應為一九二九至一九三一年；

第五卷寫失敗後撤退至蘇俄小城托木斯克，巧遇波蘭少女杜妮亞的愛情故事，時間應為一九三二至一九三三年；

第六、七卷寫韓國的復國獨立，時間應為一九三四至一九四八年（以及此後）。

《關於〈荒漠里的人〉》表達的是作者一九四二年開始寫作時的雄心和構想，汪著的資訊是一九九〇年代以後所得。作者後來改變當初構想也是可能的。但是，有一個關鍵問題，就是這汪

---

[13] 汪應果、趙江濱《無名氏傳奇》，上海文藝出版社，一九九八年十月，頁四，頁三四一。除文中提到的材料外，無名氏還寄給汪應果手書的《年譜》和生平自述補充材料。

著的這個目次顯然缺少了一九二一至一九二九年這一重要時段。就李範奭的經歷說，一九二一年四月他加入大韓獨立軍團，六月進入俄國，因反對參加俄國革命武裝，他和幾位同伴游過烏蘇里江逃到中國東北。後又進入蘇聯，一九二三年任蘇聯紅軍所屬高麗革命軍步騎混合兵聯隊長，和蘇聯紅軍合作攻擊斯巴司卡亞的白俄軍。一九二五年一月，高麗革命軍和蘇聯紅軍的合作破裂，被蘇聯紅軍強行解除武裝，在發生武裝衝突後，李範奭流亡到中國東北寧安縣寧古塔，在那裡組織了高麗革命決死團，打擊日軍，因部隊傷亡嚴重被迫解散。缺少經歷曲折、內涵豐富的這一時段，就不能完整地表現作者寫「一部韓國革命史」和「一個韓國革命者的一生奮鬥史」的寫作意圖。因此，可以確定，按照作者的總構想，全書應包含一九二一至一九二九年這個時段的有關內容。

循著這個思路，增加一九二一至一九二九年這個時段，依時序將它補列為第四部（卷），汪著所列的第四卷（部）順延為第五卷（部），此後各卷（部）依次順延。這樣，就彌合了作者所言和汪著所述的分歧，《荒漠里的人》自然成為了第五部（卷），全書也就是八部（卷）了。

為此，筆者以作者明確說到的第五部《荒漠里的人》為軸心，以汪著所述各卷（部）的內容和作者對《亞細亞的狂人》構思的敘說及有關作品發表時的注釋、附記為線索，並參照李範奭的經歷，整理出《亞細亞的狂人》各部的主要內容，並把《荒漠里的人》所載部分和其他單獨發表的相關作品，放到各部中，以盡可能還原作者的構想：

第一部【汪著第一卷】：時間是一九一〇至一九一九年，「寫韓國的滅亡及國內革命」（作者自述，見《龍窟》注一），「寫韓國被日本滅亡」（汪著，頁五二）。據作者自述，已單獨發表了的短篇《龍窟》、《紅魔》和《幻》是這一部的第一章、第二章的三分之二和斷片。

第二部【汪著第二卷】：時間是一九一九年，「寫韓國的滅亡及國內革命」（作者自述，見《龍窟》注一），「寫韓國『三‧一』革命」（汪著，頁五二）。這一章部未見有章節發表。

第三部【汪著第三卷】：時間是一九二〇年，「寫李範奭及金佐鎮將軍指揮的『青山里戰役』」（汪著，頁五二）。署名李範奭的紀實文學《韓國的憤怒——青山里喋血實記》[14]是這一部內容主體的藍本或雛形。

第四部【汪著無此卷】：時間是一九二一至一九二八年，寫李範奭隨軍進入蘇聯，加入蘇聯紅軍所屬高麗革命軍步騎混合兵隊，和蘇聯紅軍合作攻擊斯巴司卡亞的白俄軍。一九二五年一月高麗革命軍被蘇聯紅軍強行解除武裝，李範奭流亡到中國東北寧安縣寧古塔（據李範奭經歷）。已單獨發表的《騎士的哀怨》應該是這一部結尾的一章。

第五部【汪著第四卷】：《荒漠里的人》，時間是一九二九年底至一九三一年，「主要是寫書中主人公在吉林奉天從事革命失敗以後逃亡到黑龍江西北部的故事。背景是外興安嶺，時間

14　作於一九四一年十月；一九四一年十一月西安光復社列為「光復叢書之一」出版。本書實際由李範奭口述提供材料，卜乃夫（無名氏）記錄執筆並加工潤色。

是從一九二九年到一九三一年九一八事件發生」（作者自述，見
《關於〈荒漠里的人〉》），「寫李範奭退居東北，在東北少數
民族索倫人和鄂倫春人當中組織抗日義勇軍，開展武裝鬥爭，最
後失敗」（汪著，頁五二）。《伽倻》是這一部第一章第一節，
《狩》是第二章後五節，《奔流》是第四章後五節，《抒情》是
第六章的部分節次。

　　第六部【汪著第五卷】：時間是一九三二至一九三三年，
作者說：西安《華北新聞》總編輯趙蔭華向他約稿，「忽思《亞
細亞的狂人》第六卷有範奭在蘇聯托木斯克的戀愛資料，何不暫
時借用應景？這樣，我就花十八天時間，匆匆完成《北極風情
畫》。」[15]「寫失敗後撤退至蘇俄小城托木斯克，巧遇波蘭少女
杜妮亞的愛情故事」（汪著，頁五二）。《北極風情畫》是這一
部的核心材料；來源於李範奭離開托木斯克隨馬占山考察歐洲
期間經歷的《露西亞之戀──一九三三年發生在柏林深夜的故
事》，也應該是這一部的重要素材。

　　第七部、第八部【汪著第六、七卷】：時間是一九三四至一
九四八年以至五〇年代，寫「韓國的再生」，「寫到老年」（作
者自述，見《關於〈荒漠里的人〉》），「寫韓國的復國獨立」
（汪著，頁五二）。這二部均未見有章節發表。

　　綜上所述，在《亞細亞的狂人》中，「寫韓國的滅亡及國內
革命」的第一部只有不完整的兩章和一個斷片。「寫韓國『三・
一』革命」的第二部未見有章節發表。寫「青山里戰役」的第三

---

[15]　《〈無名書〉的因緣──紀念〈無名書〉六卷全部出版》，載卜甯（無名氏）
　　　《在生命的光環上跳舞》，人民文學出版社，二〇〇二年六月，頁一六五。

部有紀實文學《韓國的憤怒——青山里喋血實記》。寫李範奭隨軍進入蘇聯和蘇聯紅軍合作攻擊斯白俄的第四部只有結尾的一章《騎士的哀怨》。寫逃亡到黑龍江西北部故事的第五部發表五章多，篇幅最長，情節最豐富完整，而且有書名《荒漠里的人》。寫在托木斯克，巧遇波蘭少女杜妮亞的愛情故事的第六部有核心故事《北極風情畫》（如果納入《荒漠里的人》，內容和敘事方式等恐需做大的調整）以及《露西亞之戀》。韓國復國獨立在當時還是可望而不可即的事情，寫韓國的復國獨立的第七部、第八部自然無任何章節、斷片發表。

　　這樣，無名氏一九四一年十二月至一九四三年十月所寫的作為「未完成」、「未出版」長篇的九個斷片《騎士的哀怨》、《露西亞之戀》、《伽倻》、《狩》、《奔流》、《幻》、《抒情》、《紅魔》、《龍窟》，和獨立的長篇《北極風情畫》（實際應算中篇）、未完成的長篇《荒漠里的人》這十一篇描寫韓國人和韓國的小說，加上由他執筆以李範奭之名發表的紀實文學《韓國的憤怒——青山里喋血實記》，都在《亞細亞的狂人》宏大的總構想中找到了相應的位置。儘管這個長篇系列已發表的內容殘缺不全，但也能較清晰地窺見作者「縱斷面是一部韓國革命史，從韓國的滅亡寫到韓國的再生。橫斷面是一個韓國革命者的一生奮鬥史，從幼年寫到老年」的構想藍圖。

　　需要注意的是，作者在完成這一構想時，並非按部就班，從前往後一部一部的寫。而是順應時機和靈感，需要寫那一部分就寫哪一部分，能寫哪一部分就寫哪一部分。這從已發表作品的寫作時間中可以得到印證：內容屬於第三部的《韓國的憤怒——青

山里喋血實記》（以李範奭的名字發表）作於一九四一年十月，內容屬於第四部的《騎士的哀怨》作於一九四一年十二月，內容屬於第六部的《露西亞之戀》作於一九四二年一月二十一日，屬於第五部的《荒漠里的人》作於一九四二年夏至一九四三年夏（其中，《伽倻》作於一九四二年七月十九日，《狩》作於一九四二年八月十六日，《奔流》作於一九四二年十一月二十日，《抒情》作於一九四三年一月三十日），內容屬於第一部的《紅魔》作於一九四三年九月、《龍窟》作於一九四三年十月、未標寫作時間的《幻》估計也作於一九四三年九、十月，內容屬於第六部的《北極風情畫》作於一九四三年十一月九至二十九日。

《荒漠里的人》是否「全部殺青」？

　　作者說：「我所以先行發表第五部《荒漠里的人》，是由於一種心理的偏好。在全書中，我最愛的就是這一部分。」[16]不僅如此，在《亞細亞的狂人》各部中，《荒漠里的人》還是作者投入精力最大，花費時間最長，發表的章節最多的一部。但是，從貴陽《中央日報》所載內容和篇幅看，全書並沒有載完。沒有載完的原因，或是副刊更換編輯，或是連載近一年時間太長不宜續載，或是作者未能繼續寫完。未能續載的原因並不重要，重要而且應該搞清楚的問題，是這部沒有載畢的長篇小說到底寫完了沒有？下面，就考察一下這個關鍵問題。

---

[16] 《關於〈荒漠里的人〉》，貴陽《中央日報・前路》第六〇八期，一九四二年八月十九日。

　　一九四七年九月作者出版短篇小說集《龍窟》，他從報載《荒漠里的人》的第一、二、四章中各擷取部分節次，分別題為《伽倻》、《狩》、《奔流》，還從尚未連載的第六章中摘出五節題為《抒情》，作為四個獨立的短篇小說收入集中，並作如下「作者附記」：「《伽倻》，《狩》，《奔流》，《抒情》為一個未出版的長篇的四個斷片。」這個「未出版的長篇」即指《荒漠里的人》。此後，作者對《荒漠里的人》全書的去向和成書情況沒有再做過任何解釋和說明。

　　直到一九八〇年代作者赴臺灣定居以後，才提出了新的說法。

　　在《〈無名書〉的姻緣──紀念〈無名書〉六卷全部出版》中，作者說：一九四二年秋《亞細亞的狂人》第五卷《荒漠里的人》「我已寫成三章，約六萬字，在貴陽《中央日報》連載。次歲夏，全部殺青，計十二章，三十萬字左右。」[17]

　　在《〈無名書〉寫作經過紀略》一文中，作者又說：《北極風情畫》、《塔里的女人》轟動文壇後，自己分析兩書廣泛受人喜愛最重要的因素是語言文字具有四種特色，想把這特色納入長篇創作的藝術風格中。「當時我正……寫一本百萬言小說，敘述韓國現代革命歷史，書名《亞細亞的狂人》。就已完成三十多萬字說，我便極不滿意它的藝術風格了，……」[18]

　　筆者以為，由於年代久遠，加之無名氏赴台後各種複雜紛繁

---

[17]　載卜寧（無名氏）《在生命的光環上跳舞》，人民文學出版社，二〇〇二年六月，頁一六五。

[18]　載卜寧（無名氏）《在生命的光環上跳舞》，人民文學出版社，二〇〇二年六月，頁一六七至一六八。

因素的明暗影響，對於作者一九八〇年代中期以後有關一九四〇年代寫作情況的「回憶」、「追述」的真實性和準確性，需要加以考察甄別後方能確認。作者上述兩處追憶，就值得仔細推敲辨析。

　　兩文中作者追述確切的有兩處：

　　第一，作者所說一九四二年秋「寫成三章」，當是報載的第一、二、三章，我統計這三章近六萬字，與作者所述相符。其中，第一章第一節以《伽倻》為題收短篇小說集《龍窟》時文末署「一九四二年七月十九日寫完」，第二章第五至九節以《狩》為題收入《龍窟》時文末署「一九四二年八月十六日寫完」。第四章後五節以《奔流》為題收入《龍窟》時文末署「一九四二年十一月二十日寫完」。可見，一九四二年秋已寫成《荒漠里的人》前三章是確實的。第二，談到已寫成的總字數時，一說「三十萬字左右」，一說「三十多萬字」，作為概數，兩者不大的數差可忽略。

　　兩文中作者說法矛盾的也有兩處：

　　第一，已完成的三十多萬字為何書，指向不一。在前文中作者明確說，一九四三年夏《亞細亞的狂人》第五卷《荒漠里的人》「全部殺青，計十二章，三十萬字左右。」而後文中所說「已完成三十多萬字」顯然是指正在寫的百萬言小說《亞細亞的狂人》。《亞細亞的狂人》擬寫八部，《荒漠里的人》只是其中的第五部。這兩處所述已完成字數的書名指向明顯然不同，前者是指《荒漠里的人》，後者是指《亞西亞的狂人》。到底何者為確？

　　第二，「三十萬字左右」或「三十多萬字」完成的時間有別。前文明確說是「次歲夏」即一九四三年夏寫完《荒漠里的人》。後文未談具體時間，但我們可以根據作者所談想法出現的情勢推定時間。《北極風情畫》一九四四年一月報載結束，即在西安引起轟動，七月西安初版，一九四五年三月在重慶初版；《塔里的女人》未在報刊連載，一九四四年十月西安初版，一九四五年五月重慶初版。兩書初在西北地方暢銷，後在重慶風靡，盛況超過西安。因此，作者總結分析兩書的成功，應在一九四四年十月至一九四五年五月之間。當然也可理解為一九四三年夏完成「三十萬字左右」以後沒有再寫，直到一九四四年十月以後仍保持著已寫成的字數。但考察事實又出現一個明顯的矛盾，即《紅魔》、《龍窟》作於一九四三年九至十月，《北極風情畫》作於一九四三年十一月（三篇小說的字數相加約十七萬字），這些作品都屬於《亞細亞的狂人》，因此，《亞細亞的狂人》所完成的三十多萬字當在一九四三年夏以後的十一月。

　　對上述差別和矛盾的合理解釋是：作者所述已完成的三十萬多字是指《亞細亞的狂人》各部總字數相加，而非《荒漠里的人》一部；完成的時間最早應為一九四三年十一月而非這一年「夏」。

　　但是，作者在前文中說：一九四三年夏《荒漠里的人》「全部殺青，計十二章，三十萬字左右。」有書名，有章數，有字數，語氣肯定，言之鑿鑿。這又如何解釋呢？筆者認為這段話問題頗多，第一句「全部殺青」不實，第二句「計十二章」只是計畫要寫的章數而非已寫章數（從篇幅上看，前一部分已寫六章，

後一部分計畫也寫六章是合理的），第三句「三十萬字左右」是
《亞細亞的狂人》所寫總字數並非《荒漠里的人》已寫字數。三
句話的關鍵其實就在「全部殺青」一句。如果全書已經寫完，後
兩句自無問題；如果全書並未寫完，我們就不能不關注：已寫成
而未發表的七章主要內容是什麼？這七章文稿是否有跡可循？

　　經過考察，筆者認定《荒漠里的人》全書的情節是由兩個既
有聯繫又有區別的敘事重點構成的。

　　作者說：《荒漠里的人》「主要是寫書中主人公在吉林奉天
從事革命失敗以後逃亡到黑龍江西北部的故事。」汪著說：「寫
李範奭退居東北，在東北少數民族索倫人和鄂倫春人當中組織抗
日義勇軍，開展武裝鬥爭，最後失敗。」汪著所說「退居東北」
與作者「逃亡到黑龍江西北部」的表述基本相同，但作者自述沒
有直接提及組織少數民族義勇軍開展武裝鬥爭。作者所說「逃亡
到黑龍江西北部的故事」是否可能包含有「組織抗日義勇軍，開
展武裝鬥爭，最後失敗」的情節呢？寬泛理解「故事」的概念，
應該可以包含。這樣，《荒漠里的人》的故事顯然有兩個敘事重
點：前半部分是為求得生存，金耀東歷盡艱險在惡劣的自然環境
中一方面與大自然搏鬥，一方面欣賞大自然的壯麗美好並享受大
自然賜予的恩惠。後半部分是為復國雪恥，金耀東與有深仇大恨
的日本侵略者殊死抗爭，組織鄂倫春人、索倫人開展抗日遊擊。
後半部分的敘事內容在第三章金耀東拜訪彎加布的情節中，已經
做好了鋪墊，埋下了伏筆。

　　從時間上說，兩個敘事重點分屬兩個時間段。《荒漠里的
人》寫的是金耀東一九二九至一九三一年在外興安嶺兩年的經

歷，前五章（以及第六章的一部分《抒情》）寫了一九二九年冬至一九三〇年冬一年間的經歷，剩下的篇幅應該寫一九三〇年底至一九三一年九一八事變發生這一時期的故事，也即組織鄂倫春人、索倫人開展抗日武裝鬥爭，這才能與寫失敗後撤退至蘇俄小城托木斯克巧遇波蘭少女杜妮亞的第六部在情節上和時間上（一九三二至一九三三年）相銜接。

　　這個判斷如果成立，從《荒漠里的人》已發表的五章加上第六章的部分節次《抒情》看，冒暴風雪行路，修補窨洞安身，獵野雉，獵罷子，獵鹿茸，捕水獺，遭遇山洪襲擊，拼死強渡激流，搭建新居……金耀東在外興安嶺與大自然搏鬥已經寫得淋漓盡致，接下來寫什麼呢？當然就是描寫金耀東組織鄂倫春人、索倫人開展反日鬥爭。金耀東的原型李範奭是一個強烈的民族主義者，心懷抗日復國的堅定信念。根據李範奭的記述，在他狩獵隱居期間，結識了鄂倫春族長萬家福，他贈送萬鴉片，兩人有了交情。他用「做皇帝」攫取財物誘導萬家福去殺日本人，萬表示敢於冒險，約定明年再見面商量具體計畫。這一舉措是李範奭的策略，也是一步險棋。在日中矛盾尚未進一步激化，日本全面侵華戰略尚未拉開序幕的情勢下，他打算由他提供武器和鴉片、絲綢等，組織鄂倫春人奇襲奉天西北的鄭家屯或四平街的商業區，造成中日外交事端，引發中日開戰。為了得到更多鴉片爭取萬家福，李範奭和妻子甚至在鴉片收穫期到鴉片農場做了三周保安工作，任務是防止馬賊襲擊。當他得到大量鴉片後，卻放棄了組織鄂倫春人的計畫，他覺得這個計畫太冒險，因為他深知鄂倫春人關心的並非韓國的解放和中國的抗日大計。因此，當一九三一年

日本發動「九一八」事變後，他立即加入了蘇炳文、馬占山領導
的抗日武裝。[19]

　　考察李範奭的經歷，結交鄂倫春人是事實，這已經由無名氏
加工改造後，在《荒漠里的人》第三章做過精彩的描寫。但是組
織他們打擊日寇這個意願並未成為事實，即是說組織鄂倫春人、
索倫人開展抗日鬥爭這後半部分要寫的內容，李範奭並沒有實際
經歷。作者在《關於〈荒漠里的人〉》中說過：「我相信，只有
從現實的底蘊中抽譯出來的素材才能深刻，生動，感人。但憑腦
子幻想，即使技巧精緻，也不過是盆景清供一類的點綴而已。」
《荒漠里的人》已發表各章節的基本內容，不論具體描寫多麼誇
張，情節多麼離奇，想像多麼浪漫，素材都依據李範奭的經歷。
以作者的才華和文思，一年寫作三十多萬字是毫無問題的，然而
《亞細亞的狂人》「橫斷面是一個韓國革命者的一生奮鬥史」，
組織少數民族開展反日鬥爭這樣重大的情節，沒有李範奭的口述
素材做史實和事實依據，「巧婦難為無米之炊」，作者該怎麼落
筆？如何記述和描寫？他不能「但憑腦子幻想」啊。這是筆者斷
定《荒漠里的人》後半部沒有寫的重要根據。

　　作者在一九四九年五月寫成的《無名書》第三卷《金色的
蛇夜》上冊中，敘述了同樣以李範奭為原型塑造的韓慕韓對自己
經歷的回憶：「這一切記憶中，他最自豪的，是『九一八』前，
他深入滿蒙邊境，以『炮手』的姿態，交遊鄂倫春和索倫野人首
領，活動他們；想以鄂索兩族人為基礎，組成一支兩萬人的部

---

[19] 鐵驥，李範奭著《우등불》，首爾三育出版社，一九九四，頁一四六，頁一
四七，頁一五四。

隊。……這個計畫，雖因『九一八』突然發生而流產，但這一年他和兩族人的來往，卻是珍貴的記憶。」[20]這段敘述亦可旁證組織少數民族開展反日鬥爭並未成為事實。

其次，短篇小說集《龍窟》中收入《伽倻》、《狩》、《奔流》和《抒情》四篇小說，分別出自《荒漠里的人》第一章、第二章、第四章和第六章，從冒暴風雪苦行、獨自狩獵維生、拼死泅渡逃命、享受溫馨愛情等表現金耀東思想、性格、氣質的不同側面。作者擷取的這些節次，分別是這幾章的情節重點和描寫亮點。

有意思的是第三章和第五章沒有節次入選。

第三章寫金耀東與獵戶姜載河、盛倫一道，經過十四天的行程到達外興安嶺達納前第湖畔獵鹿茸。這一章的重點和亮點是金耀東拜會「鄂倫春野人酋長」蠻加布。作者詳細描寫金耀東為了達到動員蠻加布抗擊日軍這個既定目的，不惜重金討好蠻加布，他的大方、慷慨、熱情、誠實，受到蠻加布的尊敬與膜拜，金耀東用取得豐厚物質利益鼓動蠻加布去打日本人，得到認可，約定秋天動手。這些描寫是為後半部情節埋下的伏筆。既然表現金耀東組織鄂倫春人、索倫人打擊日軍的後半部沒有寫，這一章的重點和亮點節次自然就沒有入選的必要了。

第五章共四節，寫金耀東蓋好自己的新房子，認識了俄國流浪者莫梧奇夫婦，很快與他們成為好友，金耀東在莫梧奇家初見利用假期來看望他們夫婦的韓國青年女子葉蓮娜，剛寫至金耀東

20　無名氏（卜乃夫）《金色的蛇夜》上，上海文藝出版社二〇〇一年七月，頁五九。

初次見到千呼萬喚始出來的葉蓮娜，這一章即告結束。描寫與金
耀東與莫梧奇夫婦的交往，主要為了是引出他們的朋友葉蓮娜。
這一章的重點和亮點是作者反復渲染的葉蓮娜的歌聲和靈魂對金
耀東的深深吸引，像幽靈一樣令他夢牽魂繞。作者沒有選這一部
分，而選用了第六章中兩人已進入甜蜜情侶關係的《抒情》。第
五章篇末金、葉二人剛剛相識，兩情相悅相戀有一個發展過程，
這應是第六章前幾節的內容。相比第五章，《抒情》描寫的金耀
東與葉蓮娜在室內消磨著如癡如醉、纏綿悱惻的「魯濱孫式的蜜
月」的情節，既能更好展示傳奇英雄金耀東俠骨柔腸的一面，又
是作者感情的鍾愛所在和他揮毫潑墨的擅長。這樣，第五章無節
次入選也就順理成章了。

　　一九四五年後，作者整理已寫成的舊作，將他稱之為「斷
片」的章節另擬題目作為短篇小說收入集。此舉實際有回顧、清
理、總結已放棄的《亞細亞的狂人》並留下寫作旅程紀念的意
味。其中，從《荒漠里的人》中抽取的章節最多，但後半部第七
至十二章的內容卻不見一篇。這部分描寫的是金耀東組織少數民
族攻擊日本人的壯舉，這不論對於突出主人公金耀東積極的生命
意識和頑強的抗爭精神，還是表現原型李範奭不屈不撓的傳奇經
歷，表彰他義無反顧的抗日復國信念和熱情（即使失敗），亦或
對於留下東北少數民族的一段歷史印跡，都是濃墨重彩的一筆，
而且這一部分多達六章，至少十五萬字，作者為何棄之不顧，不
僅不予斷片發表或單獨出版，在「善後」時也吝嗇得不留隻言片
語、一鱗一爪呢。這令人不可思議！正常的邏輯是，這一部分根
本沒有寫出來，自然沒有任何痕跡可以留下。非不為也，實不能

也。這是筆者斷定《荒漠里的人》後半部沒有寫的重要根據之二。

　　既然《荒漠里的人》沒有寫完，那麼，作者已經完成的三十來萬字指的是哪部書就明確了，合理解釋只能是指長卷《亞細亞的狂人》已寫成的總字數。這個字數，同筆者的統計也相吻合。把作者一九四四年前已發表的屬於《亞細亞的狂人》的有關小說加起來，總字數約三十四萬餘字（如果再加上紀實文學《韓國的憤怒——青山里喋血實記》，約三十七萬字），與作者所稱寫成字數「三十多萬字」基本相符。各篇的具體字數如下：

1. 第一、二部近二章：《幻》約零點三萬字、《龍窟》二萬字、《紅魔》約二點三萬字，三篇共計四點六萬字；

2. 第四部一章：《騎士的哀怨》一點五萬字；

3. 第五部近六章：《荒漠里的人》（含《伽倻》、《狩》、《奔流》，加上約一點五萬字的《抒情》），六章四十一節共計十四萬字左右；如果加上已寫但未及發表的第六章其他節次，當在十五萬字以上。

4. 第六部素材：《露西亞之戀——一九三三年發生在柏林深夜的故事》一點五萬字，《北極風情畫》約十二萬字；

5. 第三部素材：紀實文學《韓國的憤怒——青山里喋血實記》約二點六萬字。

　　綜上所述事實，筆者的結論是：作者一九四二年夏至一九四三年夏寫成《荒漠里的人》前六章，約十五萬字，計畫中的第七至十二章未寫；從一九四二年一月至一九四三年十一月底，所寫《亞細亞的狂人》各部相關章節、斷片共三十五萬字左右。《荒漠里的人》已發表的部分——報載的五章三十六節，加上後來單

獨發表的《抒情》五節，共四十一節，是這一部（卷）前半部的六分之五以上章節，基本呈現出了全書的風貌並體現出作者欲表達的「一個人是如何懂得生命，愛生命，與生命鬥爭，而終於克服生命」的主題。可以說《荒漠里的人》現存稿是一部情節基本完整的長篇小說。

　　雖然筆者肯定這部作品沒有寫完，但是有一個細節不能不提出來考究。一九四〇年代作者在單獨發表《亞細亞的狂人》各部（卷）片段時，為每一篇都加了注或附記，其中的一個提法必須正視。《幻》作者附記：「本篇為未完成的一個長篇斷片。」《紅魔》作者注：「這個短篇是一個未完成的長篇小說的第一章草稿。」《龍窟》作者注一：「《紅魔》與《龍窟》是一個未完成的長篇的第一章與第二章」。《騎士的哀怨》作者附記：「這是一個未完成的長篇斷片。」《露西亞之戀》作者附記：「這是一個未完成的長篇斷片。」以上各篇都不屬於《荒漠里的人》這一部，作者聲明都是「未完成的長篇」。再看《伽倻》的作者附記：「《伽倻》，《狩》，《奔流》，《抒情》為一個未出版的長篇的四個斷片。」這四篇出自《荒漠里的人》，這裡作者聲明的是「未出版的長篇」。「未完成」即沒有寫完。「未出版」即寫完但沒有印行。其他各部（卷）均「未完成」，而《荒漠里的人》是「未出版」。這似乎可以佐證《荒漠里的人》的確全部寫完了。事實上，作者所說「未出版的長篇」指的並非十二章三十萬字左右的前後部，而是六章約十五萬字的前半部。

　　這裡，要順便說說筆者對《荒漠里的人》各部篇幅的看法，算是節外生枝吧。一九四〇年代和一九八〇年代以後，作者說到

《亞細亞的狂人》時，多次稱它為「百萬言的小說」。之所以放棄寫作這部作品的寫作，百萬篇幅容量小亦是作者明言的次要原因之一。百萬言八部，每部平均也就在十五至二十萬字之間。可是作者談到第一部和第五部《荒漠里的人》時，都說有三十萬字。[21]如果每部（卷）都在三十萬字左右，以此類推，全書八部至少二百四十萬字，同《無名書》篇幅相近，這樣一來，《亞細亞的狂人》的篇幅不僅與作者多次申說的「百萬言」大相逕庭，也與「只有像《無名書》七卷約二百多萬字的規模，才能承受這樣龐大的內涵和新的藝術風格試驗」的表白相抵牾。筆者認為，《亞細亞的狂人》每部（卷）的篇幅約為十八萬字左右。這從已發表各部的篇幅中也能得到部分印證：《荒漠里的人》發表近六章，約十五萬字，加上未全部發表的第六章，當在十八萬字以內（篇幅與此相當的第七至十二章則有可能單列一部）。用原計劃的第六部材料改寫的《北極風情畫》十二萬字，加上《露西亞之戀》等內容十五萬字左右，如將這二篇改寫為第六部，字數不會超過二十萬字。《紅魔》、《龍窟》兩篇近五萬餘字，作者說「只是原書的六分之一」，這應該是「寫韓國的滅亡及國內革

---

[21]　一九四二年秋《荒漠里的人》「我已寫成三章，約六萬字，在貴陽《中央日報》連載。次歲夏，全部殺青，計十二章，三十萬字左右。」（《〈無名書〉的姻緣——紀念〈無名書〉六卷全部出版》，載卜寧（無名氏）《在生命的光環上跳舞》，人民文學出版社，二○○二年六月，頁一六五。）「《紅魔》與《龍窟》是一個未完成的長篇的第一章與第二章，……這個長篇主題是寫韓國的滅亡及國內革命，但我只寫了原書的六分之一，就放棄了。」（《龍窟》注一，載《龍窟》，上海真善美圖書出版公司，一九四七年九月。）占原書六分之一的《紅魔》、《龍窟》共約五萬餘字，故全部（卷）當為三十餘萬字。

命」的第一、二兩部相加的字數，每部也就十五六萬字。以上儘管多是筆者的臆測，但這細枝末節對理解《荒漠里的人》是否以真的三十萬字「殺青」，也可能略有小補。

作為兩個敘事重點的《荒漠里的人》只完成一半，留下遺憾，但已發表部分的藝術成就和審美價值是明顯的，作者表現韓國革命人士堅韌品格的熱情是值得稱道的。如前所述，已發表部分有完整的故事情節，豐滿的人物形象，無論其內容還是形式，都具備獨立存在的審美形態，完全可以稱作一部情節基本完整的長篇小說。作者大可不必為全書未能寫完而羞赧愧疚，大可直面這一事實，正如一九四〇年代面對《龍窟》《紅魔》這樣的「殘稿」，作者曾坦然表示的那樣「我現在卻不想改正和增補了」。筆者無法回答的是，為什麼面對《荒漠里的人》作者要肯定地說一九四三年夏三十萬字篇幅「全部殺青」？這恐怕不是記憶錯誤或一時失言所能解釋的。作者為什麼要這麼說呢？對此，筆者陷入深深的困惑，苦苦思索而不得其解。筆者實在無力窺探和推測作者這樣講的真實心理。那就留待高明者解析吧。

為何放棄《亞細亞的狂人》改寫《無名書》

一般認為無名氏開始構思和寫作表現韓國和韓國人的小說，始於一九四一年冬幫助在渝的大韓民國臨時政府做事，特別是在深交李範奭以後。其實，在未到臨時政府幫忙，也未認識李範奭時，無名氏對世界弱小民族之一的韓民族及其命運就深為關注和同情，對韓國革命人士的獻身精神就深懷敬仰。一九三二年韓國

志士尹奉傑在上海虹口公園日本刺殺高官的事蹟，極大的震動了他。一九三九年九月他發表速寫式的短篇《韓國的憂鬱》，表達對韓國命運的關切和對韓國革命人士的由衷欽佩。

結識李範奭對無名氏的寫作當然至關重要。李的傳奇經歷和渾身滿溢著的充沛的生命力，與無名氏追尋強烈的個體精神的審美趣味一拍即合。以李範奭的傳奇經歷為素材，表現韓民族的奮鬥史，既是他的思想追求，也是他的美學追求。在《荒漠里的人》發表之時他說：「幾年來我直接的間接的參加韓國革命工作，最使我痛苦的一件事是：世人太不瞭解不認識韓國革命與韓國民族的偉大，……我發誓要為他們寫成一部大書，來掃除世人對韓國民族的種種偏見。現在這個願心總算有了初步的實現。我希望這本書最低限度還不致誤解韓國革命。」[22]一九八〇年代後又說，「結識範奭，是我文學生涯一個重要轉捩點。若不是和他深交，我在寫作過程上不會變化得那麼快。」[23]這些話都是肺腑之言。

一九四四年底至一九四五年上半年之間，無名氏決定放棄《亞細亞的狂人》轉而致力於寫《無名書初稿》。這是為什麼呢？這與政局戰事無關，與輿論交往無關，完全是他內心的更高的美學追求使然。

作者自己後來說，由於《北極風情畫》《塔里的女人》風靡一時，「我的藝術觀念有所改變，便放棄了《亞細亞的狂人》原

---

22 《關於〈荒漠里的人〉》，貴陽《中央日報‧前路》第六〇八、六〇九期，一九四二年八月十九、二十四日。

23 《〈無名書〉的姻緣——紀念〈無名書〉六卷全部出版》，載卜寧（無名氏）著《在生命的光環上跳舞》，人民文學出版社，二〇〇二年六月，頁一六四。

計劃，開始創作《無名書》。」[24]

　　對於自己藝術觀念所發生的改變，作者有這樣詳細的解說：自己分析《北極風情畫》、《塔里的女人》廣泛受人喜愛的原因「除了故事情節，下列四種特色，恐怕也是重要的因素，即語言文字具有抒情性、哲理性、詩意與音樂節奏感。」

　　　　我想，我應該把這四種特色納入長篇創作的藝術風格中。當時我正以韓國革命者李範奭的一生為緯，以韓國的滅亡、革命、復國運動為經，寫一部百萬言小說，敘述韓國現代革命史，書名《亞細亞的狂人》。就已完成三十多萬字說，我便極不滿意它的藝術風格了，基本上，那還不脫寫實主義窠臼。更成問題的是內涵。它只局限於一個民族的歷史升沉，主題未免太狹窄了，我的視野最好再廣大些，設法展及整體生命，人類普遍命運、歷史文化精神層次，以及東西文化交流等等。

　　　　只有像《無名書》七卷約二百多萬字的規模，才能承受這樣龐大的內涵和新的藝術風格試驗。

　　　　因此，我決定放棄《荒漠裡的人》，改寫《無名書》初稿。[25]

---

[24]　《〈無名書〉的姻緣——紀念〈無名書〉六卷全部出版》，載卜寧（無名氏）著《在生命的光環上跳舞》，人民文學出版社，二〇〇二年六月，頁一六五。

[25]　《〈無名書〉寫作經過紀略》，載卜寧（無名氏）著《在生命的光環上跳舞》，人民文學出版社，二〇〇二年六月，頁一六七至一六八。

　　筆者認為，放棄《亞細亞的狂人》的寫作？主要原因並不是「藝術觀念有所改變」，不滿意包括《荒漠里的人》在內的《亞細亞的狂人》已寫部分「還不脫寫實主義窠臼」的藝術風格。實際上，作者對《荒漠里的人》藝術風格不僅沒有非議，反倒是頗為滿意的。汪著說：一九四二年初夏起「他投入了《荒漠里的人》的寫作……作者自認在創作風格上對於前此的創作具有突破，文字上也具個人特色。」[26]《無名氏年譜簡編》「一九四二年初夏」條說得更清楚「寫《亞細亞狂人》第五卷《荒漠里的人》長篇，在貴陽《中央日報》副刊連載。無名氏自認『文字及風格一個突破。只要瀏覽《龍窟》所收《伽倻》，即可知我在文字上又下了一番新功夫』。」[27]

　　是的，按照作者的構想，《亞細亞的狂人》「縱斷面是一部韓國革命史，從韓國的滅亡寫到韓國的再生。橫斷面是一個韓國革命者的一生奮鬥史，從幼年寫到老年。」這個內容的規定性，決定了它的「寫實主義」的基調。但是，看已發表章節的文本，不論是《荒漠里的人》，還是《龍窟》、《紅魔》和《幻》，以及據為《亞細亞的狂人》第六部材料改寫的《北極風情畫》，實際上都與「寫實主義窠臼」相去甚遠，而表現出濃烈的浪漫主義、現代主義特色和風格。可見，把放棄的原因歸之於「藝術觀念有所改變」，「極不滿意它的藝術風格」是不確切的。應該

[26] 汪應果、趙江濱著《無名氏傳奇》，上海文藝出版社，一九九八年十月，頁五七。
[27] 載趙江濱著《從邊緣到超越：現代文學史「零餘者」無名氏學術肖像》，學林出版社，二〇〇五年五月，頁一六五。

說，放棄《亞細亞的狂人》的主要原因，不在形式而在內容，不在藝術表現而在藝術境界，不在藝術風格而在作品內涵。《北極風情畫》、《塔里的女人》暢銷大受熱捧之時，作者獨自隱居於重慶長江南岸山中，冷靜面對，認真思考，美學追求更加清晰，藝術境界得以提升，以一個外國人為主人公，一國的歷史為主線，作品的內涵「只局限於一個民族的歷史升沉，主題未免太狹窄」，加之「後書格局較小，且我非韓國人，寫異邦事難免有點隔閡。」[28]《亞細亞的狂人》主題較狹窄，格局較小，寫異邦人異邦事難免隔閡，這才是主要原因。他需要用能容納內涵更龐大、藝術風格更鮮明、篇幅也更宏富的題材，來承載自己的審美理想和文學追求，而這就是新構思的多卷本《無名書》。

從《亞細亞的狂人》和《無名書》兩部作品的實際看，寫作《亞細亞的狂人》對於《無名書》顯然具有極大意義。作者也從不諱言這一點。他認為《亞細亞的狂人》是《無名書稿》的「張本」或「前身」：「自然，《無名書》的風格和內涵，與《亞細亞的狂人》大不相同。可是，後者仍算前者張本，至少也是前身。若不是一度獻身韓國革命，與韓國朋友們一起生活，當然不會撰《亞細亞的狂人》，因而以後不會寫《無名書》，即寫，也將大大推遲，由於時易勢易，能否完成，還是問題。這樣，飲水思源，我就不能不想起韓國朋友們的友誼，是他們先結下《無名書》這段姻緣，我才能提早創作此書。」[29]

---

[28] 《無名氏年譜簡編》一九四五年，載趙江濱《從邊緣到超越——現代文學史「零餘者」無名氏學術肖像》，學林出版社，二〇〇五年五月，頁一六七。

[29] 《〈無名書〉的因緣——紀念〈無名書〉六卷全部出版》，載卜寧〈無名

　　研究者也注意到《亞細亞的狂人》與《無名書》的內在聯繫。一位論者在論述《露西亞之戀》、《龍窟》兩本短篇集的論文中指出：「在六卷《無名書》出現以前，作家自覺地用文字的力量搭建的這個非庸常化的世界是很關鍵的。這個世界指向異域文化語境，關注戰爭背景，於其中塑造一個強悍、堅韌、充滿硬度、力度的男性形象，倡揚個體生命的主體精神。這些都是作家之後建構出自身文化理想世界的必需前提。從這些早期形象中，其實已經可以預測出以後《無名書》中『印蒂』形象出現的必然性。早期文學實踐對無名氏文化理想的構建意義是深重的。人物與環境的非庸常化的審美現實鑄就了無名氏的美學風格，貫徹於之後整體的創作中，凝聚形成了屬『無名氏式』的文學精神。」[30]這位作者雖未讀到《荒漠里的人》，但他根據《騎士的哀怨》、《露西亞之戀》和《龍窟》、《紅魔》、《伽倻》、《狩》、《奔流》、《抒情》等單篇作品所做出的判斷，倒是有很眼光的洞見。

　　作者雖放棄了《荒漠里的人》，但仍繫於心，念念不忘他結識的韓國革命者李範奭，念念不忘對韓國命運的關注。在此後的《無名書》中，他為主人公印蒂安排了一位韓國摯友，這就是以李範奭為原型塑造的韓慕韓。韓慕韓的形象與金耀東一脈相

　　氏）著《在生命的光環上跳舞》，人民文學出版社，二〇〇二年六月，頁一六五至一六六。張本，《辭源》解釋為「預為後來之地。」《辭海》解釋為「預為佈置，為將來的行事做準備。」

[30]　武文剛《生命力的追逐──析〈露西亞之戀〉與〈龍窟〉中人物形象的審美特徵》，載《欽州學院學報》二〇〇八年第二期，頁七二。該文是作者的博士學位論文《無名氏的文化理想》（蘭州大學，二〇〇八）第一章的部分內容。

承，又是金耀東的繼續和延伸。在六卷《無名書》中，除第二卷《海豔》外，其餘五卷《野獸・野獸・野獸》、《金色的蛇夜》（上下）、《死的岩層》、《開花在星雲以外》、《創世紀大菩提》都有韓慕韓出現，作為次要人物的韓慕韓貫穿了整個《無名書》。描述他的文字不僅穿插於各章節，還有專門的節次（如《金色的蛇夜》第二章第一節，第八章第一、二、三節，《創世紀大菩提》第四章第二、十一節）。這些段落不僅追述了他皇族出身的家世，因投身反日大業流亡中國，在中國參加抗擊日寇的戰鬥，隱匿大興安嶺地區求生等，還述及離開大興安嶺後的一系列經歷：在韓國光復軍任職目睹的流亡革命者的內部矛盾，指揮流亡團體志願軍的困境，光復後回到祖國的失望與憤怒，重回大興安嶺隱居……。

李範奭（原型）──金耀東（《荒漠里的人》）──韓慕韓（《無名書》），在經歷、性格和精神上基本一致。韓慕韓追憶往事時，常常重現《荒漠里的人》中的一些描寫，如講述流落在好萊塢的俄國將軍的故事（《荒漠里的人》第二章第七節，《金色的蛇夜・上》第二章第一節）。又如，回顧在大興安嶺隱居狩獵生活的種種情景和遭遇（《金色的蛇夜・上》第一章第八節、第二章第一節）。《無名書》並沒有簡單重複這些內容，而是將《荒漠里的人》中具體入微的生動畫面轉為簡要的敘述，這些敘述從內容到文字又都有所變化，比如將金耀東孤身流亡大興安嶺改為與印蒂、莊隱一道，狩獵的項目也更加多樣。《無名書》把韓慕韓的經歷一直寫到日本投降韓國光復，但作者一改初衷，讓他從一個熱血噴發、堅定執著、無所畏懼的革命者、奮鬥者，變

為面對政壇紛爭失望棄政再度隱居的退縮者。這一不符合韓慕韓（金耀東）性格發展的巨變，實際上可視為處於閉塞加高壓境況中的作者當時思想和心境的折射。探析從李範奭到金耀東再到韓慕韓形象的變遷，不是本文的任務，需另作專題探討。我相信，解析這個變遷，定會得到富於文學和社會意義的發現。

《荒漠里的人》的文獻價值和文學史意義

湮沒七十年的《荒漠里的人》現在找到了，但原報至今仍難尋覓，閱者即便看到也因多處文字模糊而難以卒讀，卒讀既難遑論解讀論析、考察研究？因此需要經過文字校勘和文本整理予以重刊，使之以清晰的面貌面對世人，供讀者閱讀品味，論者研究探析，同時保留一份現代文學史上的文獻。

《荒漠里的人》無疑是無名氏小說園圃中一枝早綻的奇葩。就的文本意義上看，整理重刊《荒漠里的人》有助於重新審視無名氏一九四〇年代的有關韓國人的全部小說。在既有的無名氏研究中，論者的關注更多在《無名書》，由於寫韓國人的作品都寫於《無名書》之前，即「前期」，比較零散，獨立成篇的也大多為「斷片」，因而未得到更多的重視和系統的解讀。在這種情況下，論者對單部作品作「愛情悲劇」、「思鄉情緒」、「與動物的感情」等碎片式的解讀，也就不以為怪了。《荒漠里的人》的重新披露，使論者能以更寬闊的視野從全書的格局中重新解讀評價作者擷取部分章節另加題目單獨發表的《伽倻》、《狩》、《奔流》、《抒情》等作品。同時把《荒漠里的人》置於《亞

細亞的狂人》總構想的格局中，重新認識估價從《幻》、《龍窟》、《紅魔》，到《騎士的哀怨》到《荒漠里的人》及《抒情》，再到《北極風情畫》、《露西亞之戀》等有關作品的相互聯繫，以及《無名書》中印蒂的好友韓國人韓慕韓這個人物的來由和性格變遷的內蘊。

在《荒漠中的人》已發表的部分中，除主人公韓國流亡者金耀東外，其他的重要人物人有哈拉蘇「三巨頭」——張連長、姚百戶長和「福豐恒」雜貨店田老闆，金耀東的獵戶朋友盛倫和另一位獵戶朋友、韓國人姜載河，「鄂倫春野人酋長」彎加布，流亡中國的沙俄部下莫梧奇夫婦，韓國女子葉蓮娜等九人。在他們身上作者著墨不多，但這些人物的個性還是比較鮮明的。此外，還寫到若干沒有姓名的「炮手」、漁夫。在作者另行單獨發表的《伽倻》、《狩》、《奔流》、《抒情》中，除《抒情》寫金耀東、葉蓮娜二人，其他基本上選取的是金耀東獨處的故事，它們從不同的側面，表現金耀東在中國東北邊境的流亡生活，通過對惡劣自然環境的反覆渲染，和他在惡劣環境中具備各種生存本領的描繪（長途跋涉，泅渡急流，槍法一流，深諳狩獵等），凸現出人物性格的頑強執著，內心世界的痛苦，孤獨，壓抑，和為求生存克服心靈矛盾的掙扎，堅持，奮鬥，刻畫出金耀東這個生命力頑強的硬漢子的鮮明形象。過去的評論研究，雖注意到幾篇作品的系列性，但多作為單篇作品解讀。將它們回歸《荒漠里的人》各章後，不僅在長篇的系統中可有新的分析、新的發現，還可玩味作者抽取這些節次單獨成篇與其審美觀念的關係。

《荒漠里的人》雖未能全部完成，但它畢竟以其雄闊的氣

勢，深邃的思索，多彩的描寫，獨特的風格，展示出作者的獨到
思考和藝術才華，呈現出了無名氏在後來的《無名書初稿》中所
表現出的獨特藝術風格，標誌著作者從「習作期」到「創作期」
的成功過渡。

　　這部作品充分顯示了作者知識的豐富，視域的開闊，想像的
豐贍。不論比喻的巧妙，誇張的奇特，還是辭采的華麗，語句的
酣暢，用字的獨特，都別具一格。他描繪大興安嶺自然山川那壯
闊粗獷、有氣勢有特色的壯麗景象，令人稱奇叫絕。外興安嶺的
森林，花草，動物，河流，湖泊，溝壑，春夏秋冬的四時不同，
陰晴雨雪的景象變遷，白天黑夜的時光流轉，獵野雉、罷子、麋
鹿、水獺的不同方式和細節，一切都栩栩如生、纖細畢露地囊括
在他筆下。作者在描寫一個場面，一種情景，一個氛圍，一種
景象時，用放大鏡看其輪廓，用顯微鏡觀其細微，用聽診器聽
其聲音，用X光照其內蘊。作者諳熟漢語，好用古奧生僻字、異
體字，常自組新詞，又不時加入西方名詞典故軼事，中外結合，
古今融通。在修辭手法上，比喻、誇張、比擬、象徵、排比、對
偶、反覆、借代、疊音、疊字……，無所不用其極。更突出的是
大量「通感」的運用，將聽覺、視覺、嗅覺、味覺、觸覺等不同
的感覺溝通，使之相互交錯，彼此挪移轉換，以色比味，以聽代
視，眼耳口鼻看聞嘗嗅互通。這些手法，活潑新奇，妙不可言，
也有的略顯牽強；別開生面，耳目一新，也有的給人冗贅之感。
不論所長還是所短，不論成功還是失敗，不論經驗還是教訓，都
在現代文學藝術探索史上留下了深重的痕跡，都值得當今和以後
的漢語寫作者以為鏡鑒。

　　《荒漠里的人》中國現代文學史上第一部和唯一一部以在華韓國人為主人公的長篇小說，也是絕無僅有的一部以外國人在中國的生活鬥爭為題材的長篇小說[31]，其文學史的價值不容忽視。這部小說的發掘，使一部埋沒多年的現代長篇重新進入人們的視野，為一九四〇年代前期的小說收穫增加了一部有鮮明地域特色和蘊含生命哲理的作品。

　　我曾說過這樣的意見：有關韓國人和韓國的作品是中國現代很具獨特性的文學和思想文化現象。其整體的獨特性可以從兩方面認識，一是在現代中國「異域題材」作品中的獨特性，即描寫其他異域人和異域的文學作品相比，中國現代表現韓國人和韓國的作品在創作主體（鮮有韓國生活經驗者，更無一人懂韓國語），描寫物件（背景卻多在「域內」的中國各地），認識論和價值論的意義（中國作者不僅和所寫韓國人生活在同一個現實的世界——中國，經受著同樣的苦痛和熬煎——遭受日本侵略，更以與韓國人相同的價值觀念關注韓國人，力求真實客觀地展現在中國的各類韓國人的外貌、言語、活動和內心世界。讀者通過這些作品能夠直接獲得對韓國人的認識和瞭解）等方面，均顯示出其獨具的特點。二是在「百年中國文學」格局中的特殊性。百年中一九一九至一九四九年的相關作品產生於特殊的時代，是特殊的文學，特殊的文本。就作品看，作者寫作的開放自由，作品內

---

[31]　除主人公金耀東外，書中還有兩個次要人物是韓國人：一是曾參加過「義兵運動」與韓國獨立軍、後流亡中國的獵戶姜載河，這一人物在《龍窟》中作為金左真的部下出現過；二是從小離開韓國生活與國外、現服務于中東路哈爾濱總局的女郎葉蓮娜。

容的充實多樣，兩國文化人之間氛圍的和諧融洽，都是其他時期所無法也不可能比擬的。至於寫作隊伍之龐大廣泛，作者們感情之炙熱真摯，文學體裁之多種多樣，塑造的韓國人形象之豐富多彩，可謂「空前絕後」。因此，我認為，表現韓國人和韓國的文學創作在現代中國「異域題材」作品中，屬於「非常規」的異域人作品；在「百年中國文學」的格局中，屬於「超常規」的異域人作品。這一「非常規」、「超常規」的文學景觀，不但不可逾越，不可複製，也難以重現。這就是這類作品不僅「空前」而且「絕後」（至少在我能看到和想到的長時間內會「史無後例」）的根本所在。[32]

　　中國現代寫作過有關韓國人的小說作者，可以舉出郭沫若、蔣光慈、臺靜農、戴平萬、李輝英、吳奚如、穆時英、巴金、蕭軍、舒群、駱賓基、梅娘、羅烽、端木蕻良、王秋螢、謝冰瑩、劉白羽、王西彥等，其中不乏大家和名家，然而，無名氏表現韓國和韓國人小說，不僅數量的豐富堪稱首位，論作品立意的深遠，構思的宏大，追求的執著，感情的投入，亦無人能與之爭鋒。系統彙集和整理無名氏表現韓國和韓國人的作品，不但是無名氏研究的需要，也是現代文學史研究的需要。整理重刊《荒漠裏的人》當是其中最迫切最重要並且首先要著手的一項工作。當然，無名氏表現韓國和韓國人的小說也存在著缺陷。最主要的是鎖定韓國革命志士李範奭為原型，借李範奭的化身金耀東這個

---

[32]　參見筆者《文獻的發掘整理與研究的開拓深化》，載金宰旭著《值得珍視和銘記的一頁》，知識產權出版社，二〇一二年八月；又載四川大學《現代中國文化與文學》第十一輯，二〇一二年。

「酒杯」澆自己美學追求的「塊壘」，一些鋪排的描寫也有脫離
人物實際之嫌。此外，作者雖然力圖通過多種環境、多種關係、
多個場景，描繪主人公思想性格的各個側面，但由於其性格的基
本面已經定格，讀者看到的多是其思想性格的「表現」和「展
示」，難以窺見生動活潑的發展變遷。對於無名氏這方面作品作
多視角的研究，對認識現代文學時代風貌和特點，瞭解現代作家
開放的國際視野和深厚的人道情懷，觀察現代時期中外文學交流
的互通互動，都會有所啟迪。

　　凡此種種，一言以蔽之，這部作品值得重新刊佈！

二〇一四年五月

目
次

荒漠里的人

關於《荒漠里的人》*

　　《荒漠里的人》是我的正在寫作中的長篇《創世紀》的第五部。這個長篇共分八部。縱斷面是一部韓國革命史，從韓國的滅亡寫到韓國的再生。橫斷面是一個韓國革命者的一生奮鬥史，從幼年寫到老年。這裡面的材料，完全由一些韓國朋友們所供給。其中的情節，大部分是根據史實與事實，因為這本書的主人公，就是曾和我在一間屋子同住過大半年，這大半年中，我幾乎完全用來搜集材料與記錄他的談話。我相信，只有從現實的底蘊中抽繹[1]出來的素材才能深刻，生動，感人。但憑腦子幻想，即使技巧精緻，也不過是盆景清供一類的點綴而已。

　　我所以先行發表第五部《荒漠里的人》，是由於一種心理的偏好。在全書中，我最愛的就是這一部分，而這一部分的材料，過去就很少有人寫過。在這一部分，主要是寫書中主人公在吉林奉天從事革命失敗以後逃亡到黑龍江西北部的故事。背景是外興安嶺，時間是從一九二九年到一九三一年九一八事件發生。在這裡面：我要寫一個人在大絕望中，怎樣逃避現實，而終於又離不開現實；他怎樣要回返原始而其實還是在人間。而更主要的是：我想寫一個人[2]是如何懂得生命，愛生命，與生命鬥爭，而終於克服生命……

　　幾年來我直接的間接的參加韓國革命工作，最使我痛苦的一件事是：世人太不瞭解不認識韓國革命與韓國民族的偉大，……我發誓要為他們寫成一部大書，來掃除世人對韓國民族的種種偏見。現在這個願心總算有了初步的實現。我希望這本書最低限度還不致誤解韓國革命。

　　以上是關於《荒漠里的人》的一點側面解釋，其餘的則留待作品本身去解釋，茲不贅。

　　最後我要特別向李範奭先生與卜少夫先生致謝。沒有前者大量供給材料，這本書無法產生；沒有後者的鼓勵與贊助，這本書無法與讀者見面。我謹以此書獻給這兩位先生！[3]

---

* 本文載《中央日報》（貴陽版）副刊《前路》第六〇八、六〇九期，一九四二年八月十九、二十四日。作者署「卜寧」。
[1] 原文誤植為「抽譯」。
[2] 原文誤植為「我想每一個人」。
[3] 李範奭（號鐵驥）時任韓國光復軍參謀長，他以豐富的自身經歷為作者提供了大量寫作素材，也是激發作者寫作以韓國人和韓國為題材作品的動因。卜少夫是作者的哥哥，他自一九四二年六月下旬起擔任《中央日報》（貴陽版）四個副刊的編輯，為作者這部長篇小說的發表提供了場所。因此，作者要特別感謝他們。

第一章

一*

　　風喧囂著，咆哮著，拐擰著冰雹子似地蠻獷雪霰，恣意沉酣在酒神Bacchus的魔性狂舞裡。從斑駁的古老岩洞中，從魑魅重重的海邊，從黃澄澄的金銅色荒漠裡，……風怒噪著，四面八方的衝出來，似搖幌著千千萬萬條奔馬的粗壯影子；它的淒厲的嘶嗷聲，嗚嗚咽咽的如古代哀惻的畫角，遊龍般地盤旋在悲涼的曠野裡。在風雪的鈞天雄舞中，天與地之間已泯滅了嚴格界限，一切階層形態全被摑殺了。到處急滾著大旋風似地泡沫狀與顆粒狀，纏雜著鯨魚型的白色噴霧與大條大條的神祕銀河，閃閃爍爍的熠爍著充滿棱角的光粒，遠遠看去，直是一片投影在柯達克膠片上的空間深處的天鵝座大星雲。關外雪沒有江南鵝毛雪的黏膩與柔潤。它是乾燥的，粗棱棱的，純然是粉末狀的碎結晶體，經狂風一掃卷，分外顯得粗硬，淩厲，強悍，與混沌，正如北人的稟性。……

＊ 本章第一節後以《伽倻》為題收作者的短篇小說集《龍窟》（上海真善美圖書出版公司，一九四七年九月）。文末署「一九四二年七月十九日寫完」。作者附記：「《伽倻》，《狩》，《奔流》，《抒情》為一個未出版的長篇的四個斷片。」《伽倻》增加題注「伽倻」：「韓國人古稱伽倻族。」列為「注一」，保留了報載的五個注，僅序列依次改為二至六。本書按報載列注，《伽倻》所增「注一」在此說明，不再列入後注。全篇文字未作任何改動。

　　原野，山嶽，河流，森林，岡巒，村落，……全沉沒到堊白色的大波浪裡，像一些觸礁失事的船。全部嫩江沖積層遭遇了一場空前的白色大洪水，整個被白色捲去了，任何區別地形的最隱微的弧形線紋全堙滅在白色大洗禮裡。在風雪的瘋狂掃蕩下，空中沒有翩躚翱翔的鳥翅，地上沒有血腥氣的野獸影子，人的足跡近於一種不可思議的神祕。零下二十度已把一切生命關閉起來。歡樂，火光，希望，與理想，全褪為另一個星球的記憶。整個宇宙縮小成一簇搖搖欲墮的星群，天空變成一隻敗壞了的閃亮的水果，在無聲的潰爛著，一片片鉛雲彷彿就要被狂風搧落下來。

　　舊俄羅斯黑色膨脹欲的結晶的哈滿線，伸展著蟹螯似地鋼鐵胳膊，橫貫了巴爾噶高原與嫩江平原，提攜了茫茫西北利亞與關東沃野。在風雪的驃騎兵的突擊之下，這條大輸血管的倨傲的雄姿，現在也崩潰了。黃花松的鐵道枕木全然被掩埋，成為雪的殉葬品，崛強的青色鋼軌癱瘓成兩條白花花的長長的死蛇，淒然靜躺著，尾巴被遙遠的白色雪浪所吞蝕。如果不是鐵軌偶然的輕悠悠的顫動，人簡直會忘記雪下面是隱藏著一條包括半部遠東政治史的交通大動脈。這顫動聲起先是倏然的，玄秘的，如海底一條鮭魚的輕輕的呼吸。漸漸的，呼吸愈來愈急促，鐵軌的抽搐也越來越歇斯地里亞，……，一團灰黯的點子虛無的從白茫茫的天際線處蠕動著，越顯越分明，……終於，雪原上像遭了場兇險的大地震，車輪樣滾動起一陣沉悶得可怕的隆然金屬吼聲：「卡隆！卡隆！卡隆！卡隆！……」夾著一陣陣尖銳的汽笛聲，猶如巨人的怒號，天神的咆哮。藍鋼車大鱷魚般地出顯了，爬行在白森森的曠野上。這時如乘飛機向下作鳥瞰，會驚訝於這白色大雪

原的一部分竟會爬動起來。在大風雪的擁抱中，在自灼灼的光霧裡，這大鱷魚神經質的掙扎於雪的沼澤內，爬過處，尾閭部分卷騰起一大片乳白色的雪霧。除了抑鬱的哮喘聲與歎息似地黑色煙浪外，它並沒有帶來風雪以外的任何生命符號。幾分鐘後，它悄然隱遁了，留剩在曠野裡的依然是沒遮攔的大雪原與白色不透明體，無邊的騷亂與無邊的深淵寂寞。

　　雪的白瓔珞浮蕩蕩的蕤垂著，斷斷續續的，歪歪斜斜的，瘋瘋魔魔的。隨著大風暴的掃卷，這神祕的瓔珞幻化為千萬條粼動的白蜈蚣，映襯著鐵道邊柏樹電杆的搖顫顫的軀幹，與高架電線的大提琴似地嗚咽悲鳴聲，原野上彷彿在舉行一個最癲狂最悲慘的假面跳舞會，一切的存在全蒙上了面具。⋯⋯當這跳舞會達到最高潮時，遠遠的，沿鐵路線邊，一個新的假面舞客幽靈似地浮現了。這是一團抖動著的渺小灰色影子，雖然輪廓很模糊，它卻在固執的象徵著一個意義與存在。絲毫並沒有鐵軌的顫動聲，這影綽綽的符號很難與那鐵甲大爬蟲聯繫在一起。⋯⋯漸漸的，這渺小的灰影子夢幻似地膨脹了，擴展了，抖動著，越抖越清晰，終於凝結成一個堅實的完整的姿態：風雪以外的唯一的生命記號：──一個人！

　　這人鳧泳在風雪的洶湧波浪中，如希臘神話中被惡運懲罰的唐達利斯①。他前進著，像一支失去控制力的破船，顛簸於無涯涘的銀海裡，被滔滔白浪所拍擊，所推送，一波又一波，一程又一程。遠遠瞭望過去，這人並不像一個在走動的兩條腿動物，而是一團流動在大風雪中的固體：一片枯葉，或一羽鴨毛。滾著滾著，近了近了，這才楞發覺原來是一個拄著鐵手杖沿中東路行腳

的旅客。

　　這旅客年約三十開外，面目黧黑，身材魁梧，寬闊的肩膀上負了一個小行李捲，步態異常沉重而蹣跚，發散出濃厚的疲倦意味，似乎剛從撒哈拉沙漠的長遠旅途裡跋跋歸來。他一行邁開大步，粗獷的用鐵手杖叩擊雪地，一行頻頻回顧，桀驁的覷視著，如一只專用嗅覺捕捉野味的蒙古獒犬。在這慓悍的大風雪中，他的隱藏在茶煙色墨鏡後面的眼睛顯然狩獵不到什麼，這搖顫著一顆寂寞靈魂的雪野，只能給他原始性的荒涼，絕望的空虛，無可救藥的陰慘。⋯⋯

　　毛茸茸的雪光奇跡式的膨脹著，煙霧似地升騰著，夾著強烈的傳染性，受濕浸的灰湛湛的天幕於是也煜耀著淒豔的明亮。這是一種不透明的混濁的光，近似那黑夜初退潮後的穿透過多毛厚玻璃的破曉曙光，色調極其陰鬱而迷眩。這時地球約莫在回軌線上白轉了一半，是一天中白晝光最強烈的時分，也是雪白色似染性最猖獗的時辰。一隻無邊的白色光網俘虜了地面的一切。一片虛無主義的蒼白色無聲的蔓衍開去，洋溢著強厚的涼颯颯的白色的芳香。一股略帶鹹味的寒凜凜的潮濕氣味在強烈的上升著。⋯⋯

　　如重磅炸彈崩裂後飛迸出來的破片，如火山爆發後瘋狂衝擊激蕩的鎔岩火漿，雪沫子橫暴恣睢的飛舞著，撲鬥著，撞擊著，急雨點似地鞭撻著這行腳漢子。他的黑羊羔皮獵帽上，俄國粗棉織品的草黃色「杜蘇里克」②上，羊毛「圍脖」上，灰色行李捲上，全滿滿馱載著銀雪。他渾身噴散出一股強烈的銀光，幾乎被裝飾成一座在走動的銀色建築。風夾卷著雪，獰毒的向他大

瓢大瓢的傾潑過來，幹硬的雪顆子與多棱角的凜寒鋼針似地扎著他的肌膚。他的獵帽是齊眉壓住，三面帽檐全被拉下來，遮往後腦勺與耳朵；他的「圍脖」沒頭沒腦的纏裹著，連嘴巴與人中也包紮起來；為這二者勢力所不及的一小部分裸露面孔，則不斷被風雪與嚴寒的刀子所劈刺，爆發著割裂似地痙攣陣痛。但這陣痛只是肉體上一種本能反應，他的心理感覺其實早已僵成一片風化石，純然麻痺了。對於身上的冷冷積雪，他也毫無感覺，更未想到抖一抖，或拂一拂，逕讓它們自行堆積起來，隨著風的掃卷與足部的搖幌，又自行滑跌下去，不斷的堆積著，又不斷的滑跌著。……

　　荒涼，凜冽，沍寒，陰濕，抑鬱，恐怖，寂寞，……一千種一萬種的悲劇氣氛，像野獸從岩穴裡衝來似地，圍攻他，猛撲他，吞噬他，……他蔑視這些！他的心是一塊冷硬的岩石，他有大的孤傲，大的唾棄，與大的殘忍！他的靈魂現在已凝凍成一片孤獨的冰塊：有著太多的冷酷與太深的堅硬。在曠野的荒涼的眼睛裡，他現在已沒有了過去，也沒有了將來，只有腳印的現實存在。每一舉足，一塊足印立刻鑴鑄在雪上，但旋即被雪填滿，被風掃去。於是再產生新的足印。……足印不斷的死亡與再生，形成一長串無聲的流逝與忽現忽滅的存在。這存在相同大江的一片波浪流注入大海裡，雖然是剎那的，斷斷續續的，新陳代謝的，卻是他在天地間的唯一的真實存在。除了這一尺多長二尺多寬的橢圓形痕跡外，他再不能給予世界什麼，世界也再不能向他取得什麼。——他的靈魂與肉體業已縮成這樣的一個足印。

　　……一個腳印死了……一個腳印活了……隨著一個腳印，一

個圓圓的白點子也並排勾勒在雪上，旋又在雪風的急掃中隨足印泯滅。於是新的腳印，新的白點子，那腳步聲與手杖聲隱約得等於零。

　　他走著，孤獨的走著，踽踽的走著，躑躅的走著，顛躓的走著，蹣跚的走著，搖撼的走著，固執的走著，局蹐的走著，踱踱的走著，矍矍的走著，冷酷的走著，昏眩的走著，……他這樣走著，連自己也不知道經過多少天了。

　　……自從那一個應屬於地獄的殘酷的黑色日子起，他就這樣走著，懷著大憤怒與大絕望。他逃跑著，像一隻受傷的箭豬。他逃出用金子鋪地的洋場，逃出四時開花的城市，逃出紅塵萬丈的人海，逃出笑聲裡雜著哭聲的政治黑流，逃出太陽光發散出黃梅天黴濕氣味的繁茂鄉村，……，沿中東路向黑龍江西北部逃亡著，流浪著。他聽不見外界任何聲音，他聽不見大風雪，雞鳴，或犬吠。他的內心的宏大聲音壓倒了一切：

　　「逃啊！逃啊！逃到古巴比倫！逃到小亞細亞！逃到西伯利亞！……逃到阿拉伯沙漠裡！逃到印度森林裡！逃到蒙古荒原裡！逃到非洲蠻荒裡！逃到埃及的古岩穴裡！……我憎恨蚊子似的群眾，我憎恨販賣人肉的城市！我憎恨充滿刀光劍影的機器！我憎恨用黃金鋪築成的文明！我憎恨蔻丹指甲與塗抹著Kiss-prove的紅唇！我憎恨用死屍來威壓的秩序！我憎恨喇叭與銅鼓！我憎恨一切流線型！──讓我做一塊阿爾卑斯山頂的石頭吧！」

　　於是他餐風飲雪，曉行夜宿，幽靈的影子似地飄動在中東路上，遊魂似地浮蕩在這白色大沙漠裡，有時落在列東後面，有時搶在它的前面。

「總有十來天了吧！」

默憶著自己的旅程，他的思想不禁沉重起來。這些天來，一股原始的情緒驅策他，催促他，他只顧向荒涼裡逃去，此外並未作其他實際打算。經過這些日來的消耗，即使不細數口袋，他也意識到一口無底的陷阱已在前面等待著他了。……

「這是甚麼地方？」

照他估計，離哈爾濱至少有七八百里路了。他早越過昂昂溪，越過朱家坎，伊瑪胡盧，碾子山，成吉思汗，朝陽岡，張德川，雅魯城，紮蘭屯，……

猛抬頭，往遠看去，他兀自吃了一驚。就在這大風雪急旋中。一種湧天白浪似地急擁出一座崢嶸巍峨的擎天高峰。這孤峰透明得如北極冰山。峰頂聳立著一株銀色盤龍松。峰後而是群山的白色幻影與森林的白海。這孤峰的山嘴子是平蕩蕩的，由於四面八方狂風的沖掃，它的斜切面的雪全部被掃光，一陣狂風起處，它的荒禿的橫斷層霞一樣的閃射出一片紅色。——

「啊，紅土！」

一聲絕望的呼喊浮騰在曠野上，這呼喊聲旋即如一支悲哀的殘燈光似地被大風雪吹熄了。

呼喊者摘下墨鏡，眼珠子要爆炸似地死死端詳著：那是怎樣富有強烈誘惑性的紅光呵！……

他停下足步，摔開行李，彎下身子，用手杖的把柄撥開身邊的積雪，又用戴著麂皮手套的手把殘餘的雪渣子掃開，登時，他腳下也裸露出一片赭紅色。他挖起一團泥土，放在掌心，那土是紅斑斑的，濕漉漉的，如一朵凋殘的雞冠花，含著太多的哀怨

與太多的故事。……他的絡織著血絲的獅子眼瞪得大大的，帶著無可形容的絕望與恐怖的表情來凝視這團紅土。漸漸的，他凝傻了，石像樣兀立著，雙睛是兩支紅燭，直插在手掌上。望著望著，托住泥土的手漸漸抖顫起來，渾身也漸漸抖顫起來。……兩顆圓圓的晶瑩淚珠從頰上滾下來，無聲的寂寞的流動著，還沒有滴落在地上，就被風吹散了。

　　風雪越來越猖獗潑辣。雪珠子卷騰得如千丈胡沙。狂風是數不清的無情巨手，要把這世界撕成碎片，要把地面的一切存在物像火柴樣一根根扭斷。風掃雪，雪卷風，風風雪雪的扭結成一片，在瘋狂的角力。原野是愈猛悲慘而渾噩了。他佇立著，忘記了風雪，也忘記了自己的存在。漸漸的，他的眼睛模糊起來，花亂起來，搖幌在他面前的似乎並不是黑龍江西北部的雪野，也不是萬里平沙的亞洲大陸，而是他的久已失落的如錦如繡的半島原野。

　　……在大海的那一邊，在遙遠的鴨綠江與圖門江的彼岸，他的失去的祖國原野上，到處展覽著這樣的紅土，是沃腴得令人醺醉的土地呵！當那美麗得令人哭泣的春天以狐步舞的旖旎姿態飄來時，當那翦水的燕子夢一樣的輕捷的掠來時，霞樣的紅土上，蔓開著霞樣的杜鵑花，這猩紅花香在夜裡會把一個少女從夢中驚醒的。春天的雲海是透明的，媚惑的，那一萬二千峰純是白石砌成的金剛山，直是一簇簇發光的玻璃建築，連它的靈魂也是發光的，透明的。樸淵瀑布一條條閃電似地炳亮著，大風琴樣的淙淙錚錚的交響著巨集麗的音樂。豆滿江的碧流清澄得可見魚鰭的翕息。蔚山灣的海水是納蕤思臨流自鑒的清泉之明鏡。太白山點綴著五彩水禽的潢池是荷蘭風景畫。鬱陵島的累累蟠桃結得有

月亮大，羔羊樣身材的貓踱躅在陽光裡③，伽倻山紅流洞邊的飛泉繚繞著磐石作旋迴²舞，終古彈射出明朗的笑聲與歌聲。那些結著千年人的芙蓉花似地山！④那些游泳著明太魚與海鼠的海！那些流溢出蜜與奶汁芳香的蒼秀林木！那些白色槿花！⑤那些西班牙女尼似地白衣少女，頭上頂著希臘古甕似地水瓶，邁著細碎的小步子在汲水，麋鹿樣匐匍到清泉邊，靜靜的緩緩的汲著明亮的水，如一個女孩子在靜靜的摘花，一朵花一朵花的慢慢摘著，空氣裡經掠過清脆的泉水流瀉聲，遠遠的如夢的伽倻琴聲響了。……

　　手一顫，那團紅土從他手上滑落了。

　　……

　　十分鐘後，當他再捎起行李，向前邁步時，一個新的決心火焰似地搖幌在他的思想裡。他已失去離開這片紅土的勇氣了！

二

　　破船也有它的港灣。三十分鐘後，一個鵝黃色小車站終於向這行腳漢子伸展出臂膀，純粹是俄國式的建築：票房與行李房駐軍營房構成品字形，中間隔著長長木柵欄與楊樹行列。行李房與營房外側的月臺，長約百米，有著黏土的肌肉，碎石的骨骼，與黃沙的皮膚。它被營造者壓得緊緊的，輾得平平的，這番曾索取過若干腦汁的工程，現在卻全被雪的白色巨手所抹煞了。雪霸佔住一切。

---

²　原文誤植為「旋迴」。

　　車站左近，沒有市鎮，沒有搖晃晃的人影子，沒有表現人間味的騷音，即使有人煙，也很稀疏，或被風雪所掩蒙了。勉強搜羅，只有幾片零星小鋪子蟄伏在河沿上，山坡下，像是幾隻努力把頭鑽入沙裡的駝鳥。這些小鋪子散散落落的，又孤單，又冷落，每一家相距至少數十步遠，它們彷彿深昧[3]了叔本華的關於獵豬的哲學：這些豪[4]豬身上叢生著長刺，冬天怕冷，相互靠攏，以求溫暖，但旋即相互感到刺痛，又不得不遠遠離開了。

　　在這大風雪天，這小車站真夠荒涼冷落了，還抵不上荒山裡一座破土地廟；連一個像人樣子的形體都沒有。應值班的站長或幫辦（副站長）大約都鑽到火爐裡去了，一把紅旗子被丟在票房門口。……要不是從那長方形白漆站牌上，有三個拳頭大的楷書字誘惑的撲到他的眼睛裡——「哈拉蘇」，下面描寫著一個俄文字（XaVaCy），他會以為這是荒涼的非洲和利比亞或英埃蘇丹的。

　　這漢子在車站附近逡巡了幾分鐘，繼續向前走去。風雪來勢這時已稍稍煞下去。在雪光的照耀中，前面分明還有人家。

　　跋涉了約莫半里路，他的疲倦的的眼睛終於落在兩椽草屋上。這草屋兀立在山坡下，四周不靠人家，如一個孤獨的老鰥夫在垂頭沉思。他搶上幾步，走近前一看，原來是一爿小雜貨店：招牌上標明是「福豐恆」。店裡「生財」大都是嶄新的，顯然開張未久。「三架子」上陳列了一些海味與雜貨：有油，鹽，醬，醋，高粱酒，香煙，火柴，罐頭，小米子，海帶，木耳，金針（一種調味菜），……

---

[3]　原文誤植為「味」。
[4]　原文的「豪」左加「犭」。

一部分的事是為「大鼻子」準備的。

櫃檯裡面坐了個粗眉闊嘴的黑大漢，看額上流水縐紋，是奔四十歲下坡路的人，一雙環眼閃灼著種棱棱的光芒，面色卻甚和善。這黑大漢雖然是凝坐不動，渾身卻騰溢出一股曠野氣息，純然是綠林裡的「架勢」：「功夫上的」派頭，即使未「插」過「柳子」，看樣兒也曾在大江大海裡打過滾。在這樣的大雪天，店門口連麻雀也沒有一隻，他便翻出陳年「流水」，牛抵頭似地伏在帳桌上「一上一」「二上二」的打著珠算，「劈里拍落」的算珠子滑動聲，清脆的響著，圓溜溜的滾在寒氣裡。

來客估量這黑大漢便是掌櫃，徑直大踏步邁往店內，在櫃檯邊站定了，呵了呵說：

「請了，掌櫃的！……」

黑大漢吃了一楞，放下算盤，迎出來。一團和氣的答了話：

「請了，客倌。……有何吩咐？」

來客沉思了一下，並不放下行李捲，卻粗率的道：

「掌櫃的，……我有點小事相商。」停了一下，口氣突然熱烈豪邁起來：「掌櫃的！我求你先別打聽我從那兒來？往哪兒去？也別問我操什麼行當？來此地幹什麼？……這些請你先別計較，……我是一個過往客人，歡喜這個地方，打算在這兒附近住一些時候，我想求你的一點援助：暫先借給我一袋小米子，半斤鹽，一盒火柴，……這些你辦得到麼？」

來客口操吉林腔，聲音像破銅鐘似的響著，微微發嘎，是受了點風寒。這宏壯的聲音教櫃檯裡的人震動了一下，他抬起眼睛，骨碌碌的直在來客身上滾轉，不斷上下仔細打量著。

　　來客渾身是雪，晶耀得像一座銀色建築，遇著室內的暖流，這銀色建築上的雪全化成液體，大滴大滴的落下來，無聲的墜落在地上。來客身材粗壯，直是一顆彎獷的老欂樹：肩膀與胸脯子特別寬大開闊，端的熬得一份好膂力！出於長途的勞瘁，來客臉色備顯勞頓，雙頰遭風雪與嚴寒的鞭撻，有好幾處已被擊破了，纏結著凍瘡，描繪出紅腫與痂疤，……

　　從來客的舉止，口氣與玳瑁墨鏡上看來，委實與他的衣著有點不調和。在這樣的大雪天，鬼似地一個陌生人忽然從不知道甚麼地方的地方冒出來的，驟然之間，縱是怎樣仔細端詳，一時也難看出分曉，而斷定是屬於那一流角色。——只是總覺得來歷大約有點不凡。

　　掌櫃的端詳再端詳，研究又研究，似想在這短短的幾十秒內，攫住來客的全部靈魂，把握住他一生的悲歡離合。……終於，懷著賭徒「壓」冷門的心理，他瀟灑的擺擺手：

　　「好說好說。你吩咐就是。」望望店門外的風雪：「大雪天，怪冷的，客官累了吧！……先喝盅茶，烤烤火，暖暖身子，我這就續炭！」

　　門外大風雪的交響樂章，漸漸只剩下尾聲。原野的海面解脫於惡劣天氣的桎梏。慢慢澄清下來。朔風由最峻急的漩渦降落為平靜的波浪。雪霰也逐漸的溫柔起來，如一個大大發過脾氣的美麗少女，終於顯露出她幽美的靈魂——世界是從另一個「世界」裡還原了。

　　猩紅的火光從火盆裡散溢出來，新補充的炭是一些新兵，旺熾的燃燒著紅色的熱情，要把從屋外襲來的霧氣全部溶化為它們

的俘虜。雪的神祕銀燈原使店內明亮了，現在與浸透進來的白色雪光與炭內的紅色火光相邂逅，老朋友似地立刻擁抱在一起，融洽無間，瀦匯成一片幽玄的光的水流，把店內淹沒得更明亮了，這神祕之光照亮了來客的黝暗的臉孔，也照亮了他的陰鬱的心。他喝完一杯茶，深深喘了口氣，似乎已逃出大風雪的追逐。

在烤火時，賓主交換了姓名與籍貫：是在循規蹈矩的填一張履歷片。掌櫃姓田，山東滕縣人。來客的名字是金耀東，雲南芒市籍，是出產廿多種瘧疾與黑死病的地方。但他從小住在吉林寧古塔。

除了照例的寒暄外，他們的話只限於上面的填履歷片。來客似乎不願多開口，寒蟬樣習慣的噤默著，只埋頭烤火，不時用長長的鐵籤子撥弄燒燼的薪炭。隨著每一次撥弄，火心子就更炘炘的燄燁，而熱烈起來，熊熊燃燒著，熛起倏忽殞滅的火星子，一股紅灼灼的熱熱光焰直往上衝激……

在火盆旁邊坐了十幾分鐘，忽然想起賬桌上的一本「流水」，田掌櫃霍的一骨碌站起來，道了句「失陪」，又去櫃檯裡「三下五除二」的板弄算盤了。

三

當來客把身子烤得熱騰騰的，把後背上的潮濕氣蒸發得乾乾淨淨的，扶著手杖，跨出店門時，那風雪早已結束，原野是一片沐浴過的水晶玻璃，閃亮著夾有明靜浮雲的銀輝。雪光是在強烈的照耀。天的含有濃重失眠意味的蒼白色面孔也奕奕生動起來。一切是調協的，鮮麗的，嶄新的，與一小時以前的幕景相比較，

現在已從大風暴裡航入和平的港灣，接觸到海水的溫柔了。他的行李捲已存放在店內。沒有了負載，他覺得是洗了一場淋雨浴似的輕鬆。身子雖然是再度投擲入原野的寒冷氛圍裡，卻有一種被解脫的快慰。走不幾步，他已醉醺醺的沉酣在曠野的新鮮的芳香裡了。

在哈拉蘇的週邊，隔不三四里，總有一兩起闃無人住的孤單屋子：有的是「馬架式」獨間屋，屋頂的兩斜面上覆蓋著黃蒼蒼的茅草，牆壁用土筏砌成，一門一窗同開於側面；有的是穀倉型草屋，屋身作圓形，屋頂則是錐形；有的是平頂圓形木屋，純粹用木料造成，是森林地帶特有的房屋，……。這些屋子原隸屬於一些「跑關東」的客人，他們浪跡于哈拉蘇，專心致力於「跑出」。豐饒的春天來了，他們入山揀拾牝鹿換茸時卸脫下來的枯槁「坎角」，聚集多了，便帶到哈爾濱，向草藥店兜售（那時市價值六七元一片）。春夏之交，豪雨以後，老耄的柞樹軀幹上滋生出黑木耳，他們便去採摘下來，這是大補品。白露霜降，金黃色的榛子熟透了，遍山遍野是絢爛的累累果實。他們便一大麻袋一大麻袋的收穫著，絲毫不問耕耘。……這樣積日累月，掙了點積蓄，攢聚下一堆奉天宮帖，便拍拍塵土，離開這窮鄉僻壤，或另開碼頭，寫新的「淘金記」或衣錦還鄉，株守「自己的園地了」。因此，這含有蘇武牧羊意味的臨時窠巢，便被遺棄下來，任風吹雨打，霜雪侵蝕。

在這種充滿「大窩集」的森林區域，沒有主人的木料到處是，加之地上土壤，含有極濃厚的鹹質，故築造房屋，直如順手牽羊，便利無比。這些落荒的孤單屋子，離鐵路線既遠又伶仃，

又簡陋，即使不掏腰包，當地人也不屑問津。於是它們始終像破抹布似地被丟到荒郊野外，守著空蕩蕩的寂寞歲月。一年四季，只有一些幾乎等於零的窮而破的過往旅客，偶爾在此投宿，此外便是每年一度的春季，燕子偶然過此營巢，呢呢喃喃啾啾唧唧的吟詠一番，忙碌一番，一到江邊桂花快凋謝的時節，又展開黑色華翅，去追逐陽光了。只留下那冷落的空梁，不時輕輕墜落下寂寞的燕泥。……

在雪地上一程程的走著，他發現幾起這樣的孤單屋子，裡裡外外仔細端詳一番，終於嫌他們離鐵路線太遠，沒有進去做主人的意思，他需要聽大地上的鐵軌顫動聲。

經過幾番搜索，在離鐵路線不太遠的一座山坡下，他終於發現一幢陰暗的建築：一座廢圮的磚窰，一顆有著帝王陵寢的莊嚴與冷靜的靈魂。這窰純由方方的土磚砌成，極為牢固。他用鐵手杖敲了敲，壁上登時射出一朵枯澀的黯啞的確實堅實的聲音，是衝破陳年的古口記憶的沉鬱的歡息。自從最後一次冷卻的燒磚「出土」後，那「窰帽子」便永久被揭去了，窰遂展露出它的深淵似地幽暗的內心，如一只絕望的黑色大眼睛。

從窰門口走進去，他發現窰灶裡盡是積雪，足有一尺多深。灶的面積約有五六方丈寬闊，算是規模很大的土窰了。由於風雨的啄蝕與潮濕的薰侵，灶壁上孕生著暗綠色的青苔與斑斑的白黴點子，散溢出一股刺鼻的黴濕而酸澀的氣味。

這窰是一座小的城堡，大的墳墓，有著太多的灰色陰影與太多的沉默的陳舊記憶。時間的手雖然殘酷的企圖摧毀它的形姿，但因為它本身基礎堅固，只外貌上略顯蒼老，骨骼與筋肉卻是健

壯結實的，……[5]

　　……

　　三小時後，當他以魯濱遜的姿態，敏捷完成這座僅能遮風蔽雨的臨時巢穴時，夜這只黑色巨蠶已開始咬蝕著葉形的原野，且帶有濃厚發酵性的膨脹著它的黑色身子，一切是漸漸染汙了，染髒了，染黑了。

　　從雜貨店取回行李捲，小米子，鹽，火柴，借了個瓷罐子，他用兩塊大石頭砌成簡陋的鍋灶，劃了棍火柴，燃起荒草。把搭造屋架子時砍剩下的零星碎森林塊引著了，燒起熊熊的柴火，又跑到窖外捧了些雪塊放在瓷罐裡架在灶上，溶化成水，小米子也不淘洗，徑捧了幾大把放下去，伴投下一大撮鹽——這算是熬小米粥。

　　從柴薪堆裡，卷騰起大片大片的血紅火光，夾著發焦的煙味，奔獸的腿足似地搖幌在窖內，驅走了四壁的黑暗。這火光帶給他古代黃昏的記憶，與酸辛的暮年感覺。那四處撩撥的火舌頭的神祕顫跳，便是人生中極炫麗也極容易幻滅的部分。他坐在亂柴堆上。火光照亮了他的粗獷的靈魂。他的一個思想也突然被燃亮了，他依稀記起：适才跑到森林伐森林時，在雪地上發現一些竹葉子似的痕跡。從經驗上，他推斷，這是飛禽的足跡，而且是野雉的足跡。當時他曾蹲下身子，摸了摸鑴鑄著這些足爪印子的雪片，發現它們還不甚礓硬。他於是肯定：這些五彩飛禽離此並不遠，天寒了，出來覓食的，……

　　「這附近一帶一定有很多的野雉！」他想。

---

[5]　因原報缺第十五期，以下文字不能連接。所缺字數不詳。這個省略號和下行的省略號是編者加的。

　　窰外夜色潮水似地氾濫著，原野返回到世界未開闢以前的無聲狀態。在極度的靜寂中，一串串迷鹿在野外的寒氣，似乎在反動的發出回聲，凜寒彷彿已凝結成一種滾動在空中的球形固體。冬夜真有一種可怕的深沉。人會設想一些魔鬼似地猙獰的面孔或姿影會出顯在那黑流裡。在這黑色川水裡，雪光盛開著魑魅似地蒼白色的花朵，……

　　火光投映在窰壁上，那暗紅色的影子就像一隻隻野雉的美麗的五彩翅膀，……

　　他夢亂的想著，思緒變成一堆互相糾纏的繰絲，可是當一瓷罐小米粥熬好時，他對於自己的未來生活方式，已有一個輪廓的決定了。

　　沒有碗筷，就著瓷罐口子，他喝了裡面的一大半小米粥。

　　這一夜，他睡得很鼾，如一只六月流火天的豬。他的床就是鋪在地上的荒草。

四

　　翌晨時八許，在與田掌櫃「聊天」時，這遠道來客不經意的觸及一個新鮮話題：

　　「……這一帶野雉倒很多……」

　　「哈拉蘇的野雉，在哈滿線上是出名的！」

　　「這兒的野雉，時價如何？」

　　「莊稼人吃不起野雉，本地沒有一定的市價。……路上（中東路）的可貴得怕人，劃八九毛錢來一隻，抵得上一隻豬崽子的價錢呢！」

　　客人沉吟了一下，試探的道：

　　「每天要能打幾隻野雉，日子不也很可以對付了？……」

　　「嚇，嚇，說說是容易，動起手來，可就另一回事呀！……這一帶野雉比牛毛還多。眼饞饞的看這些畜生在跟前搖呀擺的，彷彿一伸手閉住眼也能摸到幾隻似地。……可是，你要真動手呀，那是癩蛤蟆爬旗杆，還差一大截哪！……」

　　「要是真弄到手，准有主顧麼？」

　　「嘻，真弄到手，那還愁脫不掉手？……哈滿線飯車上，哪個客人不愛沾點野味？俄國大鼻子看見野雉，歡喜得甚麼似地。就以這個麼，怕賣不掉，甚麼話呀！……可是，話說回來，野雉並不容易打哇！」

　　客人皺起眉尖，思索良久，陰鬱的眼光一徑在櫃檯裡面的貨架上徘徊著。終於，突兀的然而溫和……[6]

　　……

　　與姚百戶長分手時，金耀東帶去了一支土槍，兩隻豬皮縫製的「烏龜」⑥與一個小布袋子，裡面分裝著足夠射擊五次的鐵沙子（火藥），與起爆劑。

五

　　沉重的天氣，熄滅了太陽，雪便代替太陽發光。這光與那天體恒星是一樣的眩目，卻沒有它的火焰與熱度，是一種正相反的冷冰冰的無同情的光彩；令狩獵人眼裡泛溢起一種北冰洋的

6　因原報缺第十九、二十期，以下文字不能連貫。所缺字數不詳。這個省略號和下行的省略號是編者加的。

色素。在雪光的發酵下，連空氣也是透明的，玻璃型的，固體性的，似乎可用手捫觸得到。雪光開展著，如一些大的白色翅膀，掠著無精打彩的天，掠著沒有顏色的森林（嚴格說，白不是色），掠著固體的河流，掠著沒有泥土的原野，……一切是日本畫似的靜，古希臘雕刻似地靜，這靜有芳香，有夢味，直是一條麗思河（遺忘之水），人走在這裡面，竟會失落了自己。如果沒有那花崗石一樣粗糙的冷風與寒氣，人會湧出一種，只有在春天才會產生的憐惜自己的極溫柔的情緒的。

　　沿著無水流無聲音的雅魯河，金耀東向前邁去。他的杜蘇里克的粗布腰帶上，添掛了三件狩獵用品，兩個「烏龜」，一個起爆劑小布袋子。他一行慢慢走，一行精細的察看這土式霰彈槍。這是一種落後三百年的原始槍械，與十六世紀葡萄牙人輸入的火繩槍沒有多大差別，唯一改良的是用扳機代替了拉動的火繩。槍的外貌，顯然已快到「退伍年齡」。機鐵上滋生著暗褐色的鏽斑，榆木槍托被手汗染汙成黴黑色。看那鐵鏽與污垢的程度，光景是久未被人摸觸了。他看了一遍，不自禁的瑟縮起來，他怕這「老傢伙」已失去殺害的性能。

　　停住腳步，他把槍豎在地上，讓槍管朝上，從腰帶上取下一個「烏龜」，倒翻過來，讓「藥升」裡裝滿了足夠的火藥分量，又拔出藥升，把這柳炭與硫磺混製成的火藥灌入槍管內。繼而用通條塞了一層紙在裡面（紙可以發生阻礙力，爆炸時力量可增強）。接著，從另一個「烏龜」裡用藥升量滿……[7]

---

[7]　因原報缺第二三期，以下文字不能連接。所缺字數不詳。這個省略號和下行開頭的省略號是編者加的。

　　……□之□，山裡繁育著自然生的草果子，海棠果是紅瑩瑩的，秋不落地，嬌嫩得像南國的櫻桃；夏季的「土盆子」（即覆盆子）有著少女最美麗的嘴唇輪廓，是炮製果子醬的「極品」材料；秋天的紫晶色野葡萄是滴溜溜的圓，豐盈得如少婦的胸膛，似乎只要輕輕吹一口氣便會溢出奶汁似的甜液；金黃色的榛子流瀉出含有濃厚撩撥意味的芳香；……這些全是野雉的副食品。因些它們也常來往於山谷裡。可是山一深，離人家太遠，卻又少有它們的蹤跡。它們對於五穀的嗜好，是遠過於草果子的。它們也喜歡森林，常用以遮風擋雨，只是太猛□黑魆的森林，林木太茂密高大，足以阻礙它們受獵逐時的遠走高飛，便不為它們所喜。它們愛憩息於竦落落的小樹林裡，矮矮的灌木叢中。在無風無雨的日子裡，雉已習慣的伏在濃厚的草叢裡，借長長的草棵子為天然掩護體。在心裡上，它們覺得這樣安全，正如兵士在麻包電網後面感到安全。雉愛流水，因為它們需要流水。冬季它們盡可能喬遷到不上凍結冰流泉水附近，必不得已時，這才噬雪解渴。

　　因此，若作雉獵，只要到有水有草有林有田的附近山麓裡或山腳下鑽圈子的搜索，必可發現「雉的王國」，只有極少數的野雉，因為記憶裡的獵槍驚嚇次數太繁夥，分量太沉重，這才抱著避秦火入桃花源的大決心，躲到人跡罕見的深山裡。然而，這種務光許由式的逃出作風，在「雉的王國」裡是不多見的。

　　雉獵的理想季節，是溢滿了落葉的憂鬱歎息聲的秋天。其時三四月間「抱下」來的小雉，紛紛長成，一個個全是精壯的小夥子，有著沉甸甸的身子。十月是一年中野雉肉最肥的時節，也是它們最繁殖的時節，高粱大豆田地裡，有時不啻是一座座彩色油

畫展覽會。這時獵人便選擇風和日麗空氣澄明的響晴天，帶著獵犬逡巡於大草叢的四圍。

雉不解沐浴，渾身長蟣蝨子，奇癢難當，便盡可能作「曝光浴」，在大太陽裡曝曬，藉以增加皮膚的抵抗力；或作「沙浴」，拼命在沙土裡旋滾，直把沙地上滾成一個個大坑洞。作「日光浴」與「沙浴」時雉極容易屙糞矢，經日光一蒸發，給微風一吹拂，那臭味便煙絲似地嫋散開來，嗅覺敏銳如刀鋒的獵犬，「嗖」的一聲，箭也也似地直穿入茂密的大草莽裡，把潛藏在裡面的彩禽「哄」得飛起來，於是飛一隻，打一隻，飛一雙，打一雙，只要獵狗「磅」，槍法有「點子」，不到一頓小米飯功夫，便是滿載而歸了。

冬天的雉肉既不肥，行蹤又稀疏。原非雉獵的理想季節。然而在金耀東看來，這哈拉蘇地形上既不缺少「五行」，附近野雉必多。大雪以後，它們被水糧問題驅逐出來，行經處，一定有清晰且堅牢的痕跡，只要咬住足印追去，便不難有所獲。雉獵經常需要獵犬作助手，但雪後天寒，狗的嗅覺甚為遲鈍，有時且發生麻痺。雖在冷天糞矢很少，即有也無法蒸散開來，僅有的一點氣味複沉澱在厚重的氣壓中，故獵狗的作用其實很少，他現在光身人狩獵，反而輕鬆，俐落。

他走著，徑往靠南的山腳下的少雪處邁去。冬天多北風，南山坡上雪少些，且比較溫暖，基於日光浴與沙浴的習慣，雉愛蟄伏較溫暖的場所。

他纖毫無遺的檢察著地面，敏銳得像福爾摩斯。不久在南山麓果然發現了一簇細碎的足爪痕跡，俯身用手摸了摸，雪印子

還是軟軟散散的，稀稀鬆鬆的，他斷定野雉方離去不久；於是毫不放鬆的小心翼翼的追蹤著。這些爪子印蜿蜒開去，彎彎曲曲的，深深淺淺的，直是輕盈的Mu e所留下的精緻的神祕的靈感痕跡……

　　他搜索著不到一里路，就發現奇跡似地，看見一隻綠色雄雉遠遠蹲伏在籠罩[8]著積雪的小邱岡上。襯映著皚皚銀的透明白雪，反燦麗得如紅日將升時的東方朝霞。

　　野雉是出名的近視眼。他悄悄走過去，直到十米左右，這彩禽才抬起褐黃色的鵝卵形的小腦袋，猛可的用全付蠻力打著翅膀，向上飛沖，激發出極震動的響聲，似乎要給獵人一種刺激，一種威嚇！──

　　「砰！」

　　一槍打去，一大團鐵沙子如瀑布猛砸在岩石上所迸激的水沫子似地，峻急的噴散著，飛濺著。那裝飾著斑斑點點的金銅色與翡翠色的豔麗翅膀，立刻被打斷一隻。它想飛，飛不動，只得一蹺一拐的忍痛的逃跑著，夾著短短的縱跳，一路上滴落著石榴紅的鮮血，彩虹似的彎彎描畫在羊脂白的雪地上；它是在作最後的掙扎，最後的逃遁；……

　　如一只受傷的野豬，狩獵人直衝過去，踏著那斷斷續續的血印子。不到一百米遠，在一個小的岡邱的頂子上，他終於毫無憐憫的俘虜了這失去抵抗力的獵品。野雉這時痛得不能動彈，自暴自棄的縮成一團，那豹紋形的綴著燕黑色點子的杏黃長尾微微顫

────────────

[8]　原文誤植為「籠草」。

慄著，蛇樣的小眼睛流瀉出日本「三昧線」似的沉重的哀恕與幽暗的悲傷，……

用小蘿細把這美麗的翅膀與雙足緊緊縛牢，倒提著，繼續往前搜索它的同類。那彩色翅膀不斷滴落著紅豔豔的血。他的手上身上開滿了斑斑桃花，他毫不介意，也未想到拭拂一下。在他的思想裡，只有旋風似地毀滅與屠殺的觀念。他倦了，便用這來鼓舞。他冷了，便用這觀念來溫暖。他餓了，便用這觀念來充饑。

感遜他過去的嚴格軍事生活與業餘狩獵經驗，雉獵在他實不是一重難關。他的槍法「在譜子」，他的雉獵智識豐富，他固執的自信不會失敗。

野雉愛啄食地上的穀粒與小蟲子，這些食物的形體異常微小，搜尋時很傷害視力，積年累月，過度用視力的結果，野雉便患上極度的近視。雉本是雞類，天賦的習於走而不慣於飛，非到萬不得已，絕不輕展翅膀。在心理上。雉的感觸力與警戒性遠不如麻雀喜鵲一類飛禽敏銳。它們不怕兩條腿的動物，總不懷疑他會有所加害，即使一朝發覺大事不妙，真有魔鬼來了，也盡可能駝鳥似地藏縮著。因為它們的飛行速力並不高，恐一旦早早飛起來，反易為狩獵者或猛禽所發現，而遭受襲擊。這時它們是恐怖到極點，有一種末日似地陰慘慘的感覺，……

綜合以上數因，故野雉通常在獵人與獵狗或猛禽靠得很近時，才猛力飛起來。雪天沒有長林豐草掩護，自己的足爪印子，又清晰的鑴刻在雪上，野雉不得不稍稍提高警戒力以圖自衛，因此，有時也會破例遠遠的高飛起來。但江山易改，本性難移，這警戒力究竟也改良得有限。故獵人走近時，盡可沉住氣，不慌不

忙的去射擊，有的是致它死命的時間！野雉身體大，目標大，它不會作敏捷的電光形的曲曲折折的斜飛，也不習慣于平行低飛，大多是楞突突的向上直飛，很容易描準。唯描準後，不宜過早扳動槍機。霰彈槍的鐵沙子散佈面很大，射擊時野雉靠得太近，反容易錯過。

根據這些經驗的心得，他繼續著雉獵。兩小時後，剩下來的三發火藥與沙子又為他添了兩隻彩色俘虜，是公母一對。當那雄雉以拋物線的姿態，像跳（Rondo）舞似地畫了一條半圓形而墜落在白色的雪的幕布上時，刹那間，五彩繽紛光色奪目，直如熱帶的雲霞樣絢爛的旋回著。這是地球上最妖冶最綺麗最神祕的弧線；雷奧那多達文西或拉斐爾畫筆下的弧線⋯⋯

當他舉起人類的優越智慧之鐵鎚，為這些美麗的禽鳥敲起黑色喪鐘時，他胸中毫無憐憫與顧惜。他清晰的明白：小雉剛從蛋裡孵育下來，就懂得尖啄銳爪與同類相鬥爭了。雉的本性是極強悍而殘忍的。一般飛鳥對於其同類弱者多不忍加害，唯雉則越是弱者，就摧殘得越屬害。征服與迫害原是生命維護自己的必要工具。多年來他一直被另外一隻黑手征服著，迫害著，現在他為甚麼要姑息這些用利喙銳爪征服並迫害其同類弱者的野禽呢？——他必須征服！他必須迫害！這在他幾乎是非功利的，不含實際意味的，而是一種本能的需要與滿足。

六

當金提著三隻俘虜，回到福豐恒時，田掌櫃的眼睛瞪得比銅鈴大，驚喜得足有一分鐘說不出話。瞪了又瞪，看了又看，終於

激賞的點著腦袋，歎息起來：

「端的好槍法！好槍法！佩服佩服！有眼不識泰山，海水斗量了。罪過罪過！……」

「玩意兒！值不得甚麼！白玩罷了！」

他謙虛著，夾著微微的冷傲，旋即把一條俘虜作一適當分配！那雌雉一對送給姚百戶長，剩下一隻雄的則送給田掌櫃。

哈拉蘇的人，一生中能享受這種新鮮野味的次數，是數得出來的（獵戶除外）。當這三件禮品被分贈後，受饋者的喜悅是難以形容的。這陌生狩獵者的軀幹在他們眼中登時高大起來。不管他是牛鬼蛇神，是狐鼠梟獐，能在三四頓小米飯功夫狩獵到三隻花花色色的野雉，這就值得推金山倒玉柱的膜拜了。

「洋炮你儘管使！火藥沙子有的是！弟兄們不分彼此。你要用儘管來取！」姚百戶長擺著手，豪爽的說。這回他是說的中國話。

「那不必了！不必了！小號裡有的是。請金先生盡用好了。盡用好了。」田掌櫃也更加率直起來。他的店裡原是出售這宗貨品的。

「那麼就先賒了用。等野雉打多了，脫出手，立刻奉還。」

「好說好說。見外了。」

這一天，姚百戶長的晚餐桌上多了兩個人。

「……」

沙子與火藥的比例是三與一。翌晨，灌了一肚子小米粥以後，金帶了十發火藥砂子，終日跋踄在附近山麓裡。他忘了飢餓，忘了疲倦，也忘了一切。他心中的唯一形態是野雉。整個天

地對於他，也彷彿成為一隻野雉的化身。他似乎不是生活在人間，而是馳騁在原始的古代洪荒裡，只有獵者與被獵者，強者與弱者，此外絕無第三種存在。他眼睛裡，胸膛中，充塞著一團火爆爆凶煞煞的殺機，他沒有同情，沒有寬恕，那受傷的野雉的乞憐眼色，不能感動他，那彩虹一樣美麗的翎毛與羽翼對於他並沒有溫柔的美學意義。那沒有呼吸的彩色屍身對於他也沒有死亡的嚴肅感覺，唯一引誘他沉醉，左右他的喜怒哀樂的是──征服！殺，殺，殺一槍一個，兩槍一雙。……由十發火藥全變為煙霧與廢爛的碎鐵時，他征服了七隻彩色俘虜！

回到福豐恒，已近黃昏。他滿身手盡是血。

當祝賀與讚美如流泉似地從田掌櫃的嘴裡滾出來時，浮現在狩獵者的蒼白色嘴唇邊緣上的，卻是一團苦笑。他用凍嘎啞了的嗓子愴然對田掌櫃道：

「碰運氣罷了！……凡事只要狠心點，就不會空手的！吃『炮手』⑦這一行飯也是如此！」

接著，他與田掌櫃談到野雉的出售問題。

注釋

①唐達利斯受神的懲罰：永遠浮沉於海中，而始終不能得一口水喝。
②「杜蘇里克」為俄國平民工人眼裝，形如外套，用粗布縫製。
③韓國鬱陵島的桃子與貓特別大。
④韓國漢城三角山如三朵芙蓉花。
⑤槿花為韓國國花。
⑥「烏龜」即盛裝火藥沙子的皮革囊袋。因為形似烏龜，故有此稱。
⑦「炮手」即獵人。

第二章

一

　　中東鐵路踏入黑龍江西北部時，一邁過碾子山，它的細長而窈窕的身子便被扶舉起來，龍樣的騰嶢上去。這以後便是外興安嶺的分岔脈，大海浪式的地形，一片片卷過去，越卷越高；傾斜的坎度不陡峻，照工程師的設計全圖上解釋，大多沒有越過「平均高度」的百分之一；這是鐵路工程上的理想坑；故鐵軌爬行過去，一路所遭遇的電光式大迂回，及螺旋式大盤旋的困苦機會很少，只要像朝山香客，一級級的層次升上去就行。

　　從碾子山起，鐵路一直爬行在兩山夾道的大山溝裡。哈拉蘇便是大山溝裡的一個小車站，往南的前一站是紮蘭屯：名滿中東路的避暑地；往北的後一站則是巴林林木。

　　如果沒有中東路在此設站，如果沒有過往炮手們在此憩足，如果沒有豐富的榛子與野雉，……即使再過兩個二十世紀，哈拉蘇在黑省人民記憶之海中也不能佔據米粒大的空間。這一帶土地荒涼，多半是未開墾的處女地，人煙稀疏，居民總共不過二百多人，其中大半是外來的一連護路駐軍，本地人口的可憐密度真抵不上繁華密匝的一個村莊，甚至一姓大族人家。

　　數百年前，吉林的寧古塔正像瘴厲彌漫的雲南與風沙蔽日的新疆，是著名的流戍區之一。後來充軍的人數日積月累，繁華

且滋潤了這僻偏的荒涼區，於是黑龍江的西北部便代替寧古塔，成為新的放逐區。哈拉蘇一帶也被圈進這一團黑暗的陰影裡。流戍人充軍到這一荒寂苦寒的地帶，就不啻半個身子已陷入地獄，縱令生命的影子仍被強留在日光下，這影子也是可怕的愁慘而悲苦。這種傳統的陰鬱與絕望，似已浸透了這一帶的天空與土地，一種詛咒式的陰森森的氣氛無分冬夏的浮蕩在這片荒土上。現在雖有火車的吼叫聲不時衝破寂寞的高壓，居民心理仍是被拋棄似地陰暗而鬱悶，猶若遠絕大漠，投入蠻荒，永遠被蟒蛇似地陰影所纏絞了。

居民與居民之間，一盤散沙，並無聯繫。這一戶可以聽得見那一戶的雞鳴聲或犬吠聲，但各人卻在想著自己的事。人與人的關係，相同車輪與車軸，缺少滑油便會遲滯。這滑油在人事上，便是公眾集會與娛樂。哈拉蘇四時八節既沒有本省東部豐沃區的娘娘廟會放福燈，野檯子戲，……更沒有南國形形式式的節慶，盛會江南。單臘月一月，就有好幾十發節目：跳灶王，跳鐘馗，臘八粥，叫火燈，打埃塵。送灶，口數粥，接玉皇，燒松盆，照田財，送年盤，年市，安樂菜，壓歲盤，封井，椳灶，祭床神，撐門炭，聽響卜，……在哈拉蘇，則連大年大節，炮竹聲也很稀疏冷落。人們好像害怕那炮竹猛烈震響後反激起的空虛似地。火車來來往往，川流不息，日積月久，聽厭了，令人也感到一種抑鬱與寂寞。特別是那魔魅型的濃煙，黑鬱鬱的，蒼幽幽的，直給人一種近於噩夢的絕望地感覺。

哈拉蘇談不上商業。在幾爿零星商號與小攤子中間，福豐恒便是先施公司式的巨擘。車站上除了火車蒞臨的前後，幌動的人

影子也不多。倒是三三五五的野雉，常在月臺上大模大樣的鵝行鶴步，好像只有他們才配做這裡的主人似地。

一年四季，哈拉蘇唯一不荒涼的時辰，或許是陰曆五八月了。五月是獵鹿茸的好時節，從遙遠的嫩江流域與訥河流域，「韃胡黎」炮手們騎馬疾馳而來，浩浩蕩蕩的趕著大轆轤車，直奔吉沁河或托根河，樞紐點的哈拉蘇，便平添許多不速客。十幾輛滿載酒食用品的大轆轤車連結在一起，形成臨時市場，鬧熱，非凡。八月中秋節後，沿中東路的俄國機關，有所謂「獵假」，這時節，老毛子便成群結隊的趕著馬車來這裡打野雉，狂熱的情形，遠超過五月。

除了上述兩大時節，哈拉蘇便是世界花園以外的一片廢墟，深山荒廟的一片古井水，極少起波瀾，縐紋，或襞褶。

是這樣一幅荒涼而單純的風土畫，金耀東的陰暗影子，並沒有破壞畫面的和諧。他的出顯，並沒有驚駭了居民。人們默誦著「日光之下無新事」那句古諺。一切新人新事，對他們從不發生吸鐵石似地磁力作用。「不介入」主義已成為他們的根深蒂固的生活哲學。連一個人站在棺材外面或躺在裡面，在他們看來全無多大分別，此外宇宙間自然更沒有驚天動地的大事了。

至於眼睛睜得比較大而圓一點的當地「三巨頭」：張連長，姚百戶長，與田掌櫃，他們的那點腦筋，還不夠來衡量金耀東的經歷與信仰。他們那點點經驗，也遠不足培養出警犬式的嗅覺。對於這陌生來客，除直覺的讚美他的狩獵本領與他的為人豪邁及誠懇外，此外幾乎絞榨不出別的想頭。

這「三巨頭」差不多一致肯定：這金某來歷非凡，必曾做過

一番大事，大約中途遭遇某種挫折，一時氣短，這才抱定佛入地獄的大決心，投奔到這「龜不生蛋」的鬼地方來的。

這看法雖然是一種直覺，一種成見，但卻是一種近情的解釋。當地居對他人瓦人上霜一向既漠不關心，待知道有這麼一個陌生的外來客後，上述的成見早已鑄成鐵論，形成一種家喻戶曉的力量，使一般人不由得不「一個蚊子哼哼哼，兩個蚊子哼哼哼……」了。

二

當哈拉蘇的少數人在研究這外來客時，客人這時正站在他剛竣工的窗下。

窰洞四面不通風，箍得比鐵桶還緊，雖然很溫暖，然而卻鬱悶如獸窟，陰沉如墳墓。人躺在裡面，存在的形態也就介於野獸與死屍之間。他愛陽光，愛星斗，愛藍天，愛光風霽月，愛蜜與奶一樣的新鮮空氣，……沒有窗子，就沒有這些。

他需要一扇窗子。

原是，今晨在「草榻」上睜開眼，一看見那片昏昏沉沉的黑暗，他就決心開一扇窗子。中午雉獵歸來，喝完小米粥，藉著柴火的亮光，他舉起斧頭，利用斧背的四面鈍鋒，來錘擊磚壁。一揮斧，壁上就發出一個沉重的然而清晰的聲音。不斷揮著，這聲音就一個個連結起來，發散著地底下的沈鬱氣息，這是斧斤的低沉的Base。他不斷揮著斧，漸漸的，整個沉浸在這微微嘎啞的金屬Base裡了。凡在黑暗中創造窗子的人，大抵都有這種沉浸的，雖然這沉浸有時散發出苦艾汁的氣味。隨著每一擊Base，他似乎

看到有一片黑暗如魚鱗樣的剝脫下來。他彷彿並不是在打擊牆壁，而是在打擊黑暗，……

經過一點多鐘的揮斧，那冷硬的牆壁終於裸呈出泉一樣的最初的洞口。當第一線光明如一支亮箭似地射進來時，一陣大歡喜的激情掃卷了他。他幾乎想丟開斧頭，用感激的嘴唇來吻那塵封的洞口。於是他愈益熱烈的揮著斧子，洞口的面積逐漸延展，光明也逐漸延展，……。這樣，當他渾身汗液津津時，一扇有著不等邊四方形的小窗子終於嵌鑲在窰壁上。一剎那間，窰內的黑暗完全崩潰了。巨大的光亮一輪輪旋轉進來，迅捷掃蕩了這片黑監獄。

長久被黑暗統治後，乍逢光明，他是說不出的眩暈而耀眼。用手抹抹額門上的汗粒，抬起頭來，他的心竟像芍藥花似地展放了。

窗外是無盡的廣闊原野，雪的長氈毹沒遮攔的閃灼的銀光。雅魯河的透明冰層是一片鮫綃蟬紗，白色的河床在投擲出幽美的拋物線。北山坡下的平行鐵軌，像一個女孩子朝晨才睜開眼打呵欠時輕輕舒展直的兩條藕色臂膀，直線條卻有著曲線的輕鬆與柔美。大森林怦動著海洋式的乳白色胸脯子，胸內似隱藏著無數隻不安分的小鹿。煙囪山凸入雲際，是大地海船上的沒有煙的煙筒，有著古代峨冠的尊嚴。

這是一個沒有風雪的明靜下午。雲雖然不發藍（在這一個長長的少有太陽的季節裡，人很難想像雲會發藍）。卻異常明亮，天空給予人的感覺並不怎樣沉重，缺少太陽的世界，原如一張貧血面孔，極易令人鬱悶，然而雪來了，一切全或多或少的沾著它

的白靜與純潔，也變得栩栩生動而和藹可親了。在雪的銀色王國裡，一個人很容易沉思，會想起中世紀西班牙修道女，午夜曳著長長白袍，邁著細碎的蓮步，擎著一枝白色燭，靜靜走到聖殿裡，把她幽美純潔的素馨花似地白色衫子描印在聖像上⋯⋯

望著那片美麗得令人沉醉的雪原，在微風的輕輕梳洗下，那白色的美麗似乎變成一滴滴白色液汁，直沁入他的心髓，漸漸的，他的久經凍結的心是溫柔而熱烈了。他畢竟是熱愛生命的，而生命畢竟也不像他所詛咒的那樣醜惡，在雪的潔淨而美麗的照耀下，世界——至少輪廓上，是美麗純潔而發光了。他受傷的心需要這種謐靜的洗禮，雖然明知只是一種美麗的欺騙，正像致人死命的馥鬱哥羅芳。他深深耽溺在這片白色裡。他感到安慰，他是哺乳動物，他需要母親的潔白而柔軟的胸膛。

從身上取出一支四個B的黑鉛筆，與一本有著硬硬黑殼面的六十四開本手冊。打開來，他蹲伏在坎坷不平的窗沿上，用鉛筆寫了一些零碎的句子，一面寫，一面頻頻眺望美麗發光的白色雪野。

這些句子全是日文，譯出來應是下面的行列：

生命究竟是美麗的，發光的，憎恨並不能抹煞這些，正如愛戀不能遮蔽陰影。

我曾經強烈的愛過，恨過，卻從未獲得真正從心底湧出來的原始謐靜。現在我終於獲得了，我付了可怕的代價。

終結吧：過去屬於「李箕」的一切。現在我要以「金耀東」的新符號來揭開生命的新葉。在這新葉上，我不知道將描下怎樣的記錄，然而，我預感到我將愈益接近大自然母親，我將愈益擁抱真正的孤獨，寂寞，原始，野蠻，……。

我要深深的深深的沉浸在蒼白色的虛無裡，猶如一尾鱒魚深深沉浸在海底。

在這片荒漠裡，沒有人知道我是一個被通緝的罪犯，沒有人知道我的血淋淋的鬥爭歷史，沒有人知道我是從海那邊來的，從一個死亡的國度裡，從一個黑暗的墓窟裡爬出來的，──我願意這樣。神保佑欺騙者！

一扇窗子慰我以過度的光明與愉悅。這是開窗者應收摘的果實。世界正是這樣一座陰暗的窖洞，需要大量的窗子！

我願揮斧，讓自由的風吹進來，……

當他這樣寫著時，雪白的原野漸漸絡上昏暗的光芒。不知何時起，黃昏已像一尾鰻魚似地溜過來。然而，他的眼睛這時卻顯得分外明亮。在這雙充滿血絲的紅澄澄的眼睛裡，燃燒著強烈的欲望之火焰，燃燒著太多的愛與恨。

柴火劈劈拍拍輕嚷著。嚷聲越來越大，大約是一球柞樹瘤癤被燃著了，在不甘心的爆裂出掙扎的聲音……

三

荒漠生活是一條太平河流，單調而徐緩的流逝過去，沒有大波浪，沒有大泡沫。這是一種死人的陳古和平，一種被盜劫後的墓園的謐靜。金耀東順應這和平謐靜，如猛獅順應冷靜的鐵柵欄。這柵欄是他自己挑選的，締造的，他必須無怨尤的在這鋼鐵的陰影裡支付一部分生命。

他的生活保持著司多噶派的清苦與嚴肅。他一直安於這冰天雪地，這荒野，這破窰洞，這小米粥，屏除了一切嗜好與浪費。他深深體會古代沙漠裡苦行僧侶的生活精義：人應該學蟬，只要一點露水就夠了，他把大部分的時間消耗在雉獵上，勞力增加收穫，準備攢集下一點錢，來購置獵槍獵狗一類獵具。沒有這些，他就不能做一個完善的獵人。

每次野雉積有二十幾隻，他便裝在一隻特裝的大布袋內，乘火車在哈拉蘇停留時，向飯車上的僕歐兜售。不久他便與好幾號飯車的僕歐混熟了。飯車上的野雉多半從哈爾濱帶來，由於搭客的饕餮，常常供不應求。在哈拉蘇這樣一個小站上，能有炮手自動予以接濟，僕歐們自然是求之不得，喜出望外了。這時哈拉蘇附近的野雉，時價每只約六七角與八角之間，哈爾濱則可賣到一元一隻，僕歐所給金耀東的價格，每只八角五分，算是最取法乎中。這樣，金耀東遂按時送過去，經常每週二次。因為列車每次在哈拉蘇停留時間太短，只有三分鐘，他便把裝野雉的大口袋放在月臺上，不等火車停下來，先從「揚旗」那裡跳上去，向飯車上的僕歐報告了野雉數目，取得應付的款子，待火車完全駛入

月臺後，他再從容跳下來把大口袋遞上去，讓僕歐「過目」。生意的成交異常順利。有時僕歐聽他所報告的數目，就不再「過目」。金耀東對於款子，也不堅持現付。這一輛車交貨，下一輛車交款，是常有的事。

除雉獵外，他的其餘時間，不是用來與當地「三巨頭」周旋，便是耽溺在默想裡，沐浴在靜寂裡，讓墓窟似的和平把自己沉浸個夠。

在這「三巨頭」中，張連長是當地一根最大的柱子。他的背後晃動著一連護路軍的影子。他的一言一行都透著岩石樣的力量。這五短身材的結實漢子是本省人，從汗毛孔裡射溢出一種豪爽，敦厚，與誠實，純粹是農民型的軍人。金耀東過去既在槍煙彈雨裡作過沐浴，軍人結合軍人，惺惺好漢相惜，照面不幾次，就魚水式的調協了。張連長究竟是土式軍人，正如土產的大豆高粱，腦子裡永遠冒不出「政治意識」一類玩意兒。他只覺得金某是朋友，夠味兒，其人出身如何，從火星上或月亮上來的，他並不感興趣。

田掌櫃比張連長多喝了幾口鹹海水，是個老江湖客，無妻無子，鰥孤得如一片絕岩頂上的燧石，也像燧石那樣潛埋著一團人間味的勢力，這勢力有泥土氣息，含蘊著寬厚與直率。他的飄到哈拉蘇來，是一種奇妙的偶合。一顆星並未想到有一天會從太空殞落而變成地球的一座荒山古廟旁的石頭，田掌櫃也沒有想到會飄墜到這片荒土上。像花和尚魯智深，赤條條來去無牽掛，芒鞋破缽隨緣化，家鄉的概念關他腦子裡是一杯白水。他這種浮萍式的態度，很令金耀東感動。

姚百戶長與田掌櫃相反。他曾從這片荒原上茁長出來。不僅

他的腳，連他的頭髮也在這片土地裡生了根。他對這土地有著固執的愛與強烈的偏見。他是這土地上的一顆老樹，蛇結的盤龍根鬚繁殖出一簇叢林，他的家族。為了他的後代，他不得不拘泥，保守，且常扳弄算盤。然而他究竟是野生植物，不是花房裡培養出來的，他有著土地地粗魯，也有著土地的質樸。

在哈拉蘇的狹小天空中，有兩顆彗星閃爍在金耀東的眼睛裡，這是兩個獵戶：姜載河與盛倫。

姜載河是一個五十開外的老炮手。他給予金耀東的奇異吸引，與其說是他在外興安嶺的十年狩獵經驗，不如說因為他是韓國人，因為他曾參加過「義兵運動」①與韓國獨立軍。這理由是祕密的，甘美的，只有金耀東自己明白它的分量。金耀東萬沒有想到在這片荒漠裡，會流動著自己相同的血液。這發現給予他的激動是難以描繪的。

金耀東對於盛倫的崇敬，則純粹根植於後者的豐富狩獵經驗。盛倫的先代原是讀書人，被放逐到黑龍江後，迫於環境，這才半路出家，改務狩獵的。然而，究竟是書香門第出身，子孫仍不斷喝一點墨汁。

清代的東北學制，有所謂府學，州學，縣學，衛學，感應官[1]學，世職官學，諸營官學，社學，各省義學，八旗義學……，這些，一個罪人的家族自然沾不著邊。拳匪之亂以後，雖然改為新學制，時空也不容許一個狩獵人的子弟去受這一澤惠。這狩獵家族只是一代又一代傳授著[2]幾本發黴的蟲蝕的雕版

---

[1]　原文為「感應官官學」，後一「官」字為衍文。
[2]　原文誤植為「傳授選」。

線裝書，如一個老拳師傳授著幾手祖傳的祕密拳法。在這種家風的薰陶下，盛倫儼然不同于普通炮手，他的血液裡滲雜有若干幻想與沉思的成分。與大自然接觸久了，他的感情日益封鎖，智慧卻奇異的擴大。他額上的中年皺紋，有著老年的靜觀意味。

在漫長的冬夜裡，金耀東常常輪選坐在這兩個狩獵人的火爐旁邊，傾聽他們的狩獵夜話。他們會告訴他，羆子的毛色隨著季節而變，夏季是血紅的丹楓色，秋冬則呈銀灰耳；樺樹有形形色色的用場：樺油可以鞣熟皮革，樺皮可以作切面板，可以搭砌急造蒙古包，可以充燃料，樺樹液汁可以充炎夏飲料，樺樹脂瘤可以作茶葉代用品。……他們會告訴他：野雉是氣象專家，能預卜次日的大雨大雪，而先一日填飽肚子，故陰天啄食時間特別長，從上午到黃昏，一直在野外覓食。雨天如作雉獵，只能到雉們平日常作沙浴的灌木叢中搜尋。野雉愛吃蟲子，雨天地上蟲子特別多，有時會引誘它們出來……

盛倫對於黑龍江各種野人的情形，異常熟悉，從外興安嶺區域的鄂倫春與索倫貝爾一代的新巴爾虎陳巴爾虎，從松花江的韃胡黎到瓦爾喀，他談來全如數家珍，頭頭是道。這其間外興安嶺的鄂倫春與索倫野人，因為曾有多年狩獵往還，特別保持有相當感情。在他關於這兩種野人的談話中，嵌印在金耀東腦海裡最深的是下面幾句話：

「……鄂倫春與索倫野人，蠻勇無比，只要有英雄好漢，肯下本錢，與他們打成一片，好好教練他們，東北也許能出成吉思汗第二！……」

在聽了這幾句話後，望著爐火的虹一樣的美麗光彩，金耀東

的眼睛曾極其明亮的閃耀了一次，猶如一個野心政治家思想起他的群眾。

四

　　荒漠的年節有著北地冰雪的冷寂淒涼。舊曆年無聲的消逝了。在極度儉省下，金耀東攢集下一筆錢，購置了一隻舊馬槍與一隻獵犬。

　　馬槍原由一只管口破裂的俄式老步槍所改造。截去那破裂的一段，因陋就簡，便改成馬槍了。嚴格說來，這是一支不完全的槍，然而價錢便宜，他便購下了。好在這槍每次可裝配五粒子彈，在二百米達內，有極充足的殺傷性能。從經驗上，他知道槍越多，由於子彈不規則的旋轉，槍洞口也越擴大。它的殺傷力也越強。至若深山行獵，地勢坎坷，曲折，又多半在森林樹叢中遭遇野獸，只要有二百米達的有效射程便是很過得去的獵槍了。

　　獵犬種類很多，有英格蘭與德國的潘英特種雪德種，有愛爾蘭的雪德種，法國的戈登種⋯⋯，這其中最著名的是潘英特鐘與雪德種。這兩種獵犬超出一般獵犬的特點是：嗅覺靈敏，體力強健，堅忍耐用，雖給三四天的繼續艱巨行獵，仍能集中精神，在接近野獸時，沉著準備，等待主人的命令。這兩種獵犬中，潘英特種是多血性的，身材特別壯健，活潑，敏捷，有點輕燥，毛皮極短促，光滑，結實，不怕荊棘及蒺藜一類有刺植物的割刺，也不輕易沾掛雜草穢物，很適用於灌木叢林茂密處。它唯一的缺點是毛太短、冬天有點怕冷，故在南國行獵，比較適宜。雪德種則是黏液性的，沉靜得像一尾魚，動作異常美麗。

咋毛[3]是長長的，不怕冷，適用於北方，然而毛太長，沾沾掛掛的，在大森林區大草莽中，卻又嫌累贅了。

金耀東所購的是英格蘭潘英特種，有著白白的短毛，黑檀色的大花點，體格異常魁梧，他為這條狗取了個名字：貝爾特。

在冰天雪地裡作了兩個多月的雉獵，他有點感到單調，厭倦。購置了上述兩宗獵具後，他決心換狩獵環境，改獵飄子。雉獵既費周張，出息也不大，飄子獵則手續簡單利潤厚得多了。

飄子的皮毛是滑溜溜的，不易掛霜，毛又常落，總積不厚，在北地皮貨中，算不得上品。除了一些野人如鄂倫春索倫，用以作服裝外，一般平民並不愛穿，然而當時的市價卻也貴到十六七元一隻，哈拉蘇附近深山裡，到處是飄子。狩獵人稍稍勤快一點，一天獵兩三隻，不算難事，即使充當糧食，一隻飄子平常總有五六十斤重，也比野雉耐吃多多了。特別是冰雪的冬季，這時飄子肉最是鮮美芳香，……

計議已定，金耀東決定，開始一個新的狩獵生活。

五*

陰曆正月末，金耀東帶著貝爾特，開始飄子的處女獵。

在這些日子裡，冰天雪地的北國原野，照例滿滿披掛著銀色鎧甲。雪不斷開著空虛的白色花朵，又結著空虛的白色果實。

---

[3]　原文如此。「咋毛」疑為「縶毛」。

*　本章第五至九節後以《狩》為題收作者的短篇小說集《龍窟》（上海真善美圖書出版公司，一九四七年九月）。文末署「一九四二年八月十六日寫完」。分節和節次數不變，僅將報載第五節改為第一節，以下類推。全篇文字未作任何改動。

玻璃色的透明體填塞了一切，也填塞了人的思想。一切全帶著異教徒的荒涼味。人在雪地裡沉浸久了，連靈魂似乎也被冰雪所同化，所濡染，成為白色的一部分了。

　　這一天，金耀東出門時，天色還空白得如一株剔空的菩提樹。待他踏著白皚皚的瓊瑤玉漿，邁入哈拉蘇附近的曇子屬集處的山裡時，天雲立刻渲染起陰影，遠遠地平線處，一片片濕霧比抓人吃的獸爪子還可怕。趲程越久，入山越深，氣壓也越沉甸甸的。不久，真珠母似地雪點子，當真竟撒落下來，風媒花樣的往他澆灌著。從遙遠的呼倫貝爾的荒漠裡，從大海洋式的外興安嶺腹部，凜冽的西北風低低嘈雜著，輕浪似地巔簸過來，波動的震幅越來越大，終於蛇嘶起來。平板板的大氣層登時醞釀了急劇變化。人家的水銀柱上的藍線是在愈加縮短了。

　　他無視了天氣，把杜蘇裡克的領子翻卷起來，逕自背著馬槍，領著貝爾特，繼續向深山裡前進。

　　狗不脫野性，老是不能安份，不時搖頭擺尾地潑剌剌的跑到前面，直到他連聲吒叱著「那絮契！那絮契！」②才不甘心的放慢步子，緊隨在主人後面。冬獵與秋獵因氣節不同，狗的作用也兩異。秋獵時，借重獵狗搜尋走獸飛禽的氣味，必須把它遠遠放縱在前面打先鋒，才能收效。冬獵時，天氣潮濕，氣壓太沉重，野獸的氣味全沉澱了，輕易難嫋溢開來，狗的嗅覺縱靈敏，也無濟於事。這時獵人的唯一搜索方法，是在雪地上找尋獸的足爪痕跡，如果老遠讓狗闖在前面，非但毫無裨益，且反而打草驚蛇，先自驚駭了那潛藏的野獸，故獵人必須把狗緊壓在後面，待槍響後，方准它自由行動。

　　一次又一次的，人與狗繞著山溝子與土砬子，兜來轉去的搜索，歷時甚久，始終未能獲得獸蹤。在那貝殼色的地上，只有雪的空虛的白色眼睛在幹瞪他，此外甚麼也沒有。狩獵人懷疑天氣太冷，嚴寒儸伏了一切，風風雪雪蕭蕭霏霏的，惡化了大地，醫子全深藏潛伏，無心出來覓食，雪地上自難有它們的的足跡。即使有一半點爪痕足印，不是被風卷刮，就是被雪覆蓋，一時也查勘不出一個究竟來。

　　雪悲愀愀的落著，陰漉漉的風淒伶伶的吹著，地面蒸騰起的潮濕氣愈益重而凝澀了。看樣子，風雪一時似難收梢，失望的陰影不禁在他心上搓揉起來。他走著，一滴滴的憂鬱似從他汗毛孔裡滲溢出來，他不知道這個獵程會得到怎樣一個結束。

　　中午時分，他很想回去填肚子，然而一種沒有來由的崛強攖住他，他咬咬牙齒，搖搖頭：不能空手回去！

　　人與狗忍耐著饑寒，繼續在風雪裡追逐，山前，山后的巡迴著。

　　時間如一隻隻神祕鳥，不斷掠翅過去，數不清是飛過去多少只了。人與狗不斷為失望所煎熬，失去最後的勇氣。

　　狩獵人牽腸掛肚的走著，高一腳低一腳的，憂思越抽越長。這時冷風幾乎全然代替空氣來餵飼他的呼吸器官。看看天色與陰影在成正比例，他不禁分外焦灼煩躁起來。他開始深味到生命的艱苦，切膚覺得存在的慘痛意味。過去他為一個民族的生存，曾酸辛的咀嚼這艱苦，這慘痛，現在他為渺小的自我保存，也同樣讀到這一悲劇。人流汗流血，但並不一定能換得麵包，社會制度是裸呈出怎麼可怕的魔影。……

正沉思著，他忽然發了傻，怔怔的盯視著雪地，接著便為一陣狂喜所掃卷，就在他面前雪地上，竟分明鑴鏤著一串串清晰的蹤跡，有些雕塑出雙葉形，有些描繪出蝴蝶形，這正是罷子的足印。罷子慢慢走時，它的雙蹄是攏緊的，烙印在雪上便成為雙葉形，它跑快了，雙蹄尖分岔開，連足脖子上的附蹄也不斷印在雪上，便成為蝴蝶形了。……

他審慎的順著這零亂的獸蹤向前搜索，轉過第三條大山溝後，遠遠的，在山坡上一顆針葉松下，他隱隱瞥見一隻灰白色的動物蹲踞著，利用松葉的濃厚白色陰影來掩護自己。這盲目的生物似乎毫未料到：在這樣惡劣風雪天，也會從半天裡掉下一個獵人來為難它，加害它。

一陣震澈四山的炸裂聲，……

「砰！砰！砰！砰！砰！……」

獵人把馬槍裡的五粒子彈一氣連續射出去。槍響處，「砰」的一聲，貝爾特一隻箭似地穿出去。那背上中了兩彈的罷子，還想掙扎著逃脫，瘸拐著，走不幾步，就給狗攆趕上，回力球似地蹦過去，一口狠狠咬住它的頸項，亂咬著，亂叫著，充分表現了勝利者的跋扈與驕傲。罷子這時是毫無抵抗力，臨死前只能像嬰兒似地「啊啊啊」的啼哭著，哭聲異常淒慘的繞繚在雪野裡，……

他跑過去時，罷子的脖頸已被咬斷半邊，早已死了。他拾起來，顛了顛分量，相當沉，少也有四五十斤。他的而色不禁有點開朗起來。

罷子與鹿是同宗，比鹿稍小，沒有鹿的美麗的樹枝角與梅花

紋，卻也自有它的瑰豔。此刻不是夏秋，它的毛色不是楓葉紅，而是破曉曙光的銀灰色，沒有羚羊毛的白，卻有它的溫柔。現在因為臀部與足上中了兩槍，是擦傷，擦得很深，血水滲溢出來，再加上頸項上被咬斷處的鮮血如泉湧，這灰白生物竟染成紅的了，渾身是血，倒臥處的積雪，也被浸透了，浸紅了。這正是寒季換角時分，它頭上的兩支尖尖犄角已脫卸掉，是光禿禿的，分外顯得可憐。

狩獵人凝望著這片血紅的慘景，心中並無憐憫，正如他雉獵時所抱的哲學，一切全是命運安排定的！

在另一邊，貝爾特獲得這一勝利後，臉上並無歡悅的痕跡，也沒有用爪子撫摸它，更沒有繞著它團團轉，或發出歡呼聲，它只是默默守在一邊，呆楞楞的，似乎被風雪，饑寒，與疲倦夾纏得有點昏眩了。

看看狗的神色，再看看天色，狩獵人決定終止行獵，他從身上取出早儲備好的皮繩子，套著死羆子的脖頸，再一勒，抽得緊緊的，這樣收拾停當，便背上槍，一手牽住皮繩子，呼喚著狗，向歸途走去。雪而是滑溜溜的，羆皮也是滑溜溜的，羆子拖曳在雪上，就像溜冰一樣的輕快與舒鬆，不斷發出「忽忽忽」的輕悠悠的聲音，猶如一面綢旗子在疾風中翻來翻去的打著花呼哨。

走不多久，天雲便昏暗起來，一片片陰雲似乎要墜落下來，染黑他的身子。風雪變本加厲的猖獗著，在故意為難的折磨他，阻撓他。他冷靜的走著，硬下心，準備接受風雪與夜暗的挑戰！

六

　　猶如維蘇威火山的爆發，夜所熬煉的黑色毒漿盲目的噴散出來，先是緩慢的，迂徐的潑墨，繼而是昏眩的震盪的瀰溢與激瀉，終於是峻急的大片大片的黑色霧雨，漫山遍野的氾濫著，占傾著。如果不是雪光的強烈的叛逆與抵抗，這大黑暗的撲擊早把全部天地污染成末日的地獄了。雪光毛毛棱棱的，咋吐出無數千萬條白花花的長舌頭，貪婪的舐吮著滲透大氣層的墨黑液汁，無厭倦無休止的舐呷與啜吸。……經過雪花與夜暗的奮鬥，天與地之間孕育滋生出一片白森森陰慘慘的光輝。一種類似僵屍骷髏的死光；一種大絕望大麻痹的幽光。這魍魅式的蒼白光波旋風樣滾轉上去，連黑魆魆的天空也給震盪迸射出白泡沫白點子似地。

　　朔漠風狂馳著，嚎叫著，要把瘋狂傳怖給一切。上帝的「憤怒的瓶子」③已被砸碎，一切全昏眩而失去理性了。在風的瘋狂搖撼下，曠野也暴燥而瘋狂起來，它的隆然的龐大身軀報復性的膨脹著，幌動著，似要把整個宇宙填得滿滿的，飽飽的。蠻獷的雪點子胡沙樣飛旋著，輪舞著，到處似有無窮的蒼白色螺旋在疾回，在急滾，滾著滾著，一個個猛然矗立起來，變成一尊尊白灼灼濕淋淋的海神，猙獰的悍笑著，戟張的白須白髮飛舞著如一大圈一大圈的銀輪，終於又全部崩潰在白色雪霧裡，於是不久又是新的螺旋，新的海神，新的崩潰。……

　　這狩獵人艱苦的跋踄在風雪裡，幽幽顫顫的，如一條孤獨鬼魂。地上的雪積砌得足有兩尺深，一步一個陷落，從陷落的雪裡拔起烏鞾，不啻拔起一棵樹。走著走著，他的腳步逐漸沉重起

來，他的身軀似乎並不是往前挺進，而是在向地層裡陷落。……

西北風的銳利的飛刀子多如蝗蟲，飆迅的穿梭著，毒狠狠的割裂他的裸露面孔。雪顆粒虎爪子似地撲擊他，撕抓他，夾著冷酷的零度。他渾身感到奇異的凍結，覺得自己已成為一座冰塊砌成的建築，而整個世界也變成一片冰凍的堅固體，一伸手似乎就可以捫觸到它的硬度與寒度。……

從清晨起，直到現在，他還滴水未沾牙。經過一天的奔波與搏鬥，連他骨髓裡的最後一滴精力似乎也給饑寒與疲倦抽吸得乾乾淨淨。只要他願意，他隨時可以倒下來，投到死亡的陷阱裡，他隨時可以成為猛砸在岩石上的急浪，碎為齏粉，……。然而，在大昏眩與大疲倦中，由於絕望的粗糙的磨礪，神經細胞經過一陣割裂的陣痛後，竟激射出一股凝煉的反動力，如燧石上迸濺出的火星子樣爆炸著，一串接著一串，終於形成一股頑強的生命力。——靠這片從大絕望中產生的反動的生命力，他才能穩定住自己，支持住自己。

夜暗的濃度與風雪的深度在成正比。夜愈益深沉落下去，風雪愈益獰猛起來。在白燜燜的夜光中，雪霰就像無聲的白色急雨點子，一陣比一陣猛烈，無情的鞭撻著大地。大森林成為一些搖搖晃晃的魚肚色巨人影像。山巒凸顯出一些魍魎魑魅臉譜式的三角形。河流與村落完全腐爛了，崩陷了，消滅得無形無蹤。大片大片的「草甸子」在狂風中哀嘶出粗嘎的悲鬱的呻吟。偶然間，如幾聲鬼嚎，斷斷續續的慘厲汽笛聲翻滾在風雪裡，雜著蒼黯的象徵大地憂鬱的機輪盤滾聲——經過哈拉蘇的最後一班列車是消失了。遠方大約有狗的噪嘩聲，是陰森森的抽噎，然而卻被風的

怒吼聲鎮壓下去了。

　　這夜行人走著，走著，……

　　走著，走著，走著。……

　　猛可的，眼一亮，迸濺出千萬粒金星。是那樣迅捷，當他才發覺自己是與一個龐大物體相撞時，一個倒栽蔥，全身失去重心，他已撲跌到地上，鼻頭衝擊了一枝極尖銳的長東西，酸溜溜的，他差點沒疼痛得昏暈過去，……

　　定睛瞥了一眼，他面前橫躺著一棵粗壯的倒木。他的鼻樑骨正好撞觸著一枝鋒利的杈椏，登時擦破皮肉，經朔風與寒氣一割劃，那陣陣裂痛連他的心也要搗碎了。然而這苦難是極刹那的。經過這生命的深沉痛苦的閃電式的一擊後，他的靈魂與肉體反而昇華起來，上升著，飄舉著，輕悠悠的，從一座雲層升到另一座雲層，……

　　他闔上眼睛，逐漸糊塗起來。他忘記了自己是匍匐在地上。他不感到風雪與凜寒的仇恨攻擊。他也毫未想到作一絲絲最微末的動彈，甚至一根手指或足趾的蠕動。一些濕漉漉黏孜孜的液體從鼻尖上流滑下來，是一條條猩紅的鮮血。這淋淋漓漓的殷血塗汙了他的臉孔，沾濕了他的「圍脖」，染紅了他身邊的雪，他絲毫不感覺到。他的思想的翅膀飛展得遠遠的，遠遠的，……。在他身內身外，一陣鬆一陣緊的，激起神祕的巨大回音，隆隆的，轟轟然的。一幕幕悲慘的畫面在他腦裡放映著電影。生命的大悲劇沁滴出比硝鏹水液還具有強烈剝蝕性的苦汁，滲透了他的全靈魂，損毀了他的每一顆細胞。……跋跋在恒河畔的顏色顜頷形容枯槁的釋迦，蘇格拉底的毒藥，冰天雪地中的華盛頓的悲慘的大

潰退，貝多芬的聾瞶與命運交響曲，尼采的瘋狂，⋯⋯一幕又一幕的生命大悲劇浮雕在他的思想裡。這其中給他創傷最深的，卻是一個俄羅斯名將亡命的故事。這故事現在又像過去無數次一樣，惡狠狠的鞭撻他，咬噬他。

七

這是好幾年以前的事了。當豪華的羅曼諾夫王朝潰滅後，一個曾任華沙方面總司令的沙俄名將，流浪到異邦。由歐羅巴而新大陸，最後為生計所逼，又從紐約流浪到洛杉磯，叩好萊塢一家大電影公司的門。此後有數年之久，他一直默默的充一名三四流演員，沒有人知道他的陰暗身世與陰暗情緒。⋯⋯

一個機會來了（至少在別人看來是一個機會），他被聘為一個軍事影片的主角。片子的內容描繪一個帝俄將軍的哀豔悱惻纏綿的一生。故事的複雜錯綜的情節滿溢著現代人的濃厚憂鬱與傷感，猶如滿滿的溢起一杯黑色葡萄酒。

這俄羅斯流浪漢有著老橡樹似地魁梧身材，粗壯胳膊，純軍人型的面孔，動作與表現異常剛強，冷硬，單純，──這一切止是構成本片主角的主要條件。

片子開始拍攝了。公司投資一百萬。恣意追求佈景場面的雄闊偉壯，與服裝道具的富麗堂皇，千萬影迷們在預期著這部藝術品的輝煌收穫。

隨著開幕[4]拉的[5]響聲，一幅幅璀璨絢爛的畫面凸顯了，一幕

---

[4]　原文誤植為「開末」。
[5]　原文為「拉的的響聲」，後一「的」字為衍文。

幕光怪陸離的場景呈現了。片中最驚心動魄的一幕，是大閱兵式。單為了這一幕，公司就耗費了二十萬美金，一切盡可能的求其雄偉而莊嚴，華煒而炫麗。

拍攝這一景時，影迷們如群蜂繞花旋舞，充溢在工作場四圍。

……「遠景」是尼古拉皇宮。羅馬式的金碧大穹薩的燦爛建築從地面輝煌到雲天，無比的光華與奪目的絢麗，閃耀得像一個盈沸著珠光翠氣的偉大寶石展覽會。這裡面有尼尼微的翡翠，印度的瑪瑙，波邦朝的紅寶石，阿姆斯德爾達的綠柱石，赤金黃色的「日長石」，雪白的「月長石」，青赤淆駁的紫水晶，火焰一樣的紅玉，肉桂石，虹紋的乳色蛋白石。……

白鴿子成群的寅緣著古教堂聖鐘旋回蹁躚，戈特建築的塔尖伸展出長長銀臂，勾心鬥角的飛簷鳥翼似地向天空飛掠著。……

……在閃耀著大理石光輝的白石廣場上，浩浩蕩蕩的軍隊，像是用鋼筋與三合土混凝而成的，一排排砌列成無窮的長蛇陣。錦繡的旌旗是大鵬鳥與鳳凰的華麗大翅膀，意氣洋洋的翱翔著，飛展著，拍擊著，直欲遮蔽天日。千千萬萬條槍枝投映出千千萬萬條強硬的斜線，輻射出冷凜凜的鋼鐵光芒。每一個士兵全戴著亮晶晶的鋼盔，盔刺傲慢的直刺天空。他們一律穿綠軍服，溶化匯注成一片綠澄澄莽蒼蒼的大海洋。制服上的鍍金大鈕扣，一粒粒在日光中煥耀著光輝，如金剛鑽。他們凝立不動。千千萬萬人全有著木板式的面孔，筆桿式腰支，冰冷得要凍結的目光，猶如從同一個模型所澆鑄，所雕塑。在森嚴的紀律中，他們全僵化成一座座石像，連空氣似也給傳染得冰冷而發硬了。

……如一輪紅日突從東方沙漠裡飛滾出來，軍樂聲華嚴璀璨

的湧顯了。這是一闋雄壯的俄羅斯軍樂。銅角聲驚天動地的震響著，大喇叭如天鵝群的空中夜鳴，奇異美妙的鳴奏著。鐃鈸聲是火山要崩潰前的沉悶吼聲。金鼓如暴雨點般地急急擂打著，一陣比一陣緊急，……。樂聲峻急的演奏著，逐漸浮蕩起蠻野的音色與情調，令人聯想起臉色如鴉片煙膏的魁梧印度人，躺在火焰色的地毯上，用黃銅與葦管精製成的長煙管型的粗擴樂器，演奏出印度毒蛇演藝場合常奏的亂暴音樂；牙齒亮晃晃的夏威夷島黑人音樂家，沉重的敲擊著銅制大鼓；吉卜西的流浪藝人，用特製的小型樂器，瘋狂的吹奏出含有強烈燃燒性的音樂；……。奏著奏著，樂聲忽然幻變成一幅非洲原始洪荒的畫面：彩色野獸含有毀滅性的狂衝出來，卷騰起一大片一大片的彩色波浪；虎的金黃色的黑檀色的雄麗線條，豹子的火焰似地燦爛蠻豔的粗壯迴紋，毒蟒的發暗的恐怖的獷美斑點，獅子的孔雀色的鬖鬖鬃毛，河馬的發光的巨大黑眼，像的厚厚的雪白皮膚，長頸鹿的白錢點，梅花紋，掛冠角，頸子頎長得如印度的象牙長管，……。奏著奏著，樂聲終於袒裼裸裎出舊俄羅斯的豪壯與富麗：柴可夫斯基「十二月序曲」的波瀾壯闊的彩色，彼得大帝的雄勃勃的野心，帝國對於不凍出海口的強烈渴望，韃旦尼亞族的旋回舞，湧現出六月天大樹液汁似地膏油的黑土大地，聖彼德堡的希臘教堂的鐘聲，「地底下俄羅斯」的衝鋒喊殺聲，尼瓦河的浩浩蕩蕩的水流聲，哥薩克的虎躍鷹場的鋼鐵雄姿，俄羅斯軍人的沉雄，俄羅斯軍人的不朽軍魂，俄羅斯的驕傲與俄羅斯的自負，……，這些又雄壯又偉麗又幽魅又魔魔的斑斕彩色，溶匯成一片滔滔滾滾汪汪洋洋的獷豔波浪，喧騰著，澎湃著，洶湧著，地球腹部的溶熱似地昏

眩了觀眾的感覺，燃燒起整個大地。——然而這千千萬萬座淡咖啡色的銅像，連眼也眨不一眨[6]，目光是鑽石樣的冷靜。

……旌旗閃動處，統帥出顯了。這俄羅斯軍魂投映出偉大的身形，巨人樣的拍著高大的阿拉伯種駿馬，昂然挺進。駿馬採取「西班牙步」④的徐緩速度，莊嚴挺進：滴達達，滴達達，滴達達，……

突然，一個壓倒一切的宏大聲音從天空跌下來：

「敬禮！！」

千千萬萬條電光一閃動，立刻造成一座比戈特式教堂建築還莊嚴整齊的槍桿大森林，如一片作獅子吼的群眾突然伸展出千千萬萬條粗壯胳膊。軍樂的高潮這時已卷騰到最高峰，每一個音浪全是一片大風暴，大雷雨，大爆炸，大嘶吼，似要把整個地球毀滅！

一聲撕裂魂魄的森人的絕望呼喊——

正當千千萬萬人在期待著主角的莊嚴神聖之表演時，那俄羅斯巨人卻突然岩石樣從馬上滾跌下來。……沙俄時代當年豪華顯赫的一幕如一幕燦爛而剎那的返照回光，閃掠過他的瀕於僵硬的腦漿，神知道這是最後的一閃，接著掠來的是一片永久的黑暗，永久的安息。

當這個不幸的主角為幾個名醫所包圍時，他的藍色脈管久已謐靜了。

這一幕離奇的「戲中戲」，立刻成為全好萊塢視線的輻輳點，經過極詳細的檢查，在死者日記的陰暗儲藏中，才發掘出這

6　原文為：「夾」左加「目」。

位流浪者往日的黃金珠寶似地身世與記憶。

這悲劇給這部殘闕的未完成品帶來稀有的光輝，公司當局立刻冠以《最後的命運》的名字，呈獻出去，一時風行歐美，贏得無窮的眼淚與同情，一個同情連結著另一個同情如鎖鏈，⋯⋯

八

這俄羅斯亡命者的淒豔畫片，是一片暗沉沉的烏雲，憂鬱的浮蕩在這狩獵人的思想裡。他不禁痛苦的想起基督被釘在十字架上的血淋淋的一幕──

「ECCO HOMO！（看這個人啊！）」⑤

俄羅斯亡命者是「這個人！」他自己也是「這個人！」

過去率領韓籍雜色軍在濱海省附近追擊白軍的一幕，又凸顯在他的記憶裡。他覺得自己就是促成這白俄將軍演悲劇的因素之一。如果不是他們的猛烈攻擊，謝米諾夫遠東共和國的崩潰不會那樣快。生命的悲劇何其如是矛盾！又何其如是複雜怪奇！如是殘酷而悲慘！他犯了什麼罪？造了什麼孽？要受生命如此狠毒無情的詛咒與報復？⋯⋯靈魂顫慄著，鼻頭一陣酸，神祕的淚水潮水樣從他眼睛裡泛溢出來，一滴滴的落到雪地上，像斷了線的珍珠，⋯⋯

對於主人的古怪姿態，貝爾特又詫異，又憐憫。它睜大眼睛，寂寞的瞪視著。不知何時起，它忽然發現主人臉上的一大片汗血，霍的跳過去，伸探出它冰涼的光滑的長舌頭，竭力只吮著這斑斑血痕，撫愛的把鼻子四周的血跡舐得乾乾淨淨的，這才退在一邊，默默守視著。

　　狗的愛撫，匍匐在地上的人並無所知，隱隱的，他似覺有一片神祕的潮潤的涼涼的天鵝絨不斷摸他，⋯⋯。然而，這感覺只是一個短促的斷片，不久這撫摸似又消失了。

　　這一天，連他自己也不知道是怎樣爬起來的。站在明亮如月色的銀白雪光裡，他分明看出方才匍匐處的靠頭部的四周，竟凍結起一圈腥紅色的冰層。這是鼻血的結晶。這時他才開始意識到自己全身幾乎已僵成一根石柱子，又冷又硬，又沉重，又麻痺，一部分肌肉似已失去感應，兩腿搖搖晃晃的，隨時要倒下去。看看狗，卻是那樣忠順而可憐的守在一邊，張著一雙悲哀的眼睛望著他，猶如古帝王陵寢前的一尊石狗，——他的眼睛止不住再度潮濕了。

　　風勢稍稍壓下去，雪仍然跋扈飛揚，越落越繁茂，像是有千千萬萬朵白色火焰在飛舞。通過寒冷的極度，雪似乎也會反常的灼射出熱力。現在，雪正像一團團沒有散亂鋒芒的白色煉火，無情的燃燒起來了，天地間的寒冷也越可怕。

　　荷著槍，拖著氌子，他下意識的搬動起兩條腿。這時在移動在行走的，似乎並不是他的肢體，而是他的意識。它像一團暗夜燐火，鬼魅魅的抖動著。他的全生命這時便縮成這樣一團燐火。他不知道自己是往何處去，他不知道何時才能結束這團燐火的活動。⋯⋯

九

　　猶如古世紀被壓抑的火光從墳墓裡升起來，柴薪的血紅光焰迸散於窰內，把濃濃的帶有醋醉氣味的紅亮色彩塗抹在窰壁上。

黑暗登時全被芟除。到處有強烈的火苗影子在作幽魅的顫蕩。窰
內的氛圍紅釅釅的，毛茸茸的，在抖動著一縷縷暖熱的霧絲。窗
子已用荒草堵塞住。風雪被攔在外面。窰內成為熱流所充斥的世
界。所有的暗影與硬度全被溶化了。石灶上的鐵壺在「滋滋滋」
的低吟，長長的嘴子噴吐出乳白色水蒸氣，不斷的消逝，又不斷
的升起，……

　　貝爾特回到窰裡，先是坐在地上，用舌頭舐吮足爪。在雪
地上奔波了一天，爪與爪之間的積雪早凍結成冰，足足舐了半個
鐘頭，才舐乾淨。接著，它便饕餮的吃著主人重新煨熱的稠稠肉
粥，啜完了一大洋鐵盆，它隨即臥倒在灶火的附近，主人的足
旁，駒駒睡去。過度疲倦所釀造成的催眠劑，促使這折磨夠了的
小生命整個沉浸狂遺忘之酒裡。它的微扁的鼻子不斷翕息著，流
瀉出輕微而溫柔的鼾聲，與鐵壺裡的水蒸氣聲串搭成一片，搖溢
出罌粟花芳香似地陶醉氣息。

　　在火光中，看看黑地白針的夜明表：已是十一點二十三分。
他在戶外風雪裡，足足滯留了十五小時以上。

　　脊背憑倚著磚壁，坐在乾草褥了上，他猛烈的吸著煙捲。他
的長須如獅子鬃毛似地抖散在兩肩上，像古代的不束冠的道士。
他的織滿血絲脈絡的雙眼陰鬱的盯視那翻來覆去的火的紅色波浪。
過度的凍餒與疲倦掀激起他變態的歇斯地里亞症。他現在不想
睡，也不想吃。猶如從泥淖中升起的潔淨蓮花，他從肉體的可恥
需要中昇華了。他現在所存在的，只是一片血火樣的精神狀態。

　　蒼藍色的煙紋蛇樣的一條條嫋上去，小漩渦型的煙篆曲曲折
折的，縈紆回繞著，瀟瀟灑灑的飄散，他的思想的條紋也一絲絲

嫋起來，又一篆篆的飄散，……

　　兩個月以前，如果他會想像到現在這樣的生活，他將作何感想呢？

　　這是一種又孤絕又凄清又傲岸的神祕生活，像封鎖在古塔裡的棄婦，像古代埃及沙漠裡的苦修士，像兀立在岩巔孤松之頂的荒鷲，像蟄伏在太古岩穴裡的受傷野獸，……。是的，他是一隻受了重傷的獸，他必須深深埋藏在洞穴裡，默默舐吮乾淨創口的淋漓鮮血，靜靜休養自己的粗擴靈魂。他現在暫時要把世界一腳踢開去，把世界摔到自己的洞窟以外。

　　一切全印證著大衛指環上的銘語：存在的必須消逝。消逝吧！那花團錦簇的故鄉原野！那燦爛如黃金的童年！那些熱情連結著熱情的日子！消逝吧！那些可怕的灰色回憶！那些鮮血染紅的土地！那些鮮血染紅的人民！消逝吧！那一堆用眼淚編織成的往事：在吉林境內的武裝革命鬥爭，西北利亞的鏖戰，寧古塔的流浪，哈爾濱的黑色恐怖運動，……！一切全消逝吧！消逝吧！愛我者與恨者！

　　這樣的比深淵還寂寞的生活，三十多年來，在他還是第一次。他企圖用寂寞凝砌成一座墳墓，徹頭徹尾埋葬了他的熱情與仇恨。然而今夜，我渾身為什麼湧出這樣多的仇恨呢？

　　隨著最後三個同志的靈魂潰瀾與腐臭，他在哈爾濱艱苦締造成的恐怖運動終告失敗。牢獄鐐銬與死亡在等待他，他的腦袋「官價」漲到十萬元，……。他的靈魂太疲倦，他的情緒太憎厭，他的心境太黑暗，他渴望原始與寂寞，於是他便開始逃亡。他逃出人寰，逃到這片為風雪所封鎖的荒漠裡，逃到這座磚

築的墓裡，用沉默與虛偽來接待鄰人，用遺忘與欺騙來麻醉自己，……。然而今夜，我渾身為什麼湧出這樣多的仇恨呢？

　　是的，仇恨！它像兀鷹樣固執的旋轉著，在現實裡獵取不到食品，便啄食他的心肝與靈魂。雖然是躺在這口荒寂的破窰裡，他的靈魂卻常不能安靜。每當午夜，狂風在窰外怒吼，大樹在曠野裡作絕望的呼喊時，他內心也爆發起狂風，也在作絕望的呼喊。現在，在這深夜裡，在這紅慘慘的火光裡，他似乎就看見東京的鋼刀分明在宰割高麗半島上的人民，血淋淋的屍身分明在堆高起來，一層層的，一層層的，……。在殘酷的鞭撻下，千千萬萬人在倒下去，千千萬萬人在哭泣著，顫慄著，如被狼群包圍的羊。到處是火與刀的審判，烈怒的報復，火焰的懲罰，死神的翅膀，地獄的陰影，劍光的閃爍，絕望的呼籲與絕望的哀吟，……

　　一支煙蒂頭被拋到地上，他陰鷙的笑了。他的兩眼是傳說中滴血的石獅子眼，他似乎看得見從自己每支血管裡爆烈出來的仇恨的火花。

　　在他的歇斯地里亞的思想裡，一個聲音洪鐘般地敲撞起來，這是深淵的控訴，深淵的呼籲：

　　「既然我的祖國已被毀滅了，所有其他民族的祖國為甚麼要存在？既然我已做亡國奴了，其他千千萬萬人為甚麼還是自由民？既然世界的一個美麗角落已屆臨末日最後審判，地獄的黑色毒漿在熬煉，在運行，在飛迸，為甚麼全世界不受同樣的懲罰與詛咒？自由並不是金絲雀，只讓少數人供養在雕籠裡，而讓大多數人聽見鳥的囀唱而哭泣！幸福也不是私有財產，只為少數民族所佔有，而讓其他民族永遠沉淪在絕望的黑暗中！……人類都是

地球母親的子女！大自然的平等子民！是怎樣一支殘酷的魔手，用仇恨硬生生的來劃分平等的愛，造出奴隸與主人？⋯⋯

「讓世界毀滅吧！讓全宇宙毀滅吧！──既然我的人民受苦了，我的祖國已被毀滅了。」

他的思想神經質的呼喊著，他的血液急速運行著。⋯⋯火光一亮，一個觀念閃過他的腦際，旋即如浮雕似地凝鑄起來，獵戶盛倫的話在他耳邊洪亮的響起來：

「⋯⋯鄂倫春與索倫野人，蠻勇無比，只要有英雄好漢肯下本錢，與他們打成一片，好好教練他們，東北行許能出成吉思汗第二！⋯⋯」

第二支陰鷙的笑浮現在他的嘴邊。他的野心狂焰似乎隨著火光而熊熊燃燒起來。當他拋掉第八支煙蒂頭，把鐵壺裡的早達沸點的水倒在粗飯碗裡時，他心中早打定主意了。他的兩眼逼射出紅澄澄的仇恨光焰，似乎要毀滅一切。

貝爾特的鼾聲，這時變得陰森起來，在他足旁飄顫出沉悶的氣息。在風雪咆哮的遙遠的曠野裡，隱隱的，似有陰暗的生命在啜泣。

注釋

①一九一七年韓國國防軍被日寇強迫解散後，志士豪傑，不堪屈服，紛紛執干
　戈以抗，韓人通稱為「義兵運動」。
②「那紮契」為俄語，意即「退後。」
③聖經新約啓示錄第十六章第一節：「我聽見一個洪大的聲音從殿裡發出來，
　向那七位天使說，你們去，把盛著上帝底憤怒的瓶子瀄在地上。」
④「西班牙步」是馬莊嚴行進時的步法，通常施用於大閱兵式。
⑤「EGCO HOMO」（看這個人），是指耶蘇被釘十字架上而言。

第三章

一

　　山咬山，樹銜樹，丘陵孿生丘陵，草原駢結草原，岩石疊砌岩石，……

　　老年牙床般崎嶇的斜坡，蠻橫的洶湧上來，又峻急的傾瀉下去，如一條條棕色的大瀑布。

　　被強烈陽光所麻醉的河流，如百花滌帶似地五光七色的閃爍著，亮熠著。

　　山，樹，丘陵，草原，岡巒，岩石，斜坡，河流，深澗……豔麗的裝飾著外興安嶺的黑色胸膛，如金銀首飾與古怪花紋裝飾著非洲黑人。這些有機的裝飾品是一塊塊的，一片片的，一條條的，一座座的，一棵棵的，葡萄紫，翡翠綠，琥珀黃，貓眼藍，雨天青，瑪瑙紅，……駁雜而精巧的錯綜著，虯結著，絞扭著，撕纏著，滿是奇跡，滿是眩暈，滿是沉醉。鳥會覺得自己是航行在一片彩色海洋上的船。

　　河流兩岸的牧草比印第安人身上的汗毛還繁榮，遍插著斑斑點點的發光的野花，一馬平川的掃卷過去，把曠野燃燒得熱騰騰的，光燦燦的。草是多形多樣的，有渲染出東方藝術的空靈與飄逸的雀米草，有藏不住狐狸尾巴的狐狸草，有輕悠悠招展著剪刀形的穿簾燕尾的野燕麥，有發散出七級浮屠的佛味的寶塔形的笒

子草，有搖搖顫顫細細軟軟[1]人樣高的烏鞋草，……點染在雜草中的高麗果紅紅的閃耀著。嬌嫩的喇叭花慵困的舒展著美麗的紅顏，禮拜在如薰的初夏的南豐裡。……

三匹馬疾馳在草原上，馬蹄子噴泉樣濺灑在狗尾草與掃帚草的纏裹中，激瀉在羊毛草的棉絮形的白花上……

地質上正在「壯年期」的外興安嶺，有著黃金的心，青春的血液，豐腴的肌肉，旺盛的精力，它的飽滿而新鮮的肉體從未被粗暴的耙犁鋤鏟踩躪過，全部青春一直被草木蟲獸壟斷著，獨佔著，到處牽著荒蕪的榛莽，掛著不修邊幅的草萊。在這如囚徒臉孔般的蓬蓬松松的荒土上，路不是蛇形的孤零零的蜿蜒，不是河流型的獨自的迂回，也不是電光式的稀疏的曲折，而是樹葉紋的散裝脈絡似地四面八方伸展著，複雜得如一只漁網，令一個陌生的闖入者隨時會變成一尾魚。這些零亂無章的路，大多由鳥獸的爪與蹄的痕跡所構造，小半則創自大軲轆車與馬蹄，雖然棼亂如絲，但只要是熟手，總可以看出固定的方向。即使是獸道，它的終點並不是虛無，而是一山，一樹，一石，一河，……

從雙葉形的鼉子蹄跡上，從剪刀形的麋鹿足印上，從花瓣形的野豬腳蹤上，從張著深深的斜斜的絕望眼睛的大軲轆車的車轍上，……他們辨認出路跡。三匹馬以大波浪形大閃電形一直往西北方向迂回曲折的飛馳著，神祕的拐著，抹著，轉著一千個彎，一萬個折。一條路幽靈樣的消失了，另一條路蛇樣的扭出來。……

---

[1]　原文為「細細軟」，脫一「軟」字。

　　獸印，車轍印，與馬蹄印，不僅雕鑄在沙土上，壤土上，埴土上，或壤質沙土上，或壤質埴土上，也鑴刻在花崗岩石的山路上，它們是這樣固執的要把痕跡留在世界上，直是近于魔鬼與神怪的作祟。十二隻馬蹄子雨點子樣擊打在大地上，卷騰起一溜空幻縹緲的煙塵，一片倏忽消失的司芬克斯式謎樣的霧，給這路添了新的祟力，新的奇跡，以及島嶼給予航海冒險者的暗示。……

　　飛過山，飛過丘陵，飛過森林，飛過草原，……三匹馬如三隻鳥。騎手們昂起太陽曬黑的臉，閃著太陽煉過的眼，鞭影子不時[2]從馬頭掠過，騎手們似聽得見地殼的顫動，森林與河流的呼吸，山嶺的胸脯子的怦動。……

　　金光一亮，一些美麗的行列閃過第三個騎手的腦際；金耀東的獅子眼閃燦得獨如兩顆午夜大星……

　　　　哪裡的花朵與果實都是紫晶色的，
　　　　明燈樣的蘋果在生長，
　　　　洋溢著春之深意的，
　　　　──繁花茂盛的葡萄藤，
　　　　華嚴的橄欖樹，孤高的松林，
　　　　我騎著願望之馬，
　　　　馳過這潮黑的愉悅的空氣，
　　　　白色的道路流溢過我的馬蹄，①
　　　　……

2　原文誤植為「不得」。

疾馳著，疾馳著，疾馳著。三匹馬是APOIIO的三輛華麗日車，燁燁的疾馳著，疾馳著，……

二

隨著江南的石榴火的五月明耀，北國的「鹿茸獵季」翩然蒞臨。

遠在陰曆二月底，牝鹿的舊角即漸漸礩硬，變成枯角，終於頹然謝落。三月裡大鵝絨般的楊柳風柔麗的掠來了，在枯角脫落的根基上，新角漸漸如春草樣茁了芽。一夜之間，比夢中夢還神祕的萌長起兩枝小血苞，滿飾著淡紅色的血點子，像渲染在羊脂玉上的斑斑玫瑰花瓣，映透出紅瀅瀅亮晶晶的嫩豔光輝。這時分小血苞全由海綿質的軟骨所構成，裡皮是軟軟的，血質是鬆鬆的；血質不斷養育著犄角的成長，猶如母親用乳汁餵飼嬰兒。隨著春風的搖漾，血苞開始分叉，叉數與鹿齡成正比。角叉一根根極舒脫自然的滋生著，如美麗的樹枝。分叉時，血液漸漸侵入肉內，海綿質的軟骨遂逐漸枯乾。先分叉的先幹，後分叉的後幹。成為極堅硬有力而含有強烈抵抗性的武器。角叉的骨質未幹硬以前，牝鹿是一個被解除武裝的兵，很少有抵抗性。

就當鹿茸骨質尚柔軟未幹硬以前，深山叢莽中，到處伸探出殘酷的槍口，描准這些美麗的生命。這一段時期約當四月底到六月底。七月以後，骨質幹硬了，鹿茸雖比詩人的月桂冠還綺麗，但在醫藥上卻失去滋補價值，不為炮手所重視了。

自五月起，從遙遠的訥河流域，馳來了食魚肉衣魚皮點魚燈的韃胡黎炮手。這些身上流著通古斯血液的魚皮韃子炮手，一年

四季，除鹿茸季以外，一直遊手好閒，讓自己發黴生銹，吃喝全
由漢人「財東」們贍給。一到五月，「財東」們趕著幾十輛大轆
轆車，動用列車似地浩浩蕩蕩直沖向洮兒河，吉沁河，魚皮韃
子們也揮鞭疾馳，以古羅馬騎士的雄壯姿態，出顯在外興安嶺
區域。

　　這些大軲轆車不僅儀表雄偉，身堅如鐵，且不辭千辛萬苦，
異常耐馳騁，不大受一般地形限制。它們在不平坦的地上橫衝直
撞，疾馳如飛，直比古帝王出巡的皇家行列還威風而堂皇。車上
滿載酒食藥品，槍械子彈，以及若干必需的日用品，隨時搭成一
個臨時商場。這些車子的終點大多是吉沁河，最遠是洮兒河，再
往前，全是山路，大車就趑趄不前了。

　　在獵茸期間，韃胡黎的炮手們儘量賒著「財東」們的酒肉
食品，以及槍械子彈，一俟獵得茸角，即全數償還，但因為對財
東的債台築得過高，作為抵押品的鹿茸，便不能「起價」，只得
聽「財東」擺佈了。除韃胡黎外，自由炮手也有賣鹿茸給「財
東」，以圖節省旅程，早日歸家。但這裡面究竟吃虧太大。多數
炮手非逼不得已，絕不輕易像那些未開化的韃胡黎野人似的，甘
心受財東的盤剝侵削。

　　獵鹿茸的，除漢人與韃胡黎炮手外，還有鄂倫春人，索倫
人，蒙古人②。他們的狩獵世界，多限於吉沁河與洮兒河，越過
洮兒河，數百里一片荒莽，絕無人煙，只適於作個別的單獨行
動，不適宜集體行動。通常過洮兒河，深入截河，紅格爾齊，外
興安嶺頂子，與哈爾哈河的，大多是漢人炮手，以及當地野人。
他們以洮兒河為前進根據地，把　轆車全停放在河畔，作為唯一

的補給站。所搭的獵伴有的向原始天地裡前進，有的則留下來看管車輛，供應糧食等類必需品。獵得鹿茸後，每人全可公平的「吃」一份。

這茸獵在金耀東還是處女獵。為了這一趟遠獵，金耀東準備了兩三個月。這兩三個月來，他整個沉浸在狩獵裡，除獵子與野雉外，他也獵野豬與松鼠，且用「加布甘」③捕捉羆子。在原始的大自然裡，他的狩獵欲是這樣狂烈，似乎並不是單為了自我保全與自我生存，而是一種復仇，一種征服³，一種野心。這樣經過數月來的節衣縮食，含辛茹苦，他終於能利用一點積蓄，買得一匹俄國種馬十兩「西土」④與二十斤冰糖。

這馬雄峻得像一座山峰，個子特別高大，雜在群馬裡，老遠就會看見它仰起的意氣昂昂的長頸子，馬本是青鬃白色，夏季毛色會奇妙的變成橙黃色，像中午時分閃閃爍爍的橘色陽光，他給它取了個名字：瓦希加！

通常漢人炮手首次深入外興安嶺區域狩獵，總得敬謁當地野人首領，孝敬上一份貢品，請求照拂，以免受野人們的滋擾。在金耀東心目中，這是一個比金銀珠寶還可貴的機會。為了極度發揮這機緣的彈性，他不惜傾出大部分積蓄，購買煙土與冰糖，來孝敬吉沁河洮兒河一帶鄂倫春野人酋長蠻加布。這兩樣全是野人最嗜愛的食品。

由於地理與風俗習慣的種種限制，漢人炮手與野人的約會，只能以季節為單位，或是在夏間的鹿茸季節，或是在秋天的「坎

---

³　原文為「一種征」，脫一「服」字。

角」⑤季節。盛倫昨年秋天曾與蠻加布約定，今夏在納前第湖畔的鄂克托會面。現在他和金耀東，姜載河，就是往這個目的地前進。三匹馬旋風樣卷颺過去，疾馳著，疾馳著，疾馳著，……

三

　　這一行三人，從四月下旬起，就曉行夜宿，餐風飲露，疾馳在外興安嶺的大地上。他們自由自在，無拘無束，浪蕩得像牽著黑熊沿途歌唱的波希米，像一路演奏著小型樂器的吉卜賽。

　　他們雖然是拍馬疾馳，實際上卻是一種休息，流動的休息。他們是大地的一部分流沙，一條河流或清溪，極自然而悠遠的向前流瀉著，流瀉著，……

　　黃昏來了，揀一座靠河岸的森林之畔，跳下馬，準備憩宿。三人分工合作：或擔任拾取柴薪，升起熊熊的火；或擔任到河邊淘洗小米子，放在洋鐵軍用飯盒裡，掛在臨時用三棵樹杈子搭的木架子上，讓柴火的兇猛光焰纏絞它，讓強烈的熱度薰炙它；或擔任到附近獵野獸，臨時捕捉回來，烤熟了吃。這一路上，每逢黃昏，深山裡幾乎到處是罷子。槍一響就是肉。享受野味相同享受陽光與水，單純得近於殘酷。

　　夜是美麗而幽長的，一根小樹枝就夠鳥睡了，眠床原是多餘的。他們睡在大地上，鋪著馬鞍子，以圓圓的華蓋樣的綠樹做帳幕，旁邊燃燒起神祕的紅紅的夜火，酣睡得像土撥鼠，……

　　　　……

　　三匹馬疾馳著，越過吉沁河，越過洮兒河，越過截河，……

　　一個燃燒著原始陽光的日子，全部大氣層閃爍得如一片黃

金。草上熠燿著金色的凋殘的露珠，林子裡搖漾著金色的樹葉，河流裡泛溢起金色的波浪，天空裡浮蕩起金色的雲彩……

這是一個用黃金雕鑄的日子，一切全被太陽光燃燒了，溶化了。

三匹馬疾馳著，疾馳著，疾馳著，……

在馬上猛抬頭，金耀東忽然被一幅偉大而神祕的畫景卷沒了，懾伏了。

遠遠的，先是裸顯出一大片黑霧似地朦朧形體。一片怪異的跡象，黑漆漆的，黑壓壓的，吞噬了整個地平線，好像夜暗突然向白日偷襲過來。馬馳騁著，那奇景的暗度與馬的前進成反比。那黑的霧色漸漸淡下去，淡下去，淡下去，……，一個突變：一個海洋！大片大片的蔚藍色波浪突然撲入他眼簾，爭先恐後的，洶洶湧湧的，起伏著，澎湃著，爭逐著，……，最遠處直卷到天盡頭。這大海洋的蔚藍色的程度是窵奧的，幻化的：越靠近處，藍得越深，像夏季的湖水，稍遠些，這深藍沖淡成淺藍，像秋季的晴明天穹，再往遠處，這淺藍又被沖淡成淡灰，像黎明時分的空虛的雲彩，抖動著，延展著，開闊著，……。這深藍，淺藍，淺灰，映襯著海藍的天穹，金色的河流，褐色的曠野，被金銅色的陽光一燃燒，竟攪混成一片熱騰騰的超越地球的彩色組合。一個新的彩色星球，比埃及豔屍還炫麗的噴灑出千千萬萬條彩色光芒，水母似地膨脹著，音樂式的滾動著，飛舞著，衝激著，一剎那間，就好像彩色的大雷雨震響了，彩色的火山爆炸了，……

「看啊！這就是外興安嶺的分水嶺！這就是外興安嶺頂子！這就是『樹海』！這就是大『窩集』⑥！……」，金耀東還來不

及思想，疾馳在前面的盛倫早已高呼起來。

　　隨著這狂歡聲音，從蔚藍色大海洋裡，千千萬萬裸針葉樹闊葉樹壯麗的酌湧顯出來，飛卷出來：紅松，落葉松，油松，果松，沙松，魚鱗松，赤柏松，黃花松，楊樹，柞樹，樺樹，櫟樹，青楊，白牛，跑馬子，胡桃楸，色木，刺楸，……。這一棵棵樹有靈魂，有思想，有歡樂，有悲哀，有言有語，有淚有笑。人可以聽得見千千萬萬片樹葉子的雄壯的呼吸，千千萬高條樹液的莊嚴的流瀉，千千萬萬座樹根的沉重的顫動。人可以看得見千千萬萬棵樹如千千萬萬條蛟龍樣的衝上去，衝上去，似欲直衝到另一個星球上！

　　三匹馬疾馳著，疾馳著，終於馳入這森林的大海洋裡了。這不是森林，這是義大利聖彼得大教堂！這是埃及金字塔下面的墓窟！這是古雅典阿特波里山上的圓柱型的神廟！這裡面有宗教，有藝術，有文明，有愛與恨，明與暗，生與死。……

　　三匹馬疾馳著，在窩集與窩集之間迂回著，旋轉著。一座窩集又一座窩集。一棵樹又一棵樹。上也是樹。下也是樹。前也是樹。後也是樹。左也是樹，右也是樹。人與馬全變成樹，流動的樹，飛馳的樹。到處是樹。到處是樹的聲音，樹的顏色，樹的凸凹，樹的呼吸，樹的氣息，樹的芳香，這芳香比罌粟花還芳香，比煉火還強烈，……

　　這外興安嶺的母地真是生命之生命！泉源之泉源！真理的核心之核心！沒有一提桶放下去不滿汲著黃金與珠寶上來！一切全是「！！！」一切全是「？？？」！全地球的光華與燦爛全簇聚在這裡。原始的氣息比尼加拉瀑布還兇猛的流瀉在空氣裡，激蕩

著，沖卷著。這不是地球，這是宇宙花園以外的一個又荒唐又無稽又偉壯又神祕的夢！

　　如童話中被一個青年王子吻醒了的林中睡美人，剎那間，睡了百看看世界與宮殿完全蘇醒過來，一山，一樹，一草，一石，全重新注滿了生命。金耀東拍馬疾馳著，被這片奇景整個淹沒了，卷走了。他已不是他，剎那間變成一個新人！……馳騁著，馳騁著，驚歡著，驚歡著，他是大讚美者！他是大嫉妒者！他是大孤獨者！他是大享受者！他是大憎恨者！他是火焰式的狂愛者！他的熱情比火山熔岩煉漿還熱！他的沉默比大森林還深沉！他的愛比海洋還廣泛！他的恨比深淵還深湛！他渴望大沙漠上大的落日！他渴望大海洋上大的月亮！他馳騁於山嶽永無何止！他的每一支細胞全被大歡喜所撕碎！他的血與火的信仰描繪於天空！他的鐵石誓言鐫鑄于山峰之巔！他願他永遠隔絕人群而擁有千千萬萬顆赤紅的心！他終於是征服者與失敗者！……

四

　　出發的第十三天，他們終於到達納前第湖畔。

　　黑龍江境內有不少大熔岩地帶。這一帶地殼古時經褶曲斷裂以後，龐大而熾烈的火山岩流從空隙處憤怒的向外噴流著，灼熱的熔岩吞沒了附近的森林，四面八方滾旋過去。火山熄了，熔岩凝固了，這些噴火口全成為湖沼，最著名的是德都縣的五大蓮池、蒙古人稱它做「溫厚爾敦基」。納前第湖也是「熄火山」的噴火口所造成，因為是隱藏在外興安嶺腹地，故外間知道的並不多。

　　這納前第湖周圍約有二十里，湖畔全是熔岩所凝結成的岩石，大多是火山岩與花崗岩。在初夏午後陽光的照耀中，湖水如一面菱花寶鏡，熠焜著澄明而光輝。

　　他們在一座山岡子上跳下馬。從山岡上，可以一目無餘的望見納前第湖的明亮水光。

　　盛倫拍拍金耀東的肩膀，笑著道：

　　「夥計，今晚不再拋頭露面的野宿了，得讓你睡個新鮮的覺！你也嘗嘗外興安嶺的原始滋味！來，你跟咱們到樺樹林子裡去！」

　　「在外興安嶺，我一切甘心拜下風。收我做徒弟吧！怎樣？」

　　「人，誰也不配收誰做徒弟。」姜載河伸起右手，指指天：「咱們都是老天的徒弟！大自然的徒弟！咱們應該跟這兩位（指天與自然）學！……當炮手的在外興安嶺這種鬼地方，真得『過到老，學到老』呢！呸！……」

　　他們跑到附近的樺樹林裡。盛倫與姜載河從身上拔出鋒銳的蒙古式獵刀，用刀尖子在銀亮的樺樹皮上兜了個三百六十度的圓圈子，樹幹上立刻割裂出一圈白痕，在距離約莫二三尺的下面，用刀尖子再割一個圓圈子，在兩圈之間割一條聯接直線，順著這割裂開的直線，用刀尖子只一挑，手一扯，「嘩喳」一聲，一筒白亮亮的樺樹皮就爽脆的脫落了。夏季山中多雨，這是一年中樺樹吸收最多的季節，它的皮殼子這時也最易揭下，直徑最寬的有一丈六七，最窄的也有五六尺長。剝樹皮以後，樹身上登時裸露出一個金紅色的樹肉，像一隻巨大的金戒指似地閃爍著。

　　接著，兩人分頭折取一些柳樹枝幹，擇一塊小小平坦地，把柳樹枝幹挨次插在軟鬆鬆的泥土裡，成圓圈形。再以對角線的形

式，交叉把這些富有彈性的柔軟枝條編結起來，縛紮成空廬形的篷帳架子。把剛剛剝下來的大片大片樺樹皮覆蓋在這架子上面，如一片片銀色的巨片，四周只留一道小門進出，這就形成了蒙古包式的建築。高約一米七八十，縱深約二三米遠。

「這叫什麼？」金耀東問。

「你在東北多年，難不成連『草樓子』也不知道麼？咱們又管它叫『急造蒙古包』！」盛倫忙把大抱大抱的乾草，鋪在草樓子的地上。

「啊，這就是『草樓子』！……聞名不如見面，這樣簡單，瞧我這徒弟現搭一個給你們看吮！」

「你乾脆就給你自己造一個巢吧！得搭三個，咱們每人一個，這樣睡得舒暢些，省得擠擠碰碰的。」

金耀東立刻參加這原始建築工作。不到兩個鐘頭，就搭了一座。這時另外兩個同伴早已又在旁邊搭了一座。在覆蓋樺樹皮時，他們全來幫金耀東的忙。三座草樓子靠在一起，成品字形，如三座銀色的大理石墳墓。

「這草樓子冬暖夏涼。冬天在旁邊升起火來，裡面熱火火的像火炕！」姜載河指劃著說：「大自然真是個挖不盡的寶藏。外興安嶺稀奇古怪的頑意兒多得很。騎驢看唱本，你往後瞧吧！」

「對，人應該跟大自然學！做大自然的徒弟！……」金耀東一骨碌撲到草樓子裡面，滾到乾草上發瘋的鑱那芳香的乾草。一陣醉人的濃烈氣息使他全靈魂酣在火焰一樣的大喜歡裡。[4]

---

[4] 本節末段縮微膠片缺（第七三期），這是據紙質原報補入的，但末行被裝訂繩釘住，自「發瘋」以下的文字是編者輕輕撬開裝訂線後逐個辨識的。

五

第二天，一清早，盛倫就騎馬到鄂克托蘭，帶著金耀東的兩件貢槍。

中午時分，盛倫回來了。跳下馬，他竄到金耀東的草樓子裡。這時金耀東正在擦槍。

「你的事成了……蠻加布答應明天就見你。……媽的，人為財死，鳥為食亡，那蒙古傢伙一看見你這兩份厚禮，嘴都笑歪哪！……」

接著，盛倫和他詳談明天會蠻加布時應注意的地方。盛倫告訴他：蠻加布的勢力大本營是洮兒河與吉沁河。這哈爾哈河是韃胡黎與蒙古人的「圍場」⑦，這回蠻加布帶了一些索倫鄂倫春人來獵鹿茸，是一場大冒險。鄂倫春索倫雖然也屬於蒙古族，卻是最野蠻的一族，平日殺人無饜，尤歡喜鬼鬼祟祟的偷馬，故蒙古人與韃胡黎恨之入骨，如在自己的「圍場」裡發現他們，非流血不可。蠻加布也看出這危險局面，故白天潛伏在草樓子裡的時候多，到夜間才偷偷出來「等鹹場」⑧。

「你明天一清早，順著哈爾哈河左岸走，過七八里路，靠西邊山腳下，有一個白樺林，那山溝子就是鄂克托蘭。你到林子裡去，不到一里路，有一個草樓子，門口有兩匹俄國種白馬，那就是蠻加布的。……你與蠻加布會面時，舉止要大大方方，坦坦白白的，千萬別招他疑心！……這些野人雖然頭腦簡單，疑心病卻很大，性情又非常野蠻殘酷，應付一不得當，便會出亂子！……你要是砸了鍋，將來連我們到吉沁河打獵，都麻煩了。」

「你放心。你放心。我絕不會亂來！」

「你還得留意。萬一要是問路，你頂多只能問鄂克托蘭，千萬別問是鄂倫春或蠻加布……

「還有，蠻加布要是招待你，你不能拒絕。他說甚麼，你就做甚麼。要依他的意思……」

「你放心，對付野人，我有的是野辦法。回頭你瞧吧！」

金耀東傲慢的笑起來，他心裡充滿了自信。

六

乳白色的黎明白帆船似地航入黑暗的海裡。夜像幽靈般的消失了，隨著第一顆晶瑩的露珠的閃耀，鳥雀就吟唱起來。五月外興安嶺的清晨的風吹進草樓子，金耀東被吹醒了。他匆匆咽了點乾糧，策馬沿哈爾哈河左岸馳去。他看見一輪大的朝日從河水盡頭處壯麗的升起來，水母樣的膨脹著，如一片血，一個紅湛湛的夢，把東天渲染成燦爛的玫瑰色，……

大森林的晨風騰騰著。清涼的空氣五月花一樣的新鮮，水一樣的爽口。他疾馳者，似在承受一場大瀑布的淋浴。除了太陽，河水，草地，森林，鳥囀，……他甚麼他看不見，聽不見，……

路一直伸延開去。順著河沿直馳過去，約莫七八里，在西邊一個大山溝裡，果然發現一大片白樺林。

馬轉入白樺林裡，不久他便發現一座雪亮的草樓子。這草樓子也是穿盧形，與普通的沒有甚麼分別，只是所佔據的面積稍大一點。在這草樓子門口，有兩匹俄國種的白色駿馬，身材一場雄偉高大。看見陌生人與陌生馬來，這兩匹馬登時嘶叫起來，踢著

白花花的蹄子，搖晃著雪白色鬃毛。……

金耀東跳下馬。

聽見馬嘶聲，一個魁梧的蒙古人從草樓子裡面走出來，邁著沉重的腳步。

這蒙古人的身材直是他內心的副本，彷彿不是由皮肉所構造，而是由爐火裡的鋼鐵所錘鑄的。當他威風凜凜的出現時，幾乎就是一座鋼鐵柱子在作奇跡似的移動。它具有蒙古人特有的高大顴骨，扁闊的嘴，典型的「亞細亞色」的皮膚，蒼黃得像一片才出土的古銅。他的眼睛是細細的，小小的，然而卻灼射出一股極銳利的光芒，彷彿不是在看人，而是在刺人；像打開了窗子的古老屋子，這雙敏機的小眼睛全部洩露了它主人的靈魂祕密，呈托出主人的專斷，強悍，兇狠，粗魯，以及原始人一種天不怕地主怕的傻勁。

這蒙古人頭纏白布，身著仿「哈盧瑪」⑨式的黑卡磯布大褂子，齊腰緊紮一根寬大的灰洋縐帶子，腿上穿著「夏氅皮」⑩縫製的「紅毛缸子」⑪，足登牛皮「察哈未」⑫，嘴裡銜著布特哈⑬人用樺樹脂瘤雕造的「老羌斗」，吸著煙葉，一行噴吐出藍色的煙霧，一行仔細端詳來客。從後者的黑呢帽，墨鏡，氅皮哈盧瑪，直研究到腳上的膠皮底「水襪子」⑭，一面端詳，一面粗獷的笑著。

這就是名聞外興安嶺的鄂倫春野人英雄彎加布！

「鬥得！」⑮來客恭敬的問候著。

「鬥得」！主人回答著。

當來客一通報姓名，彎加布立刻面露霽色，歡躍如嬰孩，赤

裸裸的流瀉出一種原始人的感情。

「啊好！好！……從昨天，我就等你來了。」

蠻加布的漢語並不流利，但他的語調的懇摯，卻補充的說明瞭一切。他從嘴裡取出「老羌斗」，遞給來客。這是野人敬客時的最殷勤的表示。望著那白沫子重重的煙嘴子，金耀東只得豪邁的接過來，放在嘴裡「噝噝噝」的吸起來。他一壁吸，一壁摘下墨鏡，跟隨蠻加布走進草樓子。

蠻加布吩咐一個鄂倫春的隨從：立刻用奶酸乾現熬奶酸茶。這是野人進客的最隆重的儀式。蠻加布對於來客顯然有一種神祕的好感。

這時正值蠻加布用早餐。賓主談不數句，主人即邀請來客共餐。金耀東知道野人心地最直，拘泥禮節，反易招致誤會，恭敬不如從命，他慨然應允了。

他們從身上拔出蒙古式獵刀，在刀柄的一口圓眼上，緊夾著一雙與刀鋒平行的鹿腿骨磨製的筷子。照著蒙人的吃法，用刀割著鹿脯與罴子肉，放一塊在火上烤熟了，又一片片撕開，蘸著鹽，送到嘴裡。一面吃肉，一面喝著樺木疙瘩碗裡的「雞米子」⑯稀飯。血花花的火光反映著血淋淋的獸肉，令人聯想起古代的黃昏與原始的穴居人。

用完早餐，主人接著就獻煙。在一個白銅煙盤裡，裝著兩頭鑲綠翡翠的咖啡色煙杆子，純鋼的彈性「千年蒿」⑰，閃爍著紫紅火焰的高高「太古燈」，黑津津的煙膏子，……

在蠻加布與漢籍炮手的交往經驗中，初次見面就像這樣隆重款待。一生中也難有幾次。照來客的揣測，主人所以如此殷勤，

大約是由於他的貢品特別豐厚，以及他的氣度舉止的超凡。通常炮手饋贈彎加布的禮品，煙土多不過二三兩，冰糖也只有四五斤，純粹是「面子帳」，並不存心想巴結這些野人。金耀東因為別有打算，有意要博得對方歡心，不惜把數月來的積蓄，大半用來孝敬這鄂倫春野人英雄。一出手，禮品就比一般炮手豐厚了四五倍。所引起的反響，閉著眼也可以想像得出來。在氣度上，金耀東儘管努力斂藏鋒芒，故作愚鈍，裝著一個木訥樸實的老炮手模樣，但舉止動作究竟與一般村夫野人不同，隨處有一種灑脫，一種力量，一種吸引。而最主要的是，他思想深廣，心眼兒五花八門，懂得作宗教式的傾聽，以示虔誠。更懂得察言觀色，曲承其意，適時把握對方心理，盡美盡善的予以恭維。這種都會的精美作風，在外興安嶺的荒土上，不啻是一株耀眼奪目的銀杏樹，流瀉出極炫麗的光華與醉人的芳香。

他們躺在麂皮褥子上，一行談話，一行燒煙。褥子下面是防潮的樺樹皮，再下層則是軟綿綿的舒松松的乾草。

通常鄂倫春索倫野人，雖嗜阿芙蓉如命，但是[5]不習慣燒煙，也不用煙膏子。白日狩獵，或夜晚「等鹹場」時，為了簡便，他們只囫圇吞吃生煙土過癮。彎加布因為是位居酋長，這才講究燒煙，而且煙膏子特別好，不滲混任何雜味；不像一般野人在「過簾子」⑱時不用細布，只用幾張草紙過濾，致令煙土裡的「料子」完全沉澱下來，充滿了豆油一類的雜味。

彎加布的缺點，是不精於燒煙。不是燒過火，發出焦糊味，

就是燒不透，半屬夾生，很難恰到好處。金耀東因為會在軍隊中生活很久，對此道是老手，他便毛遂自薦，替蠻加布燒煙。從鐵盒子裡用「千年蒿」挑出小措頭一樣大的煙膏子，在「太古燈」上略煉了煉，便精細的在左手食指中指上滾起來。一面滾，一面煉，不久就滾成橢圓形的花生米似地一粒。接著，又略略煉了煉，滾了滾，估量煙膏子約莫已燒透了，這才把這粒花生米嵌在棕色煙斗上，恭敬的遞過去。蠻加布也不謙讓，逕自用黃湛湛的牙齒緊咬住綠翡翠的煙嘴子，「嘶嘶嘶」的吸起來，黑洞洞的鼻孔裡不斷吐出兩條青色的煙蛇。

蠻加布一面吸，一面憨笑，歡快得如新結了婚。吸完一筒煙，他鯨魚樣深深吸了一口氣，喝了一杯熱騰騰的奶酸茶，閉上眼睛（這是最銷魂的時刻），有十幾秒鐘，這才長長的悠悠的吐出一口氣……

「你燒的煙真好吃，真好吃。」蠻加布霍的從煙塌上坐起來，拍拍金耀東的肩膀。

「那就全讓我給你燒吧，我來燒，你來吃。你等著我燒罷。」

「啊，好，好，……你自己先燒了吃。……不要客氣！」

「那不急，那不急，我先給你燒！」

金耀東施展出全部功夫，給主人燒了幾筒煙。蠻加布直吸得笑顏逐開，心花怒放，——有生以來，他從來吸過這樣可口的煙。

中午時分，主人無論如何不放客走，要他同進午餐。金耀東也不謙讓，直率的接受了邀請。

午飯以後，左右又獻上奶酸茶。兩人繼續躺在煙榻上吸煙，

談話。蠻加布的漢語雖不算最流利，但充分可以表達意思。為了讓對方明瞭，金耀東盡可能採用最淺顯的白話。

談話中，蠻加布突然起一件事情。他用那蛤殼似地又厚又隆起的指甲指自己的眼睛，粗魯的嘎聲問道：

「你先前那個黑黑的，圓圓的，做甚麼用呀？」

金耀東先是發怔，隨即恍然大司。他從口袋裡取出墨鏡，遞過去，向對方解釋：夏季陽光太強，他的眼睛不好，用它來遮蔽陽光，保護眼睛的。

「我知道，我知道，……你們漢人炮手，冬天打獵，是有這個的。……他們的是布的，你的比他們好！」

冬季的外興安嶺，是一片雪海，反射出極強烈的雪光，炮手如不戴墨鏡，獵事完竣，眼睛什九要罹雪炎。這是一種極危險的目疾。據稱當地人用破烏鞀燒成火燼，塗在眼睛四周，這目疾才可望減輕，否則便有失明的可能。為了防患於未然，炮手多用黑紗布剪成眼鏡形狀，把繳狀的紗線抽鬆了，再用[6]粗絲套在耳上，這就是墨鏡代用品，人從疏疏朗朗的紋絡中間，可以看見外界的一切。也有人用白紗布縫製，再用墨塗黑。——蠻加布所說的就是這個。

「我的比他們好？你歡喜嗎？我送給你！你一定收下來！……」

蠻加布推辭不受，說金的眼睛既然不好，在太陽光裡面一定離不開它，是不好隨便送人的。「外面有得賣，以後你給我買一

6　原文誤植為「兩用」。

個。這個現在還給你！」蠻加布把墨鏡退還過來。他的所謂「外
面」，是指中東鐵路沿線的城市。

金耀東一定要主人收下來。

「現在天氣不熱，陽光並不大，我要不要這眼鏡，沒有關
係。……你一定收下來。你不收下，就是看不起我！」

經過一番推辭，蠻加布終於歡天喜地的收下了，傻笑著，如
一棵大白菜。

夜晚來了，金耀東幾次走向告辭，全被主人留下了。這野人
不僅歡喜這漢籍客人，且對他發生強烈的尊敬與膜拜。在他過去
的經驗裡，很少遇見一個漢人能有這樣的大方，慷慨，熱情，豪
爽，謙和，誠實，……

金耀東將計就計，對主人的邀請，並不過分謙虛。他知道這
野人酋長在他生命史上會占怎樣的分量！主人的友誼臂膀張開得
有多麼大，他的身子就應該投擲得有多麼熱烈！

七

地上的乾草彌漫出爽燥的芳香，混糅著林葉的略帶酸澀的
濃厚氣息，以及大森林意欲麻醉生物靈魂的特有的深沉與岑靜。
太古燈的青色光苗貓眼睛樣閃爍著，幽微的火光朦朧的照出藍色
的煙霧，一團團，一朵朵，一圈圈，一片片，靜謐而安閒的繚繞
著，嫋溢著，縈回著。強烈的雅片芳香滲透了一切。整個一座草
樓子彷彿就是一個春天的花園，一座芬芳的堡壘。這芬芳溶混著
林葉的香氣，大森林的氣息，以及乾草的香味，釀造出一片奇異
而神祕的馥鬱氛圍。這芳香比印度麝香與亞敘利亞的安息香還富

有魅力，魔祟，誘惑性，發散出埃及木乃伊的陳年的死亡氣味，浮現出墳墓的斑駁彩色，凋落的遲暮的花，夕陽殘光中的黃昏的淒豔的夢，令人如回到中世紀的溢瀉出黴濕氣味的古老大邸第裡。那搖搖晃晃的煙燈，那咖啡色的煙杆，那發暗的白銅煙盤，那黑色的煙籤子，那棕色的煙膏，那淡藍色的煙霧，那神祕的芳香，彩色，情調，……一切全是羅可可的蠱惑，古老的誘惑，女巫的妖祟，深淵的吸引，……

蠻加布喝著這些神祕的蠱惑，大口大口的，全部沉醉在這強烈的罌粟花之夢裡，幾乎是在半睡半醒的狀態中。來客的思想卻在另一個世界裡跳動著。他一面燒煙，一面用各式各樣的鑰匙，試著來啟開這野人的心靈畫筒。

經過數度努力，畫筒終於打開，呈裸出的黃金珠寶，燦爛得遠超過來客先前的估計。在談話中，蠻加布誇耀他的威嚴與權力，直率的說明，在洮兒河一帶，散佈著二千多鄂倫春，一千多索倫，合計約有四千人左右，全是他「下面的人」，信仰他，崇拜他，隨時只以供他指揮調度。

燈火靜靜的跳動著。雅片芳香在默默彌漫。來客不聲不響的燒著煙，手卻微微有點抖顫，掌心沁出汗液。他聽得見自己的猛烈心跳。一股慓怒而熾熱的無名狂焰，從他心底升騰起來，是那樣熱烈強項，他幾乎呻吟起來。要不是一種顧忌，他幾乎想跳過去，狂烈的擁抱這個野人英雄。

「啊！你手下有四千人！四千人！這樣多的人！你為甚麼不做皇帝？不做皇帝？」來客故作驚異的喊起來：「你可以領著鄂倫春人索倫人打天下！做皇帝！……啊，做皇帝！你不願意

嗎？」

　　這一番諛詞，直把蠻加布恭維得發傻。他匆匆把一筒煙抽完，怔怔的望著金耀東道：

　　「皇帝？我做皇帝？我能做皇帝？」他做夢也沒有想到這個。

　　「是的，你能做皇帝，只要你願意，只要你歡喜。」金耀東知道這野人一時還不能領悟過來，便機警的換了個口氣問道：「我現在問你：你歡喜這雅片煙麼？頂頂好的雅片煙？」

　　「歡喜。歡喜。」亦加布愚笨的點點頭。

　　「我再問你：你歡喜甜甜的冰糖麼？」

　　「歡喜。」

　　「你歡喜好手槍麼？」

　　「歡喜。」

　　「好馬，好綢緞，你都歡喜？」

　　「我都歡喜。」

　　「真歡喜，假歡喜。」

　　「真歡喜！真歡喜！」

　　「好，只要你做了皇帝，這些好雅片煙呀，好冰糖呀，好手槍呀，好綢緞呀，……你都有了！你都有了！」

　　「都有了？……『做皇帝？』……」蠻加布傻傻的抓抓腦袋：「我不知道你的話！」

　　「你不知道？我再明明白白告訴你：只要你做了皇帝，你要什麼就有什麼，你什麼都有了！」

　　「做皇帝？我也做皇帝？」又抓抓腦袋：「在什麼地方做呀？……怎樣做呀？」

「到洮南做皇帝！……靠奉天省邊境的洮南！……」

「洮南？」……

金耀東登時詳細解釋：洮南有好幾百日本人，他們闊氣，有錢，家家戶戶有好雅片煙，好冰糖，好手槍，好馬，好綢緞，……，只要搶了這些日本人，所有這些「好東西」全是蠻加布的了。

「我的話你懂不懂？明白不明白？只要我們帶一兩千人，到洮南去搶日本人，你就可以做洮南的皇帝！你要什麼有什麼！」

「洮南不是有你們漢人麼？」

「正因為有漢人，我們更要搶日本人呀！」

來客故意用激昂慷慨的口氣刺激這野人，說洮南的漢人與日本人猶如冰炭，勢不兩立，日本人常常欺負漢人，殺漢人，霸佔漢人產業。接著又用極嚴重的語調恫嚇蠻加布，說索倫山有許多鄂倫春索倫，都被日本人殺掉了。日本人誇下海口，說今年秋天，要殺到吉沁河，洮兒河，托根河，……把所有鄂倫春索倫殺個精光。日本人是這樣殘暴狠毒，張學良恨透了，早就想收拾他們，給漢人鄂倫春索倫報仇。可是怕引起「國際糾紛」（這四個字他彎彎曲曲解釋了半天），使中國政府為難。

「×××說過，只要你們鄂倫春索倫打進洮南，殺了日本人，洮南的金銀財寶，田產土地，好雅片煙，好冰糖，好手槍，好馬，好綢緞，還有許許多多好東西，都是你們的！……你一做皇帝，什麼都有了，歡喜吃什麼就吃什麼，歡喜穿什麼就穿什麼，歡喜有什麼就有什麼，……唉，唉，日本人真可恨呀！看不起你們鄂倫春索倫！罵你們是野蠻人，是畜牲！要殺光你們！把

你們活埋得乾乾淨淨！……」

「拍」的一聲，蠻加布手上煙槍狠銀摔在一邊，突然坐起來，太陽穴上的青筋凸暴著，如一根根蚯蚓。他不斷喘息著。……

「息木都！⑲……息木都！息不都！息不都！……日本人這樣大壞蛋，我一定報仇！我一定跟他們拼命！我不報仇！我就算不得蠻加布！」

「要報仇，就趕快。現在天氣不頂熱，動手正是時候。這一路到洮南，我頂熱，只要你手下的鄂倫春索倫能聚在一起，我就能帶你們一道去報仇！」來客渾身淌冷汗，血液急速的滾流著。

蠻加布兩手握成拳頭，搥著胸膛，獰惡的吼著：

「要報仇！要報仇！槍不夠，馬不夠，現在還不能報仇！要等到秋天，秋天！……秋天，有馬，有馬，有槍，……我們一定報仇！殺日本人！把洮南日本人全殺掉！……」

金耀東雖然有點嗒然，但並不失望。他緊咬住對方的話：

「一準秋天？今年秋天？」

「一定，秋天！一定，秋天！」

「來，我再給你燒一筒煙！燒一筒煙！」金耀東的臉上放射出明亮的光輝，宛若看見了奇跡。

這一天晚上，蠻加布依然不放客人走，第二天又留他一宿。共住了三天。

第四天清晨，金耀東終於婉然告辭。臨別依依，這殺人不眨眼的野人英雄的眼睛竟潮濕了。他們約定：秋天「打坎角」時，在吉沁河頂子附近會面，詳商一切。在這幾個月內，蠻加布決定

準備槍械馬匹，先和手下的鄂倫春索倫佈置一下。金耀東再三鼓勵他，說他有這樣的能耐，這樣多的人馬，足可以當洮南皇帝，在外興安嶺做一個小小酋長，未免太可惜了。

「希望我們有一天能在洮南會面！我一定給你好好燒幾筒頂好的煙！哈，哈，哈！……」

「洮南會面！會面，哈，哈，哈，……」

分手後，金耀東連連加了幾鞭，拍馬向森林外馳去。一陣陣歡樂，如帆蓬似地在他血液裡膨脹起來。他唯一的遺憾是，後悔在這三天沒有普遍結識蠻加面的左右心腹；與蠻加布同來狩獵的那些鄂倫春，他只認識了那個日夕侍候他們的隨從都魯保，一個異常粗魯率直的蒙古人。

「慢慢來吧！羅馬不是一天築成的！」

他在馬上高聲獰笑起來。一團火焰似地狂烈幻想飛舞在他腦海裡。

注釋

①見王爾德的《亞芬拉》，此詩曾獲得英國牛津大學的「紐第克蒂詩歌獎金」。
②索倫與鄂倫春，原屬於蒙古種，在漢人看來，全是蒙古人，但在蒙古人看來，認為這兩族是最野蠻，最不開化，頗有「非我畜類」之感。
③「加布甘」是一種木製的捕獵子用的鋏子。
④吉林省雅片煙土稱為「東土」，黑龍江的則稱為「西土」。
⑤坎角季節，即獵牝鹿的枯角的季節。
⑥東北人稱大森林為「窩集」。
⑦黑龍江人稱打獵為「打圍」，「圍場」即獵場。
⑧「等鹹場」即獵鹿，詳見第四章解釋。
⑨「哈盧瑪」是一種圓領長衫，為蒙古人的服飾。
⑩蠻皮分「夏蠻皮」與「冬蠻皮」，前者較薄，後者較厚。

⑪「紅毛缸子」是蒙古人穿的一種皮套褲。

⑫「察哈米」是蒙古人穿的皮靴。

⑭「水襪子」是一種日本的皮膠鞋，東北人稱以此名。

⑮「門得」為蒙古人相見時互問之語，意即「你好」。

⑯「雞米子」是小米子的一種。

⑰野人稱一種鴉片煙籤子為「千年蒿」。

⑱「過廉子」是過濾鴉片煙膏子的一種術語。

⑲「意木都」為蒙古人最惡毒的罵人語，其惡毒程度相同於漢語中的「操你媽」。

第四章

一

　　朱紅火浪婆娑在夜暗裡，翻卷著，閃爍著，如一蓬蓬一簇簇
含有野蠻意味的紅松。殘剩的青青煙絲扭著水蛇腰，娓娓婉婉，
曲曲折折，穿入無聲的黑流。煙火光近側騰駛著細鱗魚與野獸肉
的烤熱的芳香，強旺而蠱惑，雜著森林與草野的濃厚氣息。三座
草樓子如三具白銀雕鑄的古羅馬穹廬模型。乳色樺樹皮圓頂上不
斷有火的紅色纖足在舞動，充滿原始性的「烤肉網」①被拆卸在
火邊。三匹馬蠕動在附近明暗交錯的草甸子裡，急促而輕靈的齧
草聲與火旁的獵人吃喝聲應和著。

　　「大冬臘月天，三四處¹草樓子搭鄰居，彼此相距一般遠，
中間空地上燒起一把火，揀大個兒的柏木，沒頭沒腦的燒。
喝，那火力旺極了！草樓子裡面直似燒了個大土坑，熱火火
的！……」撕了一塊野獸肉放在嘴裡：「……這樣旺火，白天用
不著口拆松了，再扔兩段大個兒木柴壓上，便會噴出又濃又熱的
煙柱子，灰溜溜的。接著就搭烤肉網，熏烤野味，跟你今天所看
見的一樣！……怎樣？夥計，烤肉的滋味如何？夠不夠味」？

---

¹　原文誤植為「三四出」。

火光照紅了姜載河臉上的坎坷縐紋，照亮了他的小小兔眼。他慢條斯理的咀嚼著，又莊嚴，又審慎，似乎所咀嚼的並不是魚肉，而是一種真理，一種命運，金耀東並不答覆他這番說教，只在默默吃飯，把野雉肉一片片撕開，送到嘴裡。那雉肉經濃煙薰烤後，水蒸氣散發殆盡，一塊塊捲縮起來，硬梆梆的，芳香極了。金耀東在想像著原始火光中的古代夜宴。

「五六月，流火天，城裡的豬直喘氣。外興安嶺森林裡，晌晚跟秋天一樣，夜寒，要火！這兒草太多，到處是蒼蠅，蚊子，百蛉子。嘔，百蛤子尤其可惡，一咬一片紅腫，升升火，薰薰煙，這些小王八兔崽子也安分些。就這樣，晚上還得掛帳子。如其不然，第二天准給咬個稀爛！……」咀嚼著，傾聽著無邊的夜暗。停了半晌，終於慢慢歎一口氣：「唉，外興安嶺的夏夜究竟太美了，太好了！」

夜火亮著，唱著，莊嚴而燦爛的衝破靉靆夜霧。被火焰的紅色眼睛所透視的遙遠夜暗，似乎在搖擺，在晃動，在打手勢，又華麗，又富有旋律，直如一個巨大的黑衣黑帽的黑人舞男在作神祕舞蹈。穿過檀木色的濃濃夜暗，樺樹嫩葉防禦水氣蒸發的薄脂層彌溢出香檳酒液似的芬芳，露西亞種的米蘭花如醉如狂的傾潑出濃烈芳香，針葉松嬝散出撩人的略帶酸澀的香氣，莒，□，艾，篙，……一類野生植物，噴吐出女巫蠱惑式的古怪氣味。各式各樣的芳香澤瀉著，衝激著，雜交著，發酵著，比挨及古木乃伊的芬芳還要富有不朽性、永恆性。……忽遠忽近的，杜鵑在林中啼囀，流瀉出蕭邦小夜曲似地美麗的愛，永遠是悔恨與傷感！夜鶯在唱，唱著Keats的黃金色的發亮的詩篇。遠方岩鼠的吟聲？

細微而膽怯，不斷[2]從茂密的樹枝上掠來。一些被夜火光驚嚇了的野獸，不時愕然啼叫，其中有貔子的「阿阿」兒啼聲。豐饒的草叢中，紡織娘，金鈴子子無休止的播弄著銀鈴似地嗓子。泉水在淙淙歡笑。山澗在潺潺吟哦。整個外興安嶺在小溪流的透明的手臂下歌唱著。……一隻草蛾子飛到花叢裡，一枚在夏夜開放得特別寬大而蒼白的花朵震顫著，一羽蒼白花瓣無聲的墮落了……。

「外興安嶺夏夜就是這樣美麗！你真是個鬼夜，要怎樣美就怎樣美！要怎樣和平就怎樣和平！你止在這裡，就不要再想到神仙！甚麼紅塵，煙，酒，女人，……破抹布罷了！……每年夏天到這裡打獵，一到夜裡，我就回想起我們韓國的金剛山。金剛山夏夜，也是這樣美麗，只是野獸聲音少一點，卻反而更溫柔了。唉，到處都是泉水聲，堪似音樂，你簡直就不要想睡。……人多奇怪呀，想不到我一別家鄉，轉眼就是二十幾年。在滿洲東流西蕩，單人匹馬無妻無兒，三百六十行倒幹過三百七十樣。細想起來，人活著有甚麼意思呀？……」把一大塊魚肉塞到嘴裡，咀嚼了一陣，忽然抬起頭來：「哎，你們到過高麗麼？」

盛倫饕餐的咀嚼著，心不在焉的搖搖頭。金耀東楞了好久，終於狠狠搖著頭。搖完頭，他就黯然把未吃完的飯推到一邊，從身上掏出一枝煙，抽了一根小柴火，燃著煙，又把柴火投進去。

「你不吃了？」盛倫吃驚的問著，一面在撕開一塊肉。

金耀東點點頭，用勁吸了一口煙，又沉重而吃力的吐出來。他把頭轉向遼遠的夜暗。

---

2   原文誤植為「不但」。

「咳，咳，你們沒有到過高麗！高麗可真美哪！那兒到處是青的山，綠的水，紅的杜鵑花，男男女女都穿白衣。一年四季都喝泉水。水清極了，不用燒，終年都喝生水。我們那兒泡菜最有名，就是因為水好。……我們那兒謙又讓，長幼守禮，行的是周公之禮！父親死了，兒子守墓，三年不能見太陽，不能剪頭，不能見客，不能嬉皮笑臉。要是父母祖父母接連死掉，兒子就得活活守十二年的墓！……不過，這些都是從前的事了。現在……」聲音漸漸低下去：「留洋人到過高麗的，遂說我們的風氣比西洋瑞士強。真個是錦繡河山，如花似玉，花團錦簇，就可惜現在，唉，……。」

金耀東突然狠狠把煙蒂頭扔到火堆裡，用又堅決又哀怨的聲音道：

「先生，不提過去事，成不成？……」

這時盛倫已用完晚餐，打了個飽嗝，用手背抹抹厚嘴唇道：

「高麗我沒有去過，不敢說甚麼。單就咱們東三省說，也夠美啦！那一處不是風景？不是山水？不是花草？不是森林？……就拿外興安嶺說，人到這裡，還有甚麼名利心，聞聞這米蘭花香吧！嘗嘗這細鱗魚吧！……這些全跟做夢一樣。……當炮手，夠苦的，也夠樂的。打鹿茸比打皮貨舒服。大臘月裡，冰天雪地，西北風賽似鋼刀，單槍匹馬找野獸，可真不是玩意！……哎，提起打皮貨，這回總算虧老金了。蠻加布是吉沁河洮兒河的野人頭子，這回外交變好了，今年年尾，我們打皮貨方便多了。……呃，老金！你究竟是甚麼左道邪門，迷住蠻加布，一住就是三天？平時蠻加布請漢人吃一頓哪！我和他認識好幾年了。他連一

頓飯也沒請我吃過。……」

「沒有甚麼。算我的運氣罷了。」金耀東苦笑著。

「運氣，哼！讓運氣見鬼吧！……我在這一帶打了十年獵了，也沒有出過漏子。甚麼鄂倫春，索倫，黃毛未退，乳臭未乾，不巴結他，咱也能吃飯！」姜載河把軍用鐵飯盒拋在一邊。這時他已吃完了，開始把一掛短短的自造板煙鬥送到嘴裡，「嚇嚇嚇」的吸起來。藍色的煙霧散溢著，繚繞在火光四周。

「算你運氣好！你真闖上了，可吃不了兜著走！」盛倫威嚇著。

「在外興安嶺吃炮手飯，險事兒多著哩！顧得了這許多……那一年山洪爆發，可不活活餓死好些炮手。偏偏我就沒有進棺材！」

「老夥計，話可不能這麼說，江湖越老越寒心。上年紀了，你也得提防些。……幹炮手這一行，就是認命，硬拿身家性命往外砸，一步一個鬼門關！……」停了一會，「前幾天老下雨，這兩天開晴了，總得接連晴個把月才好。雨一旺，今年茸角就算吹燈！」

「要望晴，要望晴！雨一多，連捉水獺都麻煩了。……」姜載河大口大口的噴吐著藍煙：「轉眼快六月了。鐵路上早放假了。哈拉蘇棻蘭也不知道怎麼個熱鬧呢。……老毛子又得結伴兒來避暑釣魚了，福豐恆又有好買賣了。……」

「獵假不是說在八月中秋前後麼？」金耀東插進來。他又吸第二支煙。

「這不是『獵假』，這是『例假』！中東路上，每年陽曆

六月到九月，總有所謂『例假』：公務員兩禮拜，機工一個月。九月裡，野雉比較肥，老毛子歡喜趕這時必來哈拉蘇獵，正當中秋前後。當地老百姓以訛傳訛，就誤以為是中秋『獵假』了。其實，從六月起，老毛子就時不時來了：避暑呀！釣魚呀！游泳呀！打獵呀！樂著哩。」

　　姜載河說完了，吸畢最後一筒煙，把樺樹疙瘩大煙斗的灰燼拍出來，又用手彈彈屁股，突然站起來。

　　「夥計們，不早了。該去『等鹹』了！……今晚口廢話，耽擱太久了，……趕明兒回哈拉蘇喝西北風吧」！

　　「見你的鬼！你個背時的老悖惑！呸！」盛倫從火邊跳起來，向地上吐了一口唾沫，又吃吃的傻笑了。

二

　　獵牡鹿茸是一宗極精緻而艱苦的藝術，是一場極銳利而殘酷的鬥爭，是一片極頑強而偉大的忍耐。造物主褫奪了牡鹿的防禦力，卻饋贈它以極強旺的警動性與奔走力。它是野獸中最缺少粗野的獸，感覺比劍鋒還犀利，有著膽怯詩人的神經質的幻想與恐怖。它不僅能奇跡式靈捷的瞥見同類以外的影子，聽見狗的足步，嗅到人的氣味，它還能捕風捉影，草木皆兵的幻想到獵人的無情槍桿，而常常神經過敏的恐怖起來。那怕獵人還遙隔著好幾重山，好幾重水，只要這種幻想一起來，它就庸人自擾的疾馳而去。在殘酷槍桿的威脅下，弱小生物如果要存在，是必須常常神經過敏，心血來潮的。

　　由於螺旋式的累積的慘痛經驗，牡鹿知道這美麗茸角是一切

災難的泉源，是一切禍根的禍根。故一到五六月，它也特別緊張
起來，像一個兵聽見戰鼓與銅角的殺喊聲，它加倍警戒著，一有
空就遠遠跑到高山上或草地上，高高仰著美麗的頭，迎風晾曬，恨
不得立刻把茸上的濕潤血胞曝乾，好澈底根除它對獵人的誘惑。
它晾曬茸角的區域會經過一番慎重選擇，總選高高山峰的斜坡
上，人跡罕到之處，風景幽麗嫻靜，四面流暢通風，無林木叢樹
阻隔，一望無盡，眼界寬闊，便於瞭探警戒，這才放心吹，安然
讓清涼的山風披拂吹刮著茸角。吹著吹著，只要遠處一有人影子
晃動，——有時甚至是樹木花草陰影的搖擺，它便「矗—豈[3]—
東」一聲，一蹦三丈遠的不見了。它是個細膩唯美主義者，即
便在亡命逃跑時，也不忘記保護那對美麗茸角。它溜開四蹄，風
行電掣的疾馳著，腦袋竭力向後仰。那紅瀼瀼的長長茸角向後直
倒到脊背上，有時幾乎與尾閭聯成一片。它疾馳著，疾馳著，陽光
明亮時，渾身夏毛閃灼著朱紅光華，茸毛散射出亮亮的光芒，那
色彩深度與年齡成正比的胸前黑色，宛若一片煜煜天鵝絨，疾馳
著，疾馳著，兩隻華麗的茸角不斷向後倒下去，倒下去，……。
馳過處，只見一片紅花花的火焰，一片黑幽幽的煙霧，……

　　炮手如想乘牡鹿晾曬茸角時予以突擊，只有遴選風景都麗的
幽靜之所。在山腰轉折處，估量鹿可能經過，一清早便偷偷潛伏
起來，等牡鹿蹦蹦跳跳的跑過來時，「砰」然一排槍奇襲過去。
不過，用這種方式獵茸角，難有收穫。通常炮手全採用傳統的
「等鹹場」的方式。

---

[3]　象聲詞，原文為「豈」左加「口」。

　　在外興安嶺的深山裡，有一種土質，含有極濃烈的鹹性，山裡人稱為「土鹹」。它是鹿茸發育滋長期間鹿生理上所不可缺少的營養品。這種鹹質，不僅土地上有，泉水裡也有，異常稀少，而極其珍貴，鹿一旦發現，便永忘不了。夜深人靜，伸手不見五指，它們便偷偷摸摸的溜過來啜食，或形單影隻，或結隊成伴；吃過一次，更是繼續不斷來吃，直到鹿角長成，骨質僵硬。炮手便利用這機會來獵鹿茸，稱那些含有鹹的土地或泉水為「鹹場」。

　　數百年來，蒙古炮手傳統以獵鹿茸為業。仗著傳統經驗，他們發現許多「鹹場」，傳家寶似地一代代遺傳給自己子孫，年月久遠，終於成為眾所周知的聞名「鹹場」。這些公共「鹹場」，被炮手利用的次數太多，有時會令牡鹿視為畏途。再則，「鹹場」一通俗，炮手們三三兩兩，全麕集在一起；或采輪流制，今天某甲等鹹，明天某乙；或採均分制，大家同時「等鹹」，所得茸角，利益均沾；在這種場合下，所得利潤減少，有時且會發生弱肉強食的悲劇。故有槍桿的獵人，寧願獨闢蹊徑，單人匹馬，去尋覓祕密的新「鹹場」，好獨自享用。

　　在獵茸期間，金耀東一行三人，還附帶捕水獺。

　　在外興安嶺分水嶺附近的哈爾哈河與哈爾哈河頂子，是名滿遠東的水獺出產地。水獺經常潛伏於水底，不輕易露影蹤欲水面。獵人如專恃獵槍，必師老而無功。蒙古炮手，腦筋裡只有槍，故對捕水獺一道，幾乎全是外行。漢人獵獺，採用「加布甘」②。獺拉屎有固定地點，多半在兩岸大石上。獵人發現它的糞便痕跡後，便把四五隻「加布甘」放在必經之道上。水獺匆匆

忙忙急於排泄，從水裡疾爬出來，跑著蹦著，一不小心，便踩著「加布甘」的「踩板」，腿立刻給鋼鐵鋏子鋏住，鋏上一丈多長的鐵鎖鏈直擊在附近一棵大樹根上，獺再也無法逃脫。這毛皮光滑的生物，當時身價極高，合二三百元一張皮。這種蒙古獺、俗稱「北獺」，一向成長於寒帶，皮毛特別深厚，而富有熱性，價值還超過生長在溫帶的「南獺」。

三

　　從鄂克托蘭歸來，金耀東便參加「等鹹」，他們三人在一個等鹹場連等了九夜，均無所獲。新鹹場的開闢，尚屬有待。捕獺的成績，始終是個「鴨蛋」，姜載河那時便不免有點焦灼無奈，不時被無端的愁緒纏絞著。

　　「媽的，要是老這樣彆扭。真得回哈拉蘇喝西北風了！」一天，盛倫對天空揮揮拳頭，牢騷著。

　　「真晦氣！連水獺也不出來拉屎了。這是誠信跟咱們做對。……趕明兒再多湊兩場雨，咱們索性空手來，空手去！四大皆空！空得成了仙，就不用食人間煙火了！……」姜載河睖著小眼睛：「嘿，你倒悠哉，遊哉，得其所哉！成天忙遊山玩水，鹹也不去等。夜裡自顧去釣魚！呃，小心魚咬了你，細鱗魚有小牛犢壯哪！……」

　　金耀東不開口，抬頭凝望遠山。醉悠悠的，靈魂似乎整個泡在酒精裡。

　　金耀東踏入外興安嶺，與其說是為了嘴，倒不如說是為了眼睛，與其說是為了眼睛，倒不如說是為了心靈。自從馳入這片陌

生土地後，他的整個心靈，就一直沉沒大自然的海洋中，被原始的魅力沖洗著，梳爬著，滋潤著，營養著。在這種澈底創世紀風味的形態，顏色，聲音，芳香中，他感動得真不想說什麼。唉，一個人為什麼必須說呢？做呢？要不是細胞裡的「赫爾曼」的本能衝動，他真想永遠躺在大地之海上，躺在森林裡，躺在草地上，如神話中的安特美恩③，睡一百年，睡一千年，每個黃昏在蜻蜓天鵝的華翅旁邊夢著白色睡蓮花照亮了的夢，同樣的夢。在澈底的隔絕中，他真正體味到尼采在阿爾卑斯山上體味到的智慧的芳香，創造的大歡喜，生命的大沉酣，蒼天的溫柔寂寞，……永遠輪回，……超越一切，……。

他享受著有關狩獵的，一切：包括成功與失敗。

山裡野味多如牛毛，槍法高一點，幾乎槍一響就是肉。三錢重的一粒鉛彈，可以換到幾十斤的肉，鹵獲一多，他便嘗試著各式各樣的肉。吃一種，換一種，膩味一種，再挑一種。烤肉網經常不得閒。深山裡蒼蠅多，白天烤肉，因為酒氣大，薰得它們不敢進前，只遠遠貪饞的「嗡嗡」著。夏季肉易生蛆，在煙火上烤幹後，就易於保藏了。金耀東嘗著黿子，母鹿，獐子，細鱗魚，麂，野豬……

夏季野豬有腥氈氣，金耀東不聽姜載河的勸告，嘗了一次，果然失敗，只好白白拋棄掉好幾十斤的肉。在燒烤野豬，剎掉它的長毛時，肉上會顯出灰灰細絨，異常芳香。他便扯揭下來，卷在一起，異想天開的充作魚餌。把幾十根絲線搓成魚繩，結在粗木釣杆上，鐵釣鉤上縛好野豬絨的餌，在星光燦爛的晚，他不去等鹹，卻跑到哈爾哈河邊上。

　　裝飾著星光的仲夏夜空，是一座繁茂的花園，亮著千萬朵紫色的藍色的青色的小花，比印度瑪瑙還璀璨。這一朵朵花搖搖的似欲墜落。它們在以清冷而寂寞的光焰投給地面。刺球樹的芬芳瀰溢在星光裡，……

　　金耀東坐在星光照耀的河岸上，凝視著流水。哈爾哈河緩緩流，河水被星光渲染上一層神祕光色，黑晶晶的，紫溜溜的，溫柔而朦朧，鋪疊著錯雜的暗影如參差樹蔭。在白天，河水原似無聲流逝。夜闌珊了，水流聲竟明朗的浮現出來，隨著夜的深沉而愈益深沉。這流動的聲音向無邊的空虛裡投擲出一圈圈悲哀的弧線，如「紫羅」的金屬弦子所流瀉的哀歌。水聲不大，卻有一種令人哭泣的可怕寂寞，像是天空與大地的連綿歎息。

　　金耀東蕭穆的坐在星光照耀的河岸上，頭戴黑呢帽，臉上罩了長長的白紗網，神祕得如中世紀的蒙面俠。他凝望著河水。水面不時濺起高低不一的魚躍聲，在太靜的夜裡，魚躍聲顯得宏壯起來。如果不是因空氣的震顫與激動，這聲音簡直就要永存於空間。

　　「卜楞！」

　　一團包紮著鉛皮的釣餌被投擲到水流裡。

　　捕魚人眼睛張向黑暗，神經微微有點緊張。

　　哈爾哈河裡有一種細鱗魚，最愛吃水耗子。聽見這「卜楞」聲，以為又是水耗子跳下水，要渡河了，「崩」的一聲，它突然躍上來。及至嗅見那野豬絨的濃烈芳香，它登時狠命撲過來，迫不及待的一口吞下去。

　　釣杆猛烈震盪起來。

　　捕魚人突然蹦起來，施展出吃奶力氣，拼命抱著魚杆向上拖，所拖的似乎並不是魚，而是全部生命意義，全部公理正義。魚有好幾十斤，蠻獷如小犢，顎上雖然繞絞著大釣鉤，仍粗橫的掙扎，全力往水底鑽，企圖連岸上人也拖到水裡。人與魚於是猛烈掙扎著，鬥爭著，緊張得不亞似古羅馬的鬥獸。這時魚繩的彈力早已毫無作用，純然是兩種力量在鬥爭，陸與水的鬥爭！一幅最原始最莊嚴的生命鬥爭圖！

　　捕魚人的劇烈動作，驚起草叢中大群大群的蚊蚋與百蛉子。它們飛舞起來，向他進攻。他臉上的白紗網發揮了強旺的防禦作用。手上沒有遮蓋，不免被百蛉子咬了幾口，他毫不介意。他所有的精力與意志都集中到釣竿上了。

　　一切聲音全死了。只有人與魚鬥爭的聲音！

　　這是一場猛烈的格鬥：美國大力士的拳賽也不會比這更長久些，更兇險些。經過四十分鐘以上的角力，水裡的那一面才喪失最後精力，放棄最後抵抗，癱瘓成一團，聽候捕魚人的擺佈。一條四五十斤重的大魚，終於被拖上岸，低低喘息著。這曾經極其野蠻的水族，不再野蠻了。——敗者受禍！這種細鱗魚據說是俄國種，渾身盡是脂肪，又香又嫩，金耀東是頑強的酷嗜著。

　　為了捕捉這細鱗魚，在陽光最明亮的日子裡，他常常荷槍散步于哈爾哈河之濱。走著，走著，他突然取下槍，裝好子彈，故意在岸上嬰兒樣狂跳著，狂舞著，讓黑幽幽的長長影子在水面播散出濃厚而零亂的線條痕跡。這痕跡經強烈陽光一反映[4]，便直

---

[4]　原文為「經強烈有陽光一反映」，「有」為衍文。

映入水底。細鱗魚最愛吃草蛾子，野蝶，蜻蜓，一類草蟲，在水底望見這花綽綽的影跡，以為又是草蟲飛來了，「崩」的一聲，急跳出水面，雪白的肥身上閃亮出一塊猩紅斑點……

「砰！砰！砰！……」

槍聲響處，魚遭受致命打擊，飲彈死去。它翻出白肚皮，在水面漩渦裡繞轉幾匝，隨即順流而下，向東駛去。岸上人急從地上拾起早就砍好的樺樹杆，沿河向東狂奔。魚屍隨峻急黃流直沖下去，沖到彎彎的河流轉角處，隨急流畫一大圓弧形，直向岸邊撞去。岸上人這時早已跑過來，用長長的樺樹杆按住魚身子，不慌不忙的撥弄著，調動著，如用蟋蟀草誘導蟋蟀似地，慢慢誘到河邊，再跑下去，整個拖上來。

在這些陽光毒熱的日子裡，漁獵倦了，口渴了，他便仿效一般炮手，到樺樹林，用獵斧在一棵樺樹的下半截砍去銀緞子似地樹皮，使它裸露出一扇米黑色的三角形小窗子。他拔一根草杆子或葦管，一端搭在窗沿上，一端架在鐵飯盒裡，不到幾分鐘，從那米黃色的樹肉裡，便滲溢出乳白色的樺樹液，牛奶似地不絕從窗口流出來，順著草杆子或葦管流瀉到飯盒裡。待注滿了，他便端起來，一氣喝乾，登時渾身涼爽，通體舒泰。這樺樹液又香甜，又清涼，芬芳如檸檬水，且含有裨胃的碳酸氣。

溽暑重虎，隨著炎熱的程度，這些米黃色的小窗口在樺樹林裡也加多起來。對於一個初入外興安嶺的陌生者，這些神祕的三角形，直是斯芬克司的謎！

外興安嶺真是大自然的大自然，真是無窮豐富的精神礦藏之礦藏，只要舉起鶴嘴鋤，沒有一鋤不會帶來燁煒喬煌的黃金珠

寶，金耀東如饑似渴的攫販了這些黃金珠寶後，在他的思想與字彙裡，只兩個字：讚美！

　　……
　　你們要讚美……
　　從天上讚美……
　　在高處讚美他……
　　他的眾使者都要讚美他！
　　他的諸軍都要讚美他！
　　日頭月亮你們要讚美他！
　　放光的星宿，你們都要讚美他！
　　天上的天和天上的水，你們都要讚美他！④

四

　　從五月中旬起，雨不斷落，越落越凶，越落越有興致。夏季原是外興安嶺的雨季。今年的雨水竟比往年特別茂盛，落的時間特別長。灰湛湛的雨，一陣密，一陣疏，一陣緊，一陣稀，直使炮手們無法活動。在落雨期間，炮手們只能躲在草樓子裡，潛伏在蚊帳下，修理獵具及馬鞍等物事。雨腳微小時，他們把剝好的一條條的長口獸皮套在大樹杆上，一來一往的搓揉，好鞣滑皮革。及至皮革柔順了，就用來制皮繩子，馬韁，並用一些整塊的皮縫製鞍套，幹粗些，馬絆⑤……
　　雨索索落落了二十多天，依然不停。在這些日子裡，姜載河一行三人，在鹿茸獵上，完全絕瞭望。在這一大維被潺潺雨水所

浸泡的時間裡，除了在三四天偶然微晴中，他們能充分活動外，其餘的日子裡，他們一籌莫延，只能修補衣服，獵具，及馬具。在落雨天，金耀東雖然常常冒雨出行，但很少見獸蹤，更難發現水獺。

好容易得到六月中旬，盛倫利用加布甘前後捕捉住兩隻水獺，姜載河也獲得一隻，金耀東則始終毫無所獲，這時分，外興安嶺的許多炮手估量今年雨水太多，鹿茸獵已無望，均相率離去。盛倫與姜載河也決定回哈拉蘇，準備一番，等秋季再來獵「坎角」。當他們向金耀東提及此事時，後者躊躇了很久，終於道：

「你們留在這裡，已無必要，不妨先回去。至於我，——我還想試試運氣，暫時多耽擱幾天！……」

「你一個人在這裡，不冷清嗎？」盛倫問。

「冷清點也好！我並不討厭冷清。」

「其實呢，我們遲幾天走，也沒甚麼！——」姜載河沉吟了一下：「就是雨水猛一點，日夜落個不停，黏糊糊的，心裡[5]像貼滿麵條似地不舒服。……老盛離家快兩月了，家裡也怪想念的。……」

他們最擔心的是：金耀東初次來外興安嶺，路途還不熟，沒有伴兒，或許不便。

「這是那裡的話！那裡的話！我三十來歲的人了，那能就迷路！……我從十歲起，就出過遠門哩！……外興安嶺到哈拉蘇，總不比雲南到黑龍江遠吧！呃？」

5　原文為「心興裏」，「興」為衍文。

　　姜盛見勸說無效，只得先作歸計。

　　六月中旬的一個微雨上午，他們決定離開外興安嶺。臨行時，他們問金耀東有事吩咐否。金耀東先是搖頭，接著忽然想起一件事：

　　「打鹿茸，你們是不興帶狗的。我那條貝爾特還放在福豐恒寄養。你們回去時，得便給我照顧照顧。狗不比人，受不得委屈的！……」

　　……

五

　　姜載河盛倫離開以後，雨仍不斷落。金耀東微微有點感到寂寞。終日他聽不見人聲，見不到人影。花木豐茂的外興安嶺竟比沙漠還荒涼。有幾夜，他冒雨「等鹹」，淋了一整夜，始終無鹿影。在雨夜，牡鹿是極少出來的。

　　長長短短的雨，不斷霏霏下落，斷斷續續的，明明暗暗的，愁愁慘慘的，淅淅瀝瀝的……

　　一個沒有蝙蝠沒有彩霞的傍晚，雨竟住了。混沌騷亂終止了。入夜，從白樺林裡，從東方乳色光霧裡，一輪大月亮烱烱灼灼靜冉冉的升起來，又莊嚴，又華麗，直是個徐步升上銀色寶座的銀色女王。雨後天穹美潔得不再朦朧空虛，精緻得如一只新出窰的淡青磁器，滴溜溜圓的舒展入無極無限，散發著一些亮晶晶的紫色斑點，是星星，在如癡如狂的白色月光與青色天光裡，整個大氣層是酣醉了，發酵了，比新焙的麵包還輕鬆甜柔。連日大雨，累積的儲匯起來，滿山溝山窪盡是水流聲。一條條流動的水

圈上，樹木華影犬牙差互，交叉錯雜，經月光一塗抹，水與影流露出弦樂的和諧。一切全被月光征服了，浸透了：每一枝小草，每一片樹葉！……

猶若傳說中參禪拜月的狐，金耀東在月下徘徊著，瞭望著，凝思著，呼吸著，感覺著，……多日落雨所瀦的積悶，全給這一山月光掃洗得乾乾淨淨。他的情緒整個美化了，連血管裡似乎也流動著月光。在這樣迷人的月夜，再睡在草樓子裡面，直是一種愚蠢，一種罪孽，……他想。

給瓦希加套上鹿皮馬絆，放到附近自由吃草後，金耀東用「鞍下毛氈」作毯子，用馬鞍子作枕頭，睡在一條斜坡的平坦坦的橫切面上。長方形的「鞍下毛氈」由白番布縫成，裡面滿滿裝著馬牛羊類動物的雜毛，睡在上面，軟綿舒適不亞天鵝絨。

山谷風柔媚的旋舞著，作著鄧肯式的舞蹈，隨風掠來野玫瑰百合的馥之芳香。

水流聲潺潺而幽靜。在溫柔如夢的月光中，千萬種聲音，顏色，氣息，芳香，形體，釀製成一片近於固體的液體，蜂蜜樣緩緩的甜甜的流動著，滲透入一切有生，無生，方生，將生，未生……

外興安嶺的夏夜真不是夜，是一種青春，一種狂想，一種享受，一種誘惑，它是上帝的夜，也是魔鬼的夜。這白色的夜竟美麗得呻吟起來，……

金耀東睡在月光裡，睡在仲夏夜幽情曲裡。月光狂烈的擁抱他，雨點似地從他的濃濃黑髮直吻到腳跟，彷彿要用這擁抱與狂吻毀滅他。他睡著，傾聽著，凝視著，享受著，不知道是睡是

醒，是醒是睡。夢與現實已繞絞不清了。飽和了月光的雨後空間明潔而光滑，芳香而富有肉感，直是少女的如花的肉體。他的血液不時溫柔的震顫著。他有意無意的慵慵舉起手臂，輕輕用手掌撫摸這空間，這月光，這芳香，又不時用紅紅嘴唇啜飲身邊草上露如夏蟬。

月光照亮了他的蟬翼似地透明的仲夏夜夢，流螢環繞著他低翔，山谷在傾聽他的均勻的呼吸……

六

不知何時起，一陣驚天動地的爆炸聲突然卷騰起來。金耀東於其說是被驚醒，不如說是被一種奇異而龐巨的暴力打震得蹦跳起來。

「嘩！嘩！嘩！……」

「嘩！嘩！嘩！……」

「嘩！嘩！嘩！……」

「嘩！嘩！嘩！……」

「……」

這聲音暴怒的爆炸開來，萬礉[6]怒嚎，鼓怒豗擊，猶如飆雷崩岩，地脈蕩決。一剎那間，所有太陽系星球彷彿全撞擊在一起，金紫色星雲迸裂著。東南西北，上上上下，沸騰著一片澎湃的山崩海塌的暴響。一陣陣憤激的崩炸聲浩浩滔天，電透箭疾，從天上撲下，從地底沖山，從四面八方勃發，轟轟然震撼著，彷

6　原文為「萬礉」；「礉」是「核」的異體字。此處的正字當為「礊」。

彿要毀滅一切。這汪洋浩瀚的聲音，狂烈而憤怒，一潮又一潮的
奔馳著，疾滾著，以吞吐千川瀉泄萬壑的暴力擂擊著大氣層。登
時林嘯風噪，山鳴穀應，大昏眩的音浪急舞於高空。一切存在物
全激湧出粗壯嘎啞的回音。岩石似在怒號，森林似在狂吼，大地
似在呼喊，天穹似在咆哮，……

　　千萬種聲音洶湧著，氾濫著，蟒蛇樣纏絞著，十字軍樣突
擊著。人還來不及辨別，它們早已瘋狂的霸佔了全部外興安嶺，
征服了整個宇宙。屬於上帝的，屬於魔鬼的，以及上帝魔鬼以外
的，全被毀滅。天地間惟一存在的，只有聲音！聲音！聲音！聲
音！聲音！聲音！……

　　「嘩！嘩！嘩！……」

　　「嘩！嘩！嘩！……」

　　「嘩！嘩！嘩！……」

　　「嘩！嘩！嘩！……」

　　「……」

　　隨著這憤怒的雄險吼聲，隨著這毀滅的暴風，大片大片的赭
色奔流排山倒海的猛衝著，狂馳著，如千千萬萬頭彩色虎豹，如
千千萬萬座能飛的楓樹森林。大片大片的洪水迅激的掃卷著，橫
暴恣睢的氾濫著，渤溢著，騰波擊天，高浪灌月。山溝，山汊，
山窪，山溪，山澗，山泉，山溪，山壑，……，所有水流全渲瀉
激湍，橫匯倒注。一大陣連著一大陣，一大片蓋著一大片，一大
股咬著一大股，浴月排風，茫茫無涯，洶湧澎湃，泂洑激射。洪
流殺氣彌天，怒濤躍空，水波山立，惡狠狠的猛撲著，凶勢如大
集團軍的梯隊衝鋒。轉瞬間，一些土疙子汩滅了。一些小山頭被

吞沒了。數不清的大草莽被掃卷得無影無蹤。數不清的大樹連根拔起。岩石一塊塊頹然崩墜。森林一座座昏然沉落。一些不及逃避的麅子，狐狸，野豬，母鹿，……，全被卷到急流裡，在漩渦中打著輪轉旋，又與松，柏，柞，樺，柳，榆，灌木叢，可及一些喬木的屍身絞纏在一起，排列著，魚貫著，組成一支又莊嚴又悲壯的大軍，浩浩蕩蕩的挺進著，有著喪葬殯列的深沉與哀愁。

　　是漭沆的洪流長腿插翅，在迅馳，在疾飛，在雷奔，在跳躑。它毒龍式的張牙舞爪，恣意吞噬。一座又一座的巍巍山峰殉葬了。一片又一片的陂陀山窈淪亡了。一條又一條的崎嶇山坡陷落了。一座座的，一片片的，一條條的，殉葬了，淪亡了，陷落了。整個一座黃海似乎全搬了過來，全部外興安嶺在抖顫著。……洪水獰惡的突擊著，急旋著，懷著不可抗的仇恨與無比怨毒。一片片驚濤駭浪比牛馬鯨鼇大，一卷卷波流比尼加拉瀑布峻急，比「灩澦堆」兇險，蠻獷得直要把創世紀的挪亞洪水重演一番。炸裂聲，崩陷聲，潰決聲，洶湧聲，……，一陣繁似一陣。全世界的大風暴大雷雨全集中到這裡了。

　　這大毀滅性的天崩地塌聲把金耀東震昏了。如魔鬼附體，他不知道怎樣才好。在大暈眩中，偶然一道閃光，眼一亮，他發覺鄰近的泉水已泛溢起來，水唧筒似地噴射著。如醍醐灌頂，他突然清醒，直覺的意識到一個龐然的毀滅在等待他。再也來不及考慮，他矯捷的解開「馬絆」，把馬鞍子與鞍下毛氈捧在馬身上，把草樓子裡的獵具及物件，急急塞到馬鞍囊裡，迅速荷槍牽馬，越獄囚犯似地，一口氣直向山上狂奔。越過八九個山頭，抵達一座座高高的峰頂，這才渾身汗水淋漓的停住腳。喘息著，回頭向

下望望，先前氾濫的泉水，業已蔓延開來，與洪流裡應外合的叛逆著。他那座草樓子，一部分已開始被浸沒了。

猶若那被山嶺與樹木所攻擊的馬克白，一團團死沉沉的恐怖絞著他。差足告慰的是，洪流沒有捕捉住這顆孤獨的靈魂，似乎受了挫折，兇焰已稍稍煞住，攻擊的速度已漸漸緩和，只在離他十幾丈的山腹部氣咻咻的牛喘著，威脅的低低吼叫著。……

天上仍掛著那一餅蒼白冷澀的圓月。星光閃灼在鑽石藍的天幕上。映照著這強烈的星月光芒，這渥赭色的蒼蒼洪流展顯出一片紅毒毒的光彩，慘麗而淒豔。這紅流經過一小時的猛烈衝鋒，似已疲倦困憊，漸漸淪入休戰狀態，只不斷號號低吼著。那地動山搖橫掃一切的恐怖聲音，漸漸跌入潰亂的低低嘶叫。紅色的波浪滾動著，顫抖著，滲混著骷髏色的月光，紅得異常野蠻而原始，直令人毛髮倒豎，汗腺起雞栗。這紅色的和平比剛才大騷亂還可怕，還森人。它把外興安嶺的下半身渲染得賊忒忒的紅，彷彿是一把彌天火災，遍山遍野的到處撒灑出紅色災難。

「啊，可怕的山洪！」

金耀東坐在一片冷硬的岩石上。面對著當前的紅色災難，長歎了口氣。這場比紅海落日還紅的紅晝，現在並未沉默，在用粗嘎的嗓子向他抗議，惡罵，威脅。一股無端的愁緒不禁侵襲著他。他知道，這著名的外興安嶺山洪爆發（令炮手們談虎色變的），一發，就不可收拾，短時間內不會輕易退去。

這種充滿悲劇意味的山洪爆發，隔幾年總要在外興安嶺出顯一次。夏季是外興安嶺的雨季，雨常時糾纏不休，一月半月不停的落。落得太旺，繁茂的雨水不斷通過樹根草根，沁透地表皮

面，深深滲入地底層，與地腹水彙集起來。雨落得越多，地腹部也彙集得越多。直到地的肚腹容納不下，一朝崩裂，突破地皮層較薄弱處，以及溪澗泉水的舊流，猛然洶湧氾濫出來，姿態豪壯，一瀉千里，與山窪，山谷，山汉，山溪裡的積雨水打成一片，爆震出轟天的雄壯吼聲。

這一夜，金耀東一直沒有能睡。他徘徊在海拔一千公尺以上的高峰上，瞭望著這馳滑流動的紅澄澄一片，以及那投影在上面的蒼白得怕人的星光月光。漸漸的，他從一片朦朧而恐怖的境界裡掙扎出來。一片莊嚴而崇高的情緒充沛於他的心靈中，他覺得自己是可怕的孤獨。一切生命似乎全滅亡了。只有這一顆孤獨的魂靈赤裸裸的浮凸在星球上。從這絕頂的孤獨裡，他仿彿看見一片偉大的光輝，偉大的苦難，偉大的信仰！

「我之所以異於人者，便是因為我愛負荷更多的苦難！」

一滴驕傲的眼淚感激的滴落在冷硬的岩石上。

七

翌日上午，金耀東才搭好一座草樓子，準備休息，口雨就疏疏斜斜的落起來，忽而大，忽而小。入晚不停。第二天第三天連著落，直使他無法活動。

洪水氾濫了，一些野獸從各處逃往到山頂上，三三五五麕集在一起，悲哀的鳴叫著。這正是野獸的換毛季節，它們新陳代謝的滋生著紅毛，被雨水淋著後，渾身熠煠著亮耀的紅光，默望著這些遠遠在雨中蠕動的野獸（裡面就偏偏沒有牡鹿），只要槍聲一響，就絕不會落空。然而他卻連槍機也懶扳動一下。雨水打濕

了他的衣服，也打濕了他的思想。他的殺機與衝動的火焰被澆熄了。他只是默默對雨沉思。

第四天，好容易雨住了。陽光與溫暖復活於外興安嶺。

雨雖住，洪水卻並未退，雖然也並未漲。洪水不退，他的煩惱也不能退。他所帶的小米子，只剩下二斤。他生存的唯一憑藉，是一天天薄弱。為了盡可能延長這生存憑藉，為了盡可能發揮這僅有生存資源的最大彈性，他開始節約：每餐只取一小撮米熬成極稀薄的粥，配合著釐肉乾吃。這幹是四四方方的一塊，早就烤熱曬乾，臨食時用滾水泡發開，會膨脹成三四倍大。每一餐肉的分量遠比粥多。他幾乎完全是用肉來充饑，而粥只是一種不得不點綴的小點綴。如果沒有這小點綴，他知道生理上會起怎樣可怕的影響。

在這洪水滔滔的外興安嶺，在這片倖免於災難的方舟上，他幾乎是唯一的落荒的靈魂，今夏雨水太旺，洪水未爆發前，炮手們多已相率散去。陪伴他的，現在只有野獸與山林。在這片荒涼的山谷裡，「斷炊」就是不折不扣的「斷炊」，完全照它最原始的意義解讀，與人群社會裡的「斷炊」截然是兩回事。他不能不提高警惕性。

所好的是：這日雨晴，他又恢復了獵鹿茸的工作。舊有的幾個「鹹場」全在山下面，早被洪流湮沒。他不得不探尋新「鹹場」。

山洪爆發的第六天，一清早，他就騎馬出去找「鹹場」。陰雨太久，泥土還是濕漉漉的；野獸的蹄蹤清晰的鐫鑄在地上，其中鹿跡卻很稀疏。有一兩處，偶然發現蹤跡，追蹤找去，沒有多

遠，卻又中斷在猛深深的草叢裡。忙了一上午，始終毫無所獲。

　　順著扭扭捏捏的山路，下午繼續搜索，仔細尋覓，勞碌了兩點多鐘，竟在一條窄路上發現一些剪刀形的蹄印。順著這印子找去，經過許許多多曲曲折折的山路，終於在一座繁茂的灌木叢旁邊，發現一座清泉。泉水如一片殘闕的大月亮，在陽光裡爍燦著銀色光華，安靜得沒有一滴璣珠。泉水附近。黑油油的泥土上，刻劃著一簇簇剪刀形的蹄印：橫一道，豎一條，左一抹，右一勾，一重又一重的折疊著，堆砌著，叢密而繁亂，複雜而錯綜，真是一個頑皮孩子最拙劣最胡鬧的塗抹。

　　金耀東歡呼得在馬上叫起來。

　　跳下馬，在泉水附近仔仔細細察看了幾遍，他比鋼鐵還崛強的肯定：這一定是「鹹場」，這泉裡一定有鹹質！

　　他急馳回草樓子，提前用了晚餐，把瓦希加套上馬絆，放到附近，隨即荷槍向泉水走去。這時天色已徐徐步入黃昏。那又紅又圓的夕陽蕤生在西天，直是一隻巨大的紅柿子，炫耀著絢爛而紅熱的最後回光。崇山峻嶺緩緩昏暈在這殘照裡。晚風呢喃著夏夜特有的溫柔。

　　抵目的地後，用獵斧到附近柞樹林裡斫伐了三根樹幹，兩根有杈椏，一根沒有。把有杈椏的兩頭削得尖尖的，深深的直插在泉水附近茂密的灌木林叢中，再把那光禿禿沒有杈椏的一根橫搭在上面，成凵形，這就是臨時槍架。他在泉水附近徘徊著，精細的假想牡鹿匍匐在泉水邊吸飲的姿勢，國位，它的身材高矮，以及瞄準度數與效率，再決定槍架的水準跟垂直高度。通常炮手愛用「假目標」，假想鹿的高度，用一根樹杆插在槍架前作為代

表，樹杆對住炮手的一面剝去皮，在夜暗中發出朦朧的白光，這光炮手看得見，鹿卻看不見，鹿偷鹹來時，炮手便直向這假目標射去。金耀東並不是樣做。他只用一片色煙的錫紙纏在槍的準星上。黑夜如漆，望著這微微發光的錫紙，他就可以測知瞄準的高低了。

八*

夜無聲的掠來了，它的黑色華翅以濃濃陰影裝飾了一切。這是一個無月之夜。疏朗的星子閃著倦意的藍色眸子。膽怯的牡鹿白天不敢來食鹹，夜深人靜，才偷偷摸摸的溜過來。月亮太大太明瞭，它也不敢出來，彷彿光明就是屠殺的象徵。

金耀東潛跪在灌木林裡，渾身穿戴了灌木的枝葉與暗影。他把槍搭在槍架上，瞄準泉水邊緣鹿可能的匍匐啜飲處。他屹立著，一動不敢動。牡鹿機敏得太可怕了。儘管地面的一切全沉淪在漾漾無涯的黑暗大海裡，但只要獵人隨便揮動一根手指，甚至自目的沉重呼吸一次，好像也能驚走它似地。

金耀東跪在夜暗與樹蔭交織的重疊陰影裡，戴著樹枝的冠，踏著冷冷的地，睜大眼睛，張大耳朵。白紗網有強烈的反光，他沒敢罩，徑讓蚊子與百蛉子折磨他。他凝視著，傾聽著黑暗，視覺聽覺極度膨脹，一絲一毫不敢放鬆。他的耳膜犀利而緊張，猶如中世紀的銀絲琴，一絲最輕微的風彷彿也會彈起響聲。他聽見蟋蟀草在風中私語，一片青楊葉子幾乎是無聲的墮落下來……。

---

* 《奔流》刪去了本節全文。

他又彷彿聽見大橡樹的虬結如須的盤根在幽幽吸收地層水分，柞樹葉脈輕輕在作二氧化炭的呼吸。這時分，即使是一根繡花針落在地上，他自信也會聽見。

　　鵠候了約莫四小時，快到午夜了，一陣微颸起處，極遼遠的，極遼遠的，一陣極輕微極輕微的聞首飄浮過來。這聲音飄飄渺渺的，浮浮泛泛的，遊遊蕩蕩的，嫋嫋冉冉的，神祕而玄篤，油滑而不定。這是輕風的微吟，森林的顫慄？落葉的歎息？溪流的呢喃？素馨花的夢囈？覆盆子的絮語？還是一滴白露偶然從蘭草上墮落？兩隻蝴蝶的華翅輕輕互相敲撞？三隻蛾子輕掠過野玫瑰的葉子？四隻螢蟲[7]在叩攀槐樹以綠葉編制的圓門？……

　　「哺……嗞……哺……嗞……」

　　金耀東緊扶住槍，一手按住扳機，手心沁出冷汗。他屏息著，傾聽著，凝視著，渾身血液煎熬在極沸騰的興奮中，脈管裡似乎燃燒起一把又一把的火焰。

　　「哺……嗞……哺……嗞……」

　　這聲音忽遠忽近，忽近忽遠，若無若有，若有若無，又隱約，又清晰，又熱烈，又冷靜，飽和著試探性，又洋溢著誘惑性，不斷前進著，又不斷後退著，彷彿連螻蟻的呼吸也會驚走它似地。這聲音從遠遠的遠遠的森林裡飄來，越飄越近了，越飄越近了，這不是森林中的聲音，也不是地球上的聲音，這是極遙遠遙遠的另一類星球上的聲音。……

　　（唉！宇宙間還有比牡鹿滑過苔蘚更神祕更美麗的足音嗎？）

---

[7]　原文為「四隻螢蟲蟲」，後一「蟲」疑為衍文。

「哺……嗞……哺……嗞……哺……嗞……哺……嗞……」

聲音遠了，遠了，近了，近了，近了，近了。忽然又遠了，遠了，遠了，遠了，終於是真的近了，近了。美麗的牡鹿終於馳過來了，閃躍著蒼白色的梅花斑點，閃動著婀娜而敏捷的□步子。這美麗的小獸不是在輕馳，而是在飛翔，而是在舞蹈：在神祕而綺麗的幽暗裡作著神祕而綺麗的舞蹈。美麗的四蹄閃電似地曲曲折折的舞過來，疏疏斜斜的舞過來，賽風似地舞過來，舞過一座樹林又一座樹林，一片草地又一片草地，……

「哺嗞……哺嗞……哺嗞……哺嗞……哺嗞……哺嗞……」

在極度緊張中，金耀東發覺自己的心臟在逐漸縮小，縮小，縮小成一粒鉛丸，而終於停止跳動。血液經過飽和點的沸騰，終於也停了，彷彿要凍結。他一根木棍似地跪著，已成為一付機械，一付骨架子，已成為灌木林裡的一部分，一片樹葉或一根枒椏，他已整個失落了自己，全身全心溶入大自然的無數生命中。他這時已不是用眼睛看，用耳朵聽，而是用靈魂看用靈魂聽用靈魂來辨識一切。

神祕而綺麗的音燭光樣熄滅了。一隻美麗的小獸夢似地[8]飄到清泉之濱，納蕤思似地充滿感情與智慧的匍匐到泉水邊，開始啜飲那清涼而甘美的聖潔泉，一口口的——

「砰！砰！砰！砰！……」

一陣驚天動地炸裂聲。一聲絕望的鹿鳴聲，一片忽促零亂的足蹄聲。被聲音碰碎的夜暗裡，噴散出火藥的紅光與硝煙的強烈

8　原文誤植為「夢似他」。

氣息。隨著這爆炸聲，獵人的全靈魂也爆炸成虀粉。緊張而鼓脹的輕氣球是炸碎了。獵人並不是用肉體來射擊，而是用靈魂來射擊。在這千鈞一髮的剎那間，獵人的靈魂赤裸裸的捕捉住牡鹿的靈魂，獵人的所有餘威全噴泉樣灑射到牡鹿身上，決定一個新的命運：幸福或是悲哀的！

獵人固執的自信：那牡鹿已受重傷，跑不多遠，必會倒下。他現在不急急於去追捕，一來是夜暗不易辨識，二來怕踩亂鹿的足印，天亮以後，反不易尋找[9]。

他坐在土上，靜待黎明降臨，背靠著一叢矮矮灌木。

在極度的亢奮中，他一夜沒有能闔眼。天才朦朦亮他就爬起來，順著泉水左近一串串最新的鹿跡，追蹤尋去，沿途不斷看見一絲鮮紅的血斑。走不到一里路，他就發現一隻壯鹿倒臥在血泊中，胸口的一個小窟窿在滴著鮮血。

他低下身子，定定凝視了一遍，不禁驚喜得有點瘋狂了。

「啊。是六叉！[10]」

他喊著，唱著，跳著，不知道怎樣發洩自己的情感才好。

在鹿茸中，最珍貴的紀錄是七叉。他現在捕獲到六叉，一年的生計完全解決了，他做夢也沒有夢到這樣的幸運，當他從腰間取出獵刀割這六叉茸時，他的雙手止不住抖顫了。

「天助自助者！」

他喃喃著，用手模模臉，兩頰上盡是一些浮腫的疙瘩。他這才記起，夜間只顧著等鹹，竟忘記了百蛉子與蚊蚋的咬刺！……

---

[9] 原文誤植為「尋我」。
[10] 原文誤植為「是大叉」。

九*

　　獵得六叉茸，金耀東已無留在外興安嶺的必要。他把那只牡鹿烤熟，曬乾，割成許多塊，裝在乾糧袋裡，靜候洪水一退，即凱歌而歸。

　　連日放晴，豔陽萬里，毒花花的光芒燃燒了一切。全夏季的炎熱似乎都麕集在這時，一舉揮發出來。洪水在開始退落，退得很慢。金耀東每天到各處察看著，這一大片渥赭色的液體一分一寸的低矮下去。直到第九天，連綿的山巒嶺際中間才顯出濕濕的道路。這時山腳下仍為洪流所湮沒。

　　這一天下午，他收拾停當，急急離去。路太潮濕，幾乎全是泥沼，一步一個陷落，一個坑洞，如走在深厚的積雪上。他不敢騎馬，只能牽著它，挑著地形較高的山頭走，一路沒有撞見一條人影子。在這嶙峋崎嶇的奇突山路上，在強烈的陽光裡，始終只晃動著這兩條淒淒寂寂的黑影。

　　曉行夜宿，第三天中午，終於趕到洮兒河畔。才臨近河邊，一個奇突的現象猛然使他吃了一驚。

　　沿著洮兒河邊的坎坎坷坷黑土層上，一些人散散落落的躺著。有的昏昏然沉睡，呼吸輕微得幾乎等於零，熟睡的程度，彷彿用大鐵錘也錘不醒。有的眼部深深凹陷成兩個窟窿，青虛虛的，雖然睜著，卻比閉著還要朦朧花糊，眼珠子機械得像沒有人彈撥的算盤珠子。有的面無人色，蜷成一團，微微呻吟著，比死

----

* 　《奔流》刪去本節第一個自然段，自第二個自然段起至文末，標為第二節。

魚還呆板。一些獵具零零碎碎的拋在一邊，似乎好些天沒有人碰過了。附近不遠，一些馬在失魂落魄的齧草，極不安靜，對於主人的現況，感到謎似地不可解。

緊貼近河邊，躺著三具死屍。死者的面孔浮腫得像大皮球，青幽幽的，白森森的，異常可怕。炎熱的太陽把這三個被毀滅的肉體薰炙得有點發臭，空氣裡彌漫了一種古怪的氣味。簇簇蒼蠅黑壓壓的在他們臉上爬著，……

遠遠的，有七八個人齊聚著，交頭接耳，嘴嘴舌舌的，神色極不安靜，一種神祕的愁慘籠罩在他們四周。

金耀東滿腹滿腦盡是謎團。他把馬放在一邊，匆匆趕過去，告了聲「打擾，」問他們是不是準備渡洮兒河？

「渡洮兒河？……」一個瘦瘦的黑漢子吃驚的轉過頭，對問話人怔怔的撩了一眼，狠狠的道：「呃！上天容易，渡洮兒河可難。你瞧這河水，這是什麼水？」

金耀東順著漢子的手指望去，只見那黃土層顏色的洮兒河水滔滔漫漫的迸流著，在太陽的巨流裡輝煌著金銅色的芒彩。這金色的奔流轟轟隆隆激響著，大片大片的衝刷[11]下去，宛若一條條赭褐色大瀑布的側影。河水浩浩洶洶地崩濺著，急湧出山峰般嶔峻的波濤，獰拙的噴吐出黃煙煙的螃蟹泡沫。一簇簇浪花金球樣跳著，蹦著，滾著，一簇連著一簇，爭先恐後的舞弄著，閃晃著，顛擺著。整個河面彌溢出瘋獸式的表情，似乎早已在準備傷害任何投入者：人或人以外的生命與非生命！

---

[11] 原文誤植為「衝刷」。

「你瞧瞧這河水！海龍王也休想過去！魚蝦也得淹死！……」

另外一個矮胖子告評金耀東：他們全是炮手，才從外興安嶺轉到洮兒河附近，山洪驟然爆發，河水猛漲。原先只有十幾丈的河面，突然氾濫得有四裡寬。一向平靜無事的水流，陡然比奔馬還峻急。他們才放下木筏子，就被沖翻，筏上人連屍首都被卷得無影無蹤。「你瞧，剛才不久，還打翻了一個木筏子，死了三個人！嗯，三個人！」過河是死，不過河也是死。他們帶的糧食，差不多全耗完了。由於山洪瀑發，想在附近找點野味都不能。有兩個已活活餓死。有三個人沒有米糧，成天啃肉，啃久了，皮膚發黃，身子漸漸浮腫，眼花撩亂的，越腫越不成樣，終於也「吹了燈！」（金耀東知道：這是缺少澱質的下場。）沒有見閻王的，不是餓癟了爬不起（也快見閻王了！），就是熱鍋上螞蟻團團轉，在河邊上亂轉。「十幾個人好容易紮下幾隻大木筏子，咳，才放下去，就沖翻了！活見他媽的鬼！」河對岸是一片野茫茫的荒野，莽莽蒼蒼，一百多裡沒有人家。靠河邊只有兩爿「大煙廠子」，幾個廠裡人在對岸乾著急，心有餘力不足，直是束手無策。

「閻王註定三更死，休想挨命到五更。我們這一回是死定了！死定了！沒說的。唉！……」

那矮胖子說著，頭低低垂下去，長長歎了口氣。在旁邊的炮手，一個個全愁眉不展，而露陰影，直是一些被判決死刑的囚徒。

這陰沉的敘述是一聲聲黑色喪鐘，在金耀東耳邊響著，撞著。聽完了，他臉上也幢幢搖幌起暗影，眉頭緊緊打了一層扣結。他對面前的洮兒河水投了怨毒的一瞥，沒有說什麼，慢慢踱

開去。

　　金耀東決定先在附近露宿一夜，先休息一番，好好養足精力。

　　這一夜，他打定了主意！

十

　　第二天清晨，金耀東醒來以後，第一件大事就是檢查瓦希加。從頭到尾看完，認為滿意了，這才親自把馬率到附近草甸子裡，餵得飽飽的。接著，他回來升火，把剩餘的四五兩小米子，一次煮完，煮成稠稠的乾粥，拌著鹿肉乾，饕餮的吃得一乾二淨。自從山洪爆發以來，他很久沒有這樣飽食了。

　　相同項羽式的破釜沉舟，他把餘糧一次耗完。這裡面有一種大決心大沉痛。他不能讓自己的骨頭白白餓爛在洮兒河邊，使那些冤屈的死屍多添上一個伴侶。

　　死亡！或者得救！——他必須今天決定！立刻決定！不能再踟躕了！

　　用完餐，他在河邊散步片刻，又坐下來休息。

　　近午時分，他把全身衣服剝脫光光，只穿一條短褲，他用繩子把那對六叉鹿茸與槍緊緊捆紮在背上，猛可的跳上馬，直向洮兒河沖去。

　　這時閃耀在他腦海裡的，是一幅古世紀日本圖畫：源平之戰！在這偉大戰役，大和民族著名的古武士源義經，為了衝破敵人的重圍，隻身橫渡過日本最大的湖泊，周圍數百里寬闊的琵琶湖！那島國武士的山嶽式的巨姿，那浩瀚萬頃的琵琶湖，那排山倒海的浪峰，那鏘鏘琅琅的洪流，那偉大武士與洪流殊死搏鬥的

雄壯一幕，……千萬種形象，顏色，聲音，揉混在一起，激瀉出一大片粗獷宏麗的聲音，在金耀東心靈中震響著，與他本能的求生衝動溶匯成一片，洶湧澎湃的鼓舞他，慫恿他，鞭策他，逼他遺忘橫阻在面前的一切危險！

瓦希加跑到洮兒河之濱了，馬上人放鬆韁繩，雙腿拼命往內夾，一擺手，狂吼一聲：

「衝！」

火焰似地，只一飛躍，人與馬全投擲入急流裡了。

水流箭鏃樣升穿著，疾射著，凶勢比千軍萬馬還峻急。在鉛雲覆罩的愁慘陽光之下，水面盈沸著一股毀滅與死亡的光輝，宛若希臘神話上最陰險的司底克斯河。人與馬才投下去，便立刻被急流所沖捲，所絞纏，所激蕩，所拍擊，所搖撼，……

金耀東絞搾了當年學校裡「水馬演習與教練」時所捕從的智慧，傾倒出廿年來極獨特的騎術經驗與技巧，沉酣在空前的掙扎裡。他死死匍匐在馬身上，出神入化的操縱著瓦希加。馬的思想是直線形的，沒有回紋式的顧慮，與螺旋式的躊躇。它無視了滾滾惡浪，忠心耿耿的竭盡所有蠻力，拼命想順著直線軌跡直泅到對岸。水流的阻力歪扭了它的直線，不斷把它衝擊開去。馬無知，盲目與水流鬥爭，一股勁的要保持直線；掙扎著，前進著；前進著，掙扎著。泅不到一裡，它的蠻力就衰失大半，被水流的巨力打擊得有點抖顫，精神在逐漸疲憊，四肢在逐漸軟痿，到急漩渦時，它前身裁進去。馬脖子先還昂然揚舉，不久漸漸垂韰下來，快垂到水面，又勉強向上掙扎。急流不斷卷過，馬腿子不斷匐下，馬身子不斷沒入水中，馬頭一起一落的掙扎在水面上。要

不是馬上人急帶住韁繩，竭立往上甩，馬早已喝水了。萬一馬頭栽入水中喝了水？——

猛可的一縱，金耀東直跳入水裡，減輕馬的負擔，技巧的誘引它順流而下。馬的怪癖是直泅，為了矯正這個弱點，他的身子特意與馬成平行，左手緊捉住鬃末的鬃甲毛（急流中不能抓馬尾），不妨礙它的運動，右手牢牢抓住韁繩，幫助馬首離開水面。不斷誘引著，借仗水流的沖瀉力，以拋物線的形態，向下流斜泳過去。不久，馬發現這新的方式異常有力，登時把舊姿態矯正過來，不再用蠻勁直泅了。

泅著，泳著，游著，鳧著，金耀東忘記了一切，也忘記了自己。他把重點全放在兩足上，鴨蹼似地慢敲著水，濺起大朵大朵的赭式水花。他的執韁繩的右臂，用自由式的大爬手向前扒著，如一只又野蠻又粗壯的古代木槳。他的抓住馬鬃甲毛的左手，半倚靠著馬身，好節省力氣，半推送著馬，好使它的方向不致迷誤。他大鯨魚式的前進著。波濤惡狠狠的舞弄著紅銅色的手臂，瘋狂的搖撼著他。他竭力掙扎著，紅銅式的身子與紅銅式的陽光河水閃爍成一片。感謝他的鐵棒式的胳膊，他的銅鐘式的拳頭，他的帆蓬[12]式的胸脯，他的老山毛櫸似地兩腿，他的鋼鐵似地青筋，他的岩石似地肉腱，……，仗著這些，他勉強支持住這一場最原始最野蠻的惡鬥，不顧死活的與洪流肉搏著。

當這條野獸似地漢子拍馬躍入水中時，岸這邊被困的炮手們，與對岸大煙廠子裡的人，登時被驚動了。他們在兩岸奔跑

---

[12] 原文誤植為「逢」。

著，呼喊著，想給予這兩條勇敢的生命以可能的援助。然而毫無能為力。天空累積起片片塊塊的灰雲，陽光愈益冷淡而悲慘。河水的光輝漸褪入陰黯。波濤的奔馳分外顯得猙獰，充滿了殺氣。⋯⋯

　　一切等待著命運的最後判決！

　　掙扎在惡流裡的兩條生命，經過驚心動魄的苦鬥，已越過全程的三分之二。再汩一裡，就到達彼岸了。因為是順流淌下去，馬僅有的一點蠻力，還足以維持均衡，人卻漸漸支援不住了。有幾次他翻過身，試著採用仰泳。水流太急，波浪不斷沖刷過來，猛烈的澆灌著他的面孔，他無法辨別方向，又不能與馬保持平行。他又試著用蛙式，把頭兒入水中，一汩久了，兇險的水底暗流便震眩了他的腦子。他只得仍恢復平泳，儘量把速度放慢，把半個身子的重量加在馬身上，撐持這最後難關。他不是與水流格鬥。而是與千千萬萬隻金銅色野獸的血盆巨口在格鬥。這種肉搏比西班牙鬥牛還慘烈，比古羅馬鬥獸還野蠻。每秒鐘響著一個毀滅。每寸空間藏著一個死亡。不是征服，就是滅亡！經過長久的猛烈燃燒，他的生命火焰已漸殘剩成斑斑點點的火星。冥冥中，他矇矓意識到這火光在暗下去，在逐漸熄滅。他是一隻油燈，膏油快煎熬殆盡，即將屆臨燈盡油幹的末日。他是一隻風前燭，臘脂已大半毀滅，殘餘的孤光在風中抖顫著。他是一株薪炭，所有的熱力漸佈施乾淨，所餘的將是一片灰燼。他是一株甘蔗樹，豐盈的汁液已被絞榨，轉眼就散為一堆渣滓。他是一座蜂房，富饒的甘蜜被汲盡，所剩的只是一片枯槁。他是一片沃土，膏腴已被鋤耙剝啄淨盡，變為一片磽確。⋯⋯他不斷沉下去，沉下去，如

一塊巨石，如一片巉岩。一咬牙齒，他又浮起來，浮起來。他不斷墜落，又不斷上升。不是墜落，就是上升。他的肉體衰弱了，他的靈魂卻憤怒起來。他彷彿看見洪荒時代「震旦人」與自然的鬥爭，看見源義經勇猛奮發的橫渡琵琶湖，看見阿特拉斯在肩負著地球，看見普洛米修士被兀鷹啄食著心肝，看見但丁煉獄裡的鬼魂永恆推巨石上山，看見貞德被煉火燒死，看見阿各賓時代的血淋淋的斷頭臺。「不行，我不能屈服！我來人間是來征服！我必須征服！」生命原是一闋大悲劇，每一秒每一寸都包含著一個征服！有形與無形的征服！人生就是征服！他必須征服這洪流，這波濤，這惡浪；他這時心境是神祕的，絕大的疲倦，與絕大的掙扎！在大絕望大疲乏中，他意志的最後一點靈火，還沒有澌滅。它像一盞暗夜孤燈，引導前進，給他以最後的光亮，最後的信心。他每一個前進，包含著一個後退。他每一個上升，包含著一個墮落。他前進，千萬種力最拉他後退。他上升，千萬種力最拖他沉落。這種大矛盾大痛苦大悲劇的氣氛，只有在馬拉松競走快達最後二百米時才會遇見。一千種一萬種力量阻礙他，一千種一萬種力量在水底誘惑他，召喚他：「放鬆吧！放鬆吧！……」火光燦爛燁煒的一閃，他意志的劍霍然把這些妖祟斬斷。兩個宏壯的聲音，如貝多芬第二交向曲似地在他耳邊鳴奏著：

　　生命就是征服！
　　前進或是滅亡！
　　……

　　在兩岸恐怖的叫喊聲中，金耀東已忘記自己是怎樣征服洪流，泅到彼岸的。抵達岸邊，他喪失了最後精力，無法爬上去。好幾個人跳下水，死拖活拉，才把他曳上岸。一上岸，眼睛一片黑，他栽到地上，昏迷過去了。

　　當他醒來時，發覺自己的身子已被幾個人抬著向前走。他不能思想，不能開口，只用疲倦的感激的眼睛望著他們。經過河底峻急的冷流的長時衝激，他全身業已發紫，皮肉軟瘓得像爛淤泥，彷彿被毒蛇咬齧過。他的手足僵硬得如片麻岩，水晶岩，……

　　隱隱約約，他聽見一個女人的聲音：

　　「快抬到廠裡去，燒兩盆熱毒毒的旺火，讓他躺著烤。再給他燒幾筒好煙。過一半天，他行許有救！……咳，這位先生真是老虎膽！真不怕死！我活了靠四十了，還是頭一遭看見哩！……」

注釋

① 炮手們以四根有杈椏的樹幹分插於地上，杈椏上互搭以木條，成口字形，再在上面縱橫搭上木條，成若干十字形，如漁網，即稱為「烤肉網」。

② 「加布甘」為捕獾子與水獺的機器，上有踩板，彈簧鋼鐵鋏子。小動物不慎，踏到踩板，腿即被鋏住。機器上有長鐵鍊，可系於附近樹根上。

③ 安特美恩Endymion黃昏在拉特姆斯山上沉睡。為女神狄安娜看見，驚其美，請維娜斯女神長保其美麗。逐由宙比特火神施法，使安長眠不醒，每一個黃昏做著相同的美麗的夢。——此段出自希臘神話。

④ 見舊約詩篇第一百四十八篇。

⑤ 馬絆通常有雙馬絆三馬絆，均用以絆馬足者。其作用相當於囚徒之手鐐足鐐。

第五章

一

順著夏季金碧輝煌的陽光，以及那彷彿來自地球腹部的炎熱，哈拉蘇的黯而冷的日子也上了層金，透了點熱氣。這片化外荒土，原如「黑暗大陸」非洲腹地的一角，在旅客記憶中，永遠堆積起一層高高的山嶺，莽莽撞撞的森林，峭峻的河流，以及那猜不透的無極限的荒蕪，死寂，寥廓。在這一片蠻獷的榛莽中，唯一能挽留旅客腳步的，只有草木魚獸。它們對於旅客的蠱惑，正如非洲鴕鳥與那堆積如山的象牙對於白人的蠱惑。從陰曆五月起，轕胡黎的「轟隆轟隆」的大轆轤車消沉不久，一些支付「例假」的中東路員工（包括那些終年在煤炭煙灰裡打滾的機工），便陸續來哈拉蘇消磨溽暑。他們大多是嗜好漁獵的俄國人，在哈拉蘇臨時寄居在俄僑村落裡，或車站宿舍中。如果時值五六月，他們便垂釣於雅魯河之濱。如果是七八月，便趕著馬車去打圍，與野雉兔子水鳥混戰一場，充分發揮出一種原始的獸性。在這一個期間，平素「鬼不上門」的黯淡的哈拉蘇，竟發散出熱帶的強烈氣息，渲染出熱帶的強烈彩色，令人對大自然興起一種古怪的狂熱欲望。

黑省北部魚產原極豐饒。愛騎馬的蒙古人誇說：呼倫貝爾河流中的魚類孵化聲震撼兩岸，常常驚駭了馬匹；飲馬者如不狠狠

鞭撻，馬就不敢攏進河岸。雅魯河的魚產雖不及呼倫貝爾的高原暖流，然而也富得驚人。細鱗魚、鯉、鯽、鮍、鰭、假龍膽魚、鮑、望天魚，幾乎應有盡有。其中尤以細鱗魚與鯉魚最多。據內行俄國人說，雅魯河裡的鯉魚，因為生長於活水，竟與俄國的鯉鯽相仿，絕少腥氣。

　　在鮮麗的太陽光中，魚群孩童樣嬉戲著靜幽幽的喋喋著，雙腮「呀呷」著，鰭口振拂著。水清秀如鏡，細鱗魚身上紅紅的斑點極冶豔的沴映於水底。淘氣的肥鯉，不時在水面翻著跟斗，逐波光而舞。那些俄國白熊披拂著繁茂的大草叢，踏著那些高過人嘴唇的知風草，蕤垂的掃帚草，以及那莖葉生細毛的有毒的毛茛，徑向河濱走去。行經處，一些百蛉子與小黑蟲被驚得亂飛。他們全帶著那帶有輪絞盤的俄國式的鋼鐵魚具①，穿一雙直逼到大腿彎的長長橡皮靴②。在這些猛惡的大草叢裡，最多的是蛇，一不經意，便踏著一條。當地漁人穿不起橡皮靴，便用密密重重的白布緊緊纏裹兩腿，以防毒蛇。他們走到坎坷的河岸邊，嶙峭而叢錯的岩石堆裡，褐色的河灘上，釣大魚的找急水，釣小魚的擇緩流，揀有樹之處，一個個坐在綠葉與陰影所編織的華傘下垂釣，那種與世無爭的從容氣度[1]，令人聯想過法國大革命時在塞納河畔釣魚的隱士。不釣魚的，或在緩水裡游泳，或在河灘上赤裸裸曬太陽，或躺在附近樺樹林裡看書。直到斜陽用鮮紅洗染了遠山涯際，才三三兩兩的緩步歸去。

　　從陰曆七月起，野雉漸漸繁衍滋長起來。春夏期間始終結

[1]　原文誤植為「從容度度」。

對成雙的鸂鶒不離的雌雄兩性。這時開始分居。天一亮，到處就可以聽見公雉的鳴聲：「雊！雊！雊！……」（母雉這時很少叫）。它們一面亂叫，一面亂飛，亂打翅膀，從山上飛到河邊，從草叢裡飛到田間。這時天氣已漸涼爽，閒人紛紛從各地來打圍。最多的是俄國人。他們懷著星期日的心情，追逐著野雉，兔子，水鴨與鷚子，尤以中秋節前後為盛。那是雉獵最鬧熱的時節。

在這幾個月裡，哈拉蘇的「首席」忙人是田掌櫃。自從獵茸角的韃胡黎炮手洪水樣沖卷過去以後，福豐恆門口就不斷揚起塵土。店裡只有他孤丁一人，上自國際外交，下至掃地刷夜壺，全得由他一手兼任。入夏以後，他在堂屋裡安置了幾張桌凳，預備了一些茶葉，茶碗，開水，以應旅客臨時需要。本地人沒有事，也常來坐個半天，互相交換「本報特訊」以及關於天氣一類的意見之類。這其中姚百戶長也常常自告奮勇，為外來的「大鼻子」充當翻譯，故來店中閑坐的時候也特別多，彷彿生下來就專為坐茶館似地。

陰曆七月中旬某日下午，姚百戶長照舊坐在福豐恆喝茶。喝了約莫兩碗茶，張連長，姜載河，盛倫也相繼出現了。他們開始「海闊天空」。不知怎樣一來，話題忽然轉到釣魚上。盛倫說昨天有一個俄國老頭子坐在榆樹上釣魚，一條細鱗魚上了釣，分量很沉重，樹上不好用力拉，老頭子正要下樹，那大魚突然往水底鑽去，猛力一拖，「卜通」一聲，老頭子也下水了。

「呃，那老毛子真有兩手。端的熟識水性，能征慣戰。他一面劃水，一面死不放鬆釣杆，竟跟魚幹上了，這真是浪裡白條鬥鬥黑旋風。足足鬥了一個鐘頭。那魚大約喝了兩口水，昏了頭，

畢竟給死拖活拉的扯上來。嚇，足有一人高，七十多斤。你們說新新不新新！……」

「這裡的細鱗魚，俄國名字叫做『呆命』，聽說是從俄國什麼『鴨貓河』（阿姆爾河）過來的。……這些鬼東西真俄國！跟老毛子一樣：個兒挺大，一股蠻勁，差不多的人真不好纏呢。」姚百戶長晃著胖腦袋。

「好男不與女鬥。好漢不與魚鬥。人鬥不過魚，我們有點不信。」張連長有點憤憤然。

「先生，你別瞧不起魚。我們這個地球就是一隻鼇魚駄的呢！東洋人不是常鬧地震麼，那是因為他們住水在魚腦袋上。鼇魚一晃腦袋，東洋人就要屁滾尿流了。」姚百戶長喝了一口茶，咂咂嘴。

「說起魚，我想起金耀東了。這位先生在外興安嶺。就歡喜釣魚，七黑八夜的，他冷孤丁的在哈爾哈河邊上坐個一宵。釣到一條細鱗魚，直夠我們吃五六天。……這一趟回來了，雅魯河裡魚直翻跟斗，倒看不見他跟魚打架了。」姜載河說。

接著，他們就用曹操，劉備煮酒論英雄的態度，議論起金耀東。彷彿這個話題，要比魚鱉之類有意義得多。

「老金這些天正忙著蓋房子，那裡有功夫跟魚打架。」盛倫說。

「說真話，金先生也早該置點房產了，那墳堆子似地破窰洞，實在太不像話了。我早就向他提過。……這回要不是我好言好語的勸，說不定他還在唱薛平貴回窰哪！」一直在打蒼蠅的田掌櫃，這時停下蒼蠅拍子，插進來說。

「噢²，我忘記了，這一晌他正在大舉土木。這一日總算他走運，光杆兒留在哈爾哈河頂子，死活拉不回來。到底還是他發了一筆洋財。那六叉茸，我瞧最少也值六七百，抵得上莊稼人的一年收成了！」姜載河長籲短歎著，似在惋惜自己不該早早回來，失去大好機會。

「恐怕還不只這個數目。這回是他親自到哈爾濱草藥店去賣的。……，這位先生也真能花錢。這一趟跑哈爾濱，很買了一些家私回來。吃的，穿的，喝的，還有新房子裡的擺設。其實在哈拉蘇這個鬼地方，真犯不上講門面。都是兩條腿夾一根××，有甚麼門面好講？姜高麗，你說是不是？」盛倫有點慨感繫之。

「可不是？……不過，人家和我們不同，人家是有來歷的呀！都像你我，叫化子買米，祗有這一升³，世界還成世界麼？」

「也真虧金先生！這筆小財真是拿命豁出來的。山洪發了，洮兒河發了大水，他差點沒喂魚。聽說有好些炮手，眼睜睜過不了河，連骨渣子也進了狼肚子。這年頭當炮手，真是耗子掉到風箱裡，到處受氣！」……「撲」的一聲，田掌櫃打死了一個金蒼蠅，用拍了掠到地上。

「他那房子快完工了吧？」張連長問。

「聽說今兒晌午已經收了工。這兩天金耀東說是要請我們吃飯，熱鬧熱鬧呢……」盛倫答。

「好，那我們都要星星跟著月亮走，沾光了！」「撲」的一聲，田掌櫃又打死了一個蒼蠅。

---

² 象聲詞，原文為「歐」左加「口」。
³ 原文為「一身」。此句當作「叫化子買米，祗有這一升（身）」。

　　正閒談著，三個俄國男女並排從店門口走過，前面跑著一條高高的棕色獵犬。獵犬不時神經質的跳起來，中間那個身材魁梧的中年俄國漢子不斷吒叱著，喚著狗的名字：「奈巴羅亦夏！彼得……」（安靜點，彼得）。這漢子頭頂微禿，眉毛漆黑如煙墨，走路時的姿態異常嚴峻而刻板，直似一個用木板與鐵釘敲打成的人，一望便知曾受過極嚴格的軍事訓練。他左邊的矮矮老人，滿頭灰髮，好像剛從石灰桶裡拾出來，一個酒糟鼻子葫蘆似地懸在臉上。在中年漢子的右邊，是一個面目雅潔的瘦長婦人。

　　「奧斯包金彼的羅夫──奧斯包金莫梧奇──包沙耳斯打──箚黑吉解──布列沙斯瓦亦解──貝吉──司六子──茶亦……」（彼得羅夫先生，莫梧奇先生，請進來坐一坐，喝一杯茶。）

　　姚百戶長站起來，向門外招呼。

　　「布拉高大流瓦斯──拜茲吉列母尼！」（謝謝，不客氣！）那叫做彼得羅夫的矮矮老人向店內招呼著，並不進來。他是哈拉蘇站的站長，據說自中東路在此設站起，他就一直當著站長，他的頭髮就在這片荒土上灰白了的。

　　那叫做莫梧奇的中年人，只向姚百戶長網站點頭，並不說甚麼，徑與其他兩個人向前走去。

　　店裡茶桌上的話題，現在都轉移陣地，由金耀東轉到莫梧奇與那女人身上了。

　　「怎麼，莫梧奇兩口子到現在還沒有回縈蘭屯？他們還住在靠雅魯河的那個白俄村子裡麼？」盛倫略略詫異的問著。莫梧奇夫婦原住在縈蘭屯，狩獵為生，今年六月哈拉蘇消夏釣魚，一直

沒有回去過。

「聽說他不回去了，就住在哈拉蘇。他看中了這塊地方，說這裡的風景好，空氣好，交秋以後，打圍也方便。」

「吭，連家也搬過來了？」張連長問。

「大概是吧！……好像搬了沒有幾天。」

「好，姜高麗，咱們又多了個伴兒啦！……媽的，人人都把打圍看成一塊肥羊肉，好像能從兔子肚裡挖出黃金似地，瞧吧，好看的日子在後頭哩！……吭，我要是個賣瓜的，非嚷瓜苦不可！」

「人家也是不得已呀！要活麼！要填肚子麼！……若有路可走，還能逼上梁山，幹這一行，跟畜牲找麻煩麼！」張連長歎息著。

「他跟金耀東倒是天生地配的一對！……他們認識不到半個月，親熱得甚麼似地，像桃園結拜過把子。……我敢說，這兩口子現在說不準就是去看金耀東的新房子。」田掌櫃與蒼蠅的混戰，這時已告一段落，他湊到茶桌子旁邊。

「這叫做武大郎玩夜貓子，甚麼人玩甚麼鳥。……」盛倫笑著說。

「不，這叫猩猩惜猩猩，好漢惜好漢！」田掌櫃加以糾正。

「可也難怪他們親熱。哈拉蘇中國人的俄文，就要數金先生了。連我也甘拜下風。他們當然能夠合得來。……莫梧奇要是和你談，豈不是對牛彈琴！」姚百戶長笑著對盛倫說。

「好，姚百戶長，你老人家這是在我胸口上掛鑰匙，拿我開起心了！……」盛倫提出抗議。

「這個莫梧奇，外面看起來很文明，聽說打娘兒們打得才狠哪！……」

「清官難斷家務事，人家結髮夫妻，在被子裡面打架也好，在被子外面打架也好，關你姜高麗的屁事。我看你這個[4]高麗人有點人老心不老！吭！……」盛倫故意逗姜載河。

姜載河並不報復，他深深垂下頭，似乎沉浸在一片憂鬱的回憶中。

二

田掌櫃並沒有猜錯：莫梧奇夫婦正是去看金耀東，他們不久就在哈拉蘇車站附近與彼得羅夫分了手。

莫梧奇屬於那些因「時代錯誤」而犧牲的羊羔。他是這些犧羊中羊性最少的羊，當他肩上閃爍著沙皇陛下饌賜的金章，騎著高大的托木斯克駿馬，率領著哥薩克驃騎兵參加大閱兵式，而贏得千萬人民的掌聲采聲時，絕未夢想有一天這些熱烈鼓掌的粗糙的手，會撕碎他的華麗制服，這些熱烈喝采的嘴唇，會刻毒的祝煩[5]他那階級的滅亡。他一直是一個勇敢的騎士，年輕的好少校。由於他的勇敢與年輕，他博得一個帝俄將軍的青睞。那將軍就是他妻子馬利亞的父親。在第一次歐戰時，他是一個勇敢的騎兵英雄，他親歷過坦能堡戰役，他是哥薩克隊伍中的偶像。一個前途鋪滿了金子與寶石的年輕騎士，正當用血與劍建築自己功名的黃金時辰，十月烽火突然噩夢似地卷來了。這一把無情火，把

---

[4]　原文為「我看你個」，脫「這」字。

[5]　「祝煩」為誤植，疑為「詛咒」。

他所有的幻想，希望，目標，前程，燒得一乾二淨，當他野獸似地在一種神祕的恐怖中驚醒時，等待他的只是奴隸鐵鎖鏈似地一長串的優列匹底斯的古典悲劇。這憎沉沉的恐怖與險暗，就一直跟定他，繞著他，隱在他身背後，猶如一隻惡毒的狼。他所有的野心，漸漸全被一種腐蝕性的毒液所銷毀。從此，像斷萍斷梗，他在黑龍江流域飄泊著，這個古中國的放逐流戌區，原應該是異邦逐客的樂園的。

從他的陰沉眼睛裡，人可以測量出生活所加予他的折磨與痛苦。至於一個無國籍的流浪者，這種痛苦是一種永恆的懲罰，永恆的枷鎖。只要一次被枷上，永遠就別想掙開。為了澆滅痛苦，酒精終於出現在他的生活裡，一個縱是怎樣潔身自好的軍人，一與酒精打了交道，他的生理心理就會很快改觀。在「地底下俄羅斯」的黑色時代裡，出演在那些「被侮辱與損害的」家庭裡的酗酒悲劇，命定要在這血統高貴的小家庭裡翻一次版。在這些時候，女人身上的血與淚往往成為男子的奇妙的安慰劑。緊接著希臘式的悲劇，就是希伯來的懺悔。彷彿戰爭與和平循環不已，重複不已，人痛苦人撲滅痛苦，人終於返回痛苦。莫梧奇這種痛苦，與金耀東的雖然來源不同，其痛苦則一。因此，金耀東回哈拉蘇後，一經姚百戶長介紹，與這個俄國流浪者認識後，很快的，他們就成為好朋友。他們雙方互不知對方底細，然而卻互感到吸引，互覺得有一種生命的吻合。這種神祕的吸引與吻合，成為雙方友誼的神祕保障。這其中，金耀東精通俄語，能和這俄國漢子自由接談，自然也是促成他們接近的一個重要因素。

這一天，當莫梧奇夫婦去看金耀東時，後者正在忙著佈置

他的新房子，這所房子以及裡面的擺設，全是他這次從外興安嶺帶回來的「賊物」。也可以如田掌櫃所解釋，是他「用命豁出來的」。如果在洮兒河那一戰給洪流打敗，不但這所房子，這些擺設，就是他的全部存在，也要一筆勾消，每想到這一點，他就不禁深味到生命的神祕，生命的酸辛，以及生命的嚴肅，他對於那個大煙廠子的主人，懷著一種不可形容的深沉感激。

　　房子座落在雅魯河左岸的山坡下面，四周是平坦的開闊地，軒朗而蕭爽，附近山下有茂密的柏樹林，與扶疏的洋槐林子。房子一半掩映在蔥蘢的槐葉叢中。門前可以眺望雅魯河的青流，可以聽波浪呢喃聲與「撥剌」的魚躍聲，在河邊長長草叢中，不時有白兔驚起。河對岸的山峰，是海浪樣起伏迂回。坐在房子內明窗下，青山綠水，盡在眼底，猶如一幅宋人山水畫。

　　房子是一種「鐵皮屋」，屋頂覆了一層用凡士林油桶改造的鐵皮，發出[6]鮮麗的細紅色。牆壁用「土方」砌成，外面刷了層厚厚的黃泥，發深黃色。遠遠看來，這紅與黃適成一鮮明而強烈的色彩對照，房子是並排兩間。大的一間是堂屋，小的是寢室。房子的特點是窗牖寬而大。屋裡有一個小院落。通過院落，便是廚房與馬廄。瓦希加在廄裡靜靜齧草。貝爾特躺在院子裡曬太陽。

　　莫梧奇對於房內的美麗佈置，大加讚賞。

　　「先生，你這房子倒佈置得像結婚的禮堂呢！」

　　「可不是？我正在預備結婚。」金耀東在客堂的粉壁上掛一幀風景照片，自從到哈拉蘇以來他臉上從沒有像今天這樣光輝過。

6　原文誤植為「發去」。

「怎麼？你要結婚？你和誰結婚？」那俄國漢子驚奇起來。

「和我自己結婚呀！」金耀東笑著說。

「哈，哈，哈，可憐的孩子！」莫梧奇也笑起來。

主人繼續著他的詼諧：「噢，[7]以前我不得不把自己化分成兩個人，一個希望著幸福與和平，一個卻經歷著鬥爭與痛苦！」終於把那張風景照片掛好了，歎了一口氣，回過頭來：「現在呢，我總算把他們兩個人湊合著結婚了。這房子就是他們度密月的新房。我祝福他們永遠和好！別再三天兩天鬧離婚。唔！[8]」他一面笑著說，一面大有深意的對那幀才掛好的照片端詳著[9]。這是一幀鑲在小小黑鏡框裡的照片，上面表現出一座座美麗的山峰。

「這是甚麼照片呀？」馬利亞問。

「這是韓國的金剛山。韓國最偉大的風景名勝！」

「哦！韓國，東方的瑞士！」

「不是韓國像瑞士，是瑞士像韓國！——瑞士是永遠比不了韓國的！」金耀東糾正她。

馬利亞垂下頭，沉思了一下，忽然想起一件事。她問莫梧奇道：

「葉連娜這兩天一準來，是不是？」

「她大後天搭火車來。」

7　象聲詞，原文為「歐」左加「口」。
8　象聲詞，原文為「兀」左加「口」。
9　原文為「端相著」。

「什麼？」在端詳[10]金剛山的金耀東轉過頭來。

「一個韓國朋友，這兩天來看我們，想招待她一下。」馬利亞淡淡說。

「你說招待，我想起一件事了。……我這座房子總算蓋好了。在中國風俗裡，有所謂『上樑』，就是新屋落成典禮。這是一種極莊嚴而隆重的典禮。……後天晚上我想請幾個朋友吃點便飯，熱鬧熱鬧。也算是新屋落成的小紀念。你們必須來！……」

「一定來。一定來。不過我先要你答覆我兩個問題。第一，你有沒有好酒？第二，你敢不敢痛醉一場。……你們那種中國式的喝酒態度，我堅決反對。那是太文雅了，那是一種對於酒的不忠！」

「我給你預備白蘭地，好不好？……此外，我要跟你拼一拼……我警告你：我的酒量很大的。到時候。可不許你的太太抬你回去！」

「我接受你的挑戰。」

「哦！又是酒！又是酒！莫梧奇：這些年來，你的酒還沒有喝夠嗎？什麼時候才能喝夠呢？……天知道，我一聽見酒，身子就發抖了，」馬利亞溫柔的責備著。

「馬利亞，這回你放心。我決不許他胡鬧。……他如果胡鬧，我要把他拋到雅魯河餵魚去，……」

他們都笑了。

---

[10] 原文為「端相」。

三*

第三天，金耀東果然請了一次客。據姚百戶長說：這是哈拉蘇七八年來罕見的一宗盛事。

客人是張連長，彼得羅夫站長，姚百戶長夫婦，田掌櫃，姜載河，盛倫夫婦，莫梧奇夫婦。

從一清早，盛太太與姚太太就自動過來幫忙，一直忙到下弦月東升，才算停當。這時客人早已到齊，喝茶，吃瓜子，談夠不了。哈拉蘇是窮鄉僻壤，沒有什麼山珍海味。然而金耀東也預備了好幾種特別的菜。如奶油燒鴿子，烤野雉，紅燒鱉子，清燉細鱗魚，白斬野鴨等等，這些野味在城裡倒不輕易能嘗到。

筵席是熱烈而活潑的，生氣勃勃如春天。一個個全喝得醉意盎然。連女人也被迫灌了幾杯，主人特別從紮蘭屯買來的四大瓶白蘭地，全被喝得精光。一個個喝白蘭地就像喝敵人血似地，異常勇敢而豪邁。

飯後，莫梧奇夫婦被迫跳了交際舞，張連長耍了套「醉八仙」，田掌櫃唱了一段四郎探母，姚百戶長說了個笑話，彼得羅夫唱了一支伏爾那船夫曲……直鬧到十一點方散席，一個個已經有時東倒西歪了。

歡宴後的第三夜金耀東睡下未久，恍惚入夢。他夢見自己已被輕輕舉起來，被高高舉起來，被一神祕而舒徐的力量扶舉起來，扶舉到一片飽和著音樂的雲霧裡，一支極熟悉的歌曲和葡

---

* 原報第五章第二節畢，緊接「四」，漏印節次「三」。這個節次是本書編者根據內容劃分的。

萄藤似地網繞他的黑髮，他的耳輪，他的靈魂，一道閃光掉過去，他突然豁悟：這是一支流行在高麗半島的民助歌。這歌聲如一片片美麗的鳥翅膀，旖旋的飄□著，浮動著，⋯⋯他睜開眼睛，窗外月光如夢，歌聲如一只只燕子，繚繞著屋簷與花樹而飛翔，是小提琴E弦似地女高音。他不敢相信自己是清醒著。他不能斷定是夢是真，是虛幻是現實。「我是在夢裡！⋯⋯我是在夢裡！⋯⋯」他喃喃著。他悲哀著。他是蠕行在夢的邊緣上。他現在所睜開的，是夢裡的眼睛。他現在所看見的，全是夢，夢，夢。歌聲太美，美得令他不敢回憶。他想起那失去的大地與人民。他的白色枕頭潮濕了。「唉，唉，我是在夢裡。我是在夢；裡。⋯⋯唉，唉，如果我不是在夢裡！」歎息著，猶如秋天的最後落葉：「這一定是夢裡的歌，夢裡的歌！⋯⋯」

　　第二天晚上，他入睡以後，又夢見自己被高高的舉起來，被一雙不可見的溫柔膀臂舉起來，舉到飽和著音樂的雲霧裡。一支極熟悉的歌聲大月亮似地冉冉升起來，嫵媚而美麗，——

　　他吃了一驚，突然從床上坐起來，堅決的說道：「這不是夢！這不是夢！」青青下弦月從窗外窺望他。一隻夜遊鳥神祕的從屋頂掠過了。他側傾耳聽如一只感動的野獸。

　　酒一樣的歌聲，游泳在酒一樣的空氣裡。一種神祕的芳香氤氳起來。初秋的夜是朝露的新鮮，朝霞般的明亮而美好。遠遠的雅魯河水靜靜流著。

　　　　「撒哈拉洒莫

　　　　德爾本得爾艾

　　海能吉果

　　普爾根安改金巴姆

　　英宛罕那拉羅黑勞加

　　椰渣樹給噴德萊

　　扒姆恩張莫果爾格留

　　拉因哈姆爾荒侖黑流黑流

　　吉那幹給歐阿吉多塞勒喔

　　……」③

　　金耀東悲哀的喃喃著：「這不是《異域的天空》麼？這是一隻韓國流浪者之歌。」

　　歌聲繼續游泳在水樣的涼涼空氣裡，如一只只白色的鵝，這些歌聲譯成漢文，便是下面行列：

　　「興亡盛衰事

　　永遠在輪回

　　那燦爛的往日呵

　　杳無蹤跡可追

　　悲哀的土人歌聲流瀉

　　出黃昏的朦朧的樹林

　　悠悠白雲的沉默的天空裡

　　一顆孤星在閃射

　　……」

　　歌聲花蕊似地開展著，畫舫似地前進著，麝香似地彌溢著，牛奶似地流瀉著。這歌聲有哀怨。有□情，有鄉思，有渴望，它猶如一簇簇將熄滅的青春火焰，迸發出最後的紅光，最後的彩輝。它猶如□代女奴的啜泣，給人以微溫的憂鬱的記憶，傷感的紫色的眷戀，歌聲如春天的豐滿大樹汁液似地流瀉著，流溢著，流溢著流淌著。無數條軟綿的手臂溫柔的伸展出來。一條條先後溫柔的擁抱著聽歌者。每一個節奏就是一條溫柔的手臂，每一個韻律的顫動，就是手臂的溫柔的顫動，聽歌者整個沉浸在這肥膩而潮濕的歌聲中。

　　　　「星星的光芒依舊與往日一樣

　　　　歷史的輪子已轉了無數方向

　　　　流浪，流浪，流浪，……

　　　　虛度了三年時光

　　　　傷心呵今夜三更

　　　　臉上的熱淚在無休止的流漾

　　　　啊！在阿司平斯的流浪者的孤獨靈魂……」

　　傾聽著，傾聽著，一種神聖的欲望似的從他的足拇指尖升上來，猶如一個婦人，他委身於四面八方緊抱著他的那因歌聲而柔和的夜氣。歌聲帶給他熱帶果實的氣息，與遠方島嶼的芳香。這氣息與芳香，如一片片燦爛的清光，注滿了他的睜得大大的眼睛，他的饑渴的靈魂。他酣醉在一種流星群的飄轉裡，他自身彷彿就是天體。……

　　不知何時起，歌聲驚鴻似地消失了。窗外的近於鋼質的藍色天空上，星群是一簇簇栩栩欲飛的蜂子，在熠燿著黃金色的光焰，一彎眉月靜靜流瀉下金光。七月夜風在低吟。夜是美麗而幽好，如一朵蒼白色的花，他石像樣兒坐在床上，彷彿接受一個雕刻家的雕塑，一個畫家的臨摹。正像風霜雨露與太陽剝蝕一隻落在泥土裡的果實，歌聲侵蝕了他的理性，他的靈魂，一種比酒精還強烈的傷感性佔有了他的全部存在，他全心痛楚著。歌聲彷彿還在耳邊嫋嫋唱奏。他被猝發的熱情波浪搖過來，晃過去，如小船。這一支流浪者之歌正是唱出他的憂鬱的身世，他的深沉的悲哀，他的頭不禁深深的，深深的，深深的垂下來，他的眼淚潮湧著。……

　　悲哀的急雨掃過去後，繼之而起的是凝慮的暗雲。他不斷重複著：「這不是夢！這不是夢！這不是夢！」窗外有月光，有星斗，有雨聲，有蟲鳴，有花有樹，有水流聲。「這不是夢，這不是夢[11]，」他後悔沒有追蹤這歌聲的來源。他為什麼不追尋這歌聲？這歌聲明天還會出現嗎？

　　這一晚，他很久沒有能入睡，不斷喃喃著：「這歌聲明天還會出現嗎。這歌聲明天還會出現嗎？這歌聲──」

　　歌聲明天還會出現。

　　這是一種可怕的奇跡！一種古怪而微妙的吻合！他再不能忍受了，當歌聲才開始從溫柔的空氣裡傳播過來時，他就從床上跳起來。

---

[11]　原文為「這不是夢，這不夢」，後一句脫一「是」字。

　　像得了馬來亞的Amoy症，他衝出大門。依然是鐮刀形的下弦月，依然是煥發的星光，依然是雅魯河的水流聲，依然是蟋蟀的奏鳴。他向遙遠的遙遠處瞭望過去，一時竟看不出什麼。他於是側耳傾聽。歌聲仍在美麗的浮動著，抖顫著，是「豆滿江船歌」，一支最流行的韓國民歌。

　　　　「……多那能可那戈奈喜羅根奈各
　　　　倭那倫機侖梭西，那又朱奈
　　　　豆滿江根勒西
　　　　涅耳根排沙質
　　　　希莫皮普侖耳奈腦耳貞姆奈大
　　　　……」④

　　歌聲似從北邊流過來。他向北走去。走了不多遠，經過最初的暈眩，他的眼睛終於透過淡淡的夜光，看見什麼了。他看見雅魯河邊有一個灰白色人形在搖晃，在閃爍，這美麗的女高音就是從那邊浮過來的[12]。他毫不思索，逕自一鼓作氣，向前走去，不管那人形是幽靈，是鬼魂，是野獸，是魑魅，他現在的所有動作，完全是下意識，連他自己也不知道是在做什麼。

　　當金耀東的粗壯身形閃動在星月光輝下時，那河邊的灰白色人形似乎漸漸發覺了：發覺有人在注意「它」。歌聲戛然而止，那灰白色的人形離開河邊，往附近一個俄僑村落走去。

---

[12]　原文為「那邊的浮過來的」，前一「的」字為衍文。

　　金耀東的心裡「卜卜」跳著。他毫不放鬆，一直跟蹤過去，直到發現那人形消失在一個人家。

　　在閃耀著的星月光亮裡，他終於看分明了：那正是莫梧奇的房子。

　　這一夜金耀東失了眠。

四*

　　翌日，金耀東起得很早，匆匆用過早餐，他立刻去看莫梧奇。他去時，他們夫婦正在家裡。

　　他們首先對他那一天的款待，表示感謝，接著，就詢問他這幾天的狩獵情形，在閒談中，金耀東突然笑著道：

　　「那天晚上回來，你真沒有鬧酒？……」

　　莫梧奇搖搖頭，陡然用一種陰沉的聲音道：

　　「朋友，你以為我很喜歡鬧酒麼？你以為我不知道酒醉的可怕嗎？……」放低聲音，一個字一個字清晰的說著：「一個流浪的人，在生活裡除去了酒，還能剩下什麼呢？」聲音有點痛苦：「有時候，我真是恨自己恨自己太軟弱，太會忘記！可是，我有什麼法子？我有什麼法子？……哦！朋友，我對於你的勸告，非常感激……。」

　　「不要傷感，我是隨便取笑的，你心不要想的太多！……我只希望你們的日子過得很平靜！很安全！……」

　　金耀東一面說，一面用銳利的睛向室內搜索，似乎想發現什

＊　本節末署「（第五章完）」。

麼，期待什麼。然而這個「什麼」，始終是一種空虛。他剛出門時的一種強烈希望，現在已完全變成失望，他們談了一會，終於忐忑的起身告辭，似乎心有不甘。

馬利亞送他到門口，用溫婉的聲音輕輕對他道：

「明天下午，請到我們這裡來喝茶。我們給你介紹一個新朋友，新從哈爾濱來的朋友。她現在有點事出去了。」

金耀東道了謝，聲音微微有點顫抖。

……

金耀東並沒有爽約。翌日下午兩點鐘左右，他就出現在莫梧奇家裡。這一天，他們發現這位平常不修邊幅的客人[13]，衣服竟特別整潔。那蓬亂的長頭髮，也稍稍經過梳理。那俄國漢子擺了擺大肩膀，開玩笑道：

「漂亮朋友，你今天打扮得不像個獵人呢……」

「為什麼一定要打扮成獵人呢？」來客笑著反詰主人。

他們都笑了。

馬利亞把茶具搬出來，一碟白糖，一壺牛奶，一碟蛋糕與奶油卷，一碟可哥糖。

茶炊的響聲從廚房裡傳過來。

「你們這些精緻的點心從那裡買的？」

「這是從哈爾濱來的朋友送的！你嘗一點罷！不要客氣！」馬利亞答。她拿著茶壺向廚房走去。

金耀東拈了塊可哥糖，放在嘴裡。

13　原文為「平不修邊幅的客人」，脫「常」字。

「你們是不是覺得哈拉蘇有點太荒涼，缺少一切必需的東西！」

「是的，這是一個荒涼的地方！我從來沒有看見過這樣一個荒涼地方……」那俄國漢子嚼著一塊奶油卷：「可是，我倒覺得頂熟悉，這個地方，它彷彿是我的一個老朋友。我早就應該來找似的。……」

「唔！」

「我近來是可怕的愛上了荒涼。我討厭社會！我討厭人群。我覺得世界似乎是多餘的……這不是好的徵兆，我知道。」

「這是衰老[14]的徵兆。……」

「你說什麼？……哦，『衰老』『衰老！』……」莫梧奇沉思的垂下頭：「是的，這是『衰老的徵兆』。……年輕的生命不會歡喜孤獨的。春天的蛋蜂……」

「太孤獨了，容易悲觀的。生物裡面，有一種昆蟲！……」

馬利亞把茶壺拿回來，裡面砌滿了熱熱的綠茶。他給他們倒了兩杯，接著她身子轉向寢室，輕輕道：

「葉連娜，信寫好了嗎？出來喝一點茶罷！」

一剎那間，金耀東覺得空氣很謐靜，室內彷彿在戒嚴。一個大單的行列彷彿[15]就要踏入一座才攻下的城市。

一個柔和的聲音在寢室內道：

「謝謝你，馬利亞，我等一等就出來。」

這聲音很清潔猶如一條瑩澈可見鵝卵石的泉水。泉水來自高

14　此處和下一句中的四個「衰老」，原文均誤植為「衰老」。
15　原文為「仿仿」。

山，人可以感覺這聲音是來自一顆高貴的靈魂，客人沉思的垂下頭，直到莫梧奇的宏亮的聲音驚醒他。

「喝點茶罷。這是你們中國的『六安茶』。你嘗嘗看：味道怎樣……」

「我是不懂得喝茶的。……你們俄國人喝茶，歡喜放糖，這樣是嘗不出茶的真味道的。」

「是的，中國人喝茶，總喜歡不放糖。」

「真正講究喝茶的人只歡喜喝苦茶。茶越濃越苦，他們越感到快慰。……」

「哦苦茶……是的，苦茶……」莫梧奇的聲音低下來：「中國人歡喜苦茶是對的。」

「你是不是覺得中國人是一個古怪民族」？

「中國人事我們所僅見的最單純而又最不單純的民族。他們彷彿很能體貼別人，克制自己。……」

「因為他們是一個上年紀的民族。……上年紀的人總不大願意多責備別人的。」

「中國人是一個可愛的神祕的民族。……在俄國的時候，許多人都把中國人形容得很可怕，說他們是『鹽巴民族』，……來到中國後，我們倒覺得中國人比歐洲人更可親點。……中國人喝酒就很少鬧過酒呵。」

馬利亞笑著對他的丈夫看了一眼，接著就對金耀東解釋「鹽巴民族」的由來。她說從前有一個華僑旅居俄國多年，他的父親死了他想把屍首運回本國，而俄國法律恰巧禁止這樣的事，他想了一個法子：把屍首塗滿了厚厚的鹽巴，用油布裹好，當貨色寄

出去，結果結郵局發現了。從此，俄國孩字在街上遇見中國人，便向他們開開玩笑：問他們要不要鹽巴。……

馬利亞說完這故事，另外兩個人都笑了，金耀東笑著道：

「從這種地方，正可看出中國人的偉大處：到死都不忘生長的鄉土啊！」

談笑中，馬利亞忽然站起來，對寢室內喚道：

「葉連娜，信還沒有寫好嗎？茶都要冷了。快出來罷！我們給你介紹一個朋友！……」

「哦，真對不起呵……我這就來。……只剩下一行了。……」

三分鐘後，室內傳出輕微的響動聲。一個輕快的身子似乎已離開椅子，一雙輕快的手，似乎在收拾紙筆，在整理衣服。略略經過剎那躊躇，一個黑衣女子終於幽靈似地閃出來。

金耀東吃了一驚。他看見了一付正是他所害怕的臉，一付是只有超越時空限制的美麗的臉，一付高貴，冷靜而又異常溫和的臉。

這女子年約廿五六，身材修長而苗條。她繁茂而烏黑的頭髮梳成宮扇形的日本式，顯得異常整潔而柔和。她蒼白色的臉蛋，流露出一種音樂性的憂愁，一種音樂性的幻想的光輝？在長長的睫毛上，她的濃黑而明亮的大眼睛，閃爍著夢的色彩，且含有宗教意味的不可侵犯，以及溫和的譴責與諷刺。她的舉止，有一種超越年齡的安詳，彷彿永遠不理解什麼煩躁。她的蒼白色面孔與黑色裝束，給她一種幽玄而深沉的魅力。在她四周，似乎有一種永遠有一種神祕的流動體，在流動著。透過這座流動體，銳利的眼睛可以發現一種冷卻的溶岩，一種熄滅的火山。這是一個典型的東方女子，這是一顆典型的幽蘭靈魂。這種女子，在理想主義

者的分類裡，大抵會讓入「靈魂型」。這一「型」的女子，懂得用智慧，感情，與態度來裝自己，遠過於脂粉與服飾。

馬利亞給他們相互介紹。這位葉小姐原服務于中東路哈爾濱總局，最近得到「例假」特抽暇來哈拉蘇盤桓幾天，看看她們的老朋友。馬利亞特別鄭重說明：葉小姐的音樂造詣很深，在哈爾濱的音樂會裡，從前可以常聽到她的獨唱與披亞娜。關於金耀東，她介紹得比較簡單：哈拉蘇出名的獵人，他們夫婦新認識的好朋友，在打獵方面，曾經幫過他們的忙。

那年輕的女子向金耀東投了溫和而淡漠的一瞥，靜靜坐下來。

金耀東用深沉的眼睛望著這年輕女子，溫婉的操著華語道：

「請原諒我的冒昧，聽說葉小姐從小住在韓國？」

「是的，我幼年時曾經回過韓國，」那年輕女子用華語答她。用那雙明亮的眼睛望了他一眼，仿彿是接觸到神話上巨大而奇怪的精怪。她凝視著這個人微微零亂的頭髮，短鬍鬚，那溢滿血色素的鰲褐色面孔，那老橡樹似的魁梧身子，以及那雙深沉的獅子眼，使她說不出的感到一種力量，一種壓迫。特別是他那雙野獸式的眼睛，有一種又沉著又瘋狂的情緒，有一種火焰的內容，這個人上身穿一件黃色皮馬甲，下面著一條黃卡幾布褲子，腳上穿一雙黃色翻皮鞋。這單純的黃色衣著裝飾在這個人身上，分外顯出一種狂野的活力，一種原始的情調。

「這個人多奇怪呀！」這年輕女子想。

這一天，金耀東告辭時，莫梧奇懇摯的對他道：

「過兩天，我們一道獵野雉去。……葉小姐最喜歡吃野雉。這幾天我一直陪她釣魚，竟忘記打野雉了。」

　　金耀東點點頭，他用那野獸式的眼睛，深深對那年輕女子看了一眼，彷彿要看入她的血肉她的靈魂。在這一眼裡，他終於捉住了一個命運，一個決定。那年輕女子也溫柔的回望了一眼，當四隻眼睛相遇時，他們都在對方的眼睛裡讀到相同的語句：「不要這樣望我，我認識你已有幾十年了！」

注釋

①黑省北部河流裡的大魚，用竹木制的舊式漁具垂釣，不易奏效，故俄國人多用科學化的鋼鐵漁具。這種漁具的輪絞盤，其作用類似起重機。無論怎樣大的魚，全可以曳得上來，而魚竿無折斷之虞。

②這種換皮靴的頂端有吊帶，可以吊到肩膀上，其式樣近似普通「背帶」。

③這首歌譯成中文，大意如下：
　「撒哈拉沙漠
　茫茫的曠野
　天將黃昏時
　晚霞的紅光
　向永恆的國家流去
　從椰子樹的翠綠叢林裡
　夜的帳幕伸展過來
　拉因河的流水不斷流著，流著
　往日的記憶依舊是新鮮的」。

④這首歌譯成中文如下：
　「把那位要離別的人渡過去
　今天又把不幸的音信傳來了
　在豆滿江上
　在綠色的水波上
　那位老船夫在疲倦的搖著櫓」
　此歌系為紀念韓國革命者而作，船夫每天多把一個韓國革命者渡到豆滿江（圖們江）彼岸，即
　多有一個人犧牲，故云：不幸的音信。

附錄　抒情*

一

　　歡樂的杯子滿溢著。古雅典豎琴在彈奏。這正是火山的季節。酣醉的人用珊瑚色的夢構成時空。靜靜的時間在靜靜的夢裡流逝。欲望展開華翅。夜已不是夜。世界彷彿只有手指小。潔白的臂灣裡緊擁著潔白的幸福如乳鴿。

　　是的，幸福！這種幸福正是配合季節的蓓蕾，開展得極自然而纏綿，極美麗而熱烈。隨著那第一個令人抖顫的黑夜，（這種黑夜就是過了十萬年也不會忘記的，）接著第二個，第三個，第四個，……，幸福終於開了鑽石般的花朵，結了火焰似地果實。這些花朵，這些葉子，這些枝椏，這些果實，用顏色與芳香裝飾了他們的生活的每一個細節，他們的日子的每一個時辰。在這些琥珀色的日子裡，他們的時辰完全滲透在蜂蜜，玫瑰汁，與葡萄酒液裡，猶如海綿滲透在海水裡。他們的時辰有著古希臘雲母石的白淨，文藝復興期宗教壁畫的神聖，羅可哥雕飾的精緻，印度麝香的芬芳，有著熱帶紅寶石與波斯織綿氈的燦爛眩麗。他們的

---

*　本篇載《龍窟》（上海真善美圖書出版公司，一九四七年九月），文末署
　「一九四三年一月三十日寫完」。《伽倻》的作者附記稱：「《伽倻》，
　《狩》，《奔流》，《抒情》為一個未出版的長篇的四個斷片。」從內容看
　當是《荒漠里的人》第六章中的部分節次。

時辰是紅的，甜的，香的，亮的，發燙的。每一個早晨，他們隨著幸福而醒來。每一個黑夜，他們抱著幸福而睡去。對於他們，白晝與黑夜只是一些載滿歌聲與笑聲的象牙色的船，把他們載到洋溢著金色陽光的彼岸。這個偏僻而幽靜的小窠巢，已成為一座沒有上帝沒有禁果也沒有蛇的伊甸園，住著被解放的亞當與夏娃：最初的人類！

這不是現代的薔薇夢，也不是機械文明下的放蕩。這是原始的沉醉，原始的荒唐。這是只有古代人才能瞭解的愛情。只有最初的人類，才有這種又瑰豔又純潔的線條，才有這些熱帶的夜與熱帶的瘋狂。這種愛情有時為極強烈的叛逆色彩所渲染，如同那些沒有到各各他採過西番蓮的異教徒，有時則極虔誠而正統，如羅馬時代的聖徒。在這種超越的幸福裡，存在著希伯來精神與凱撒主義，存在著暴風雨，岩石，睡蓮花與小夜曲。

「愛」這個令人心跳的古老的字，對他們有著太多的意義，太難解的神祕。與另外幾萬萬人一樣，他們也用笑與吻來裝飾這個字，用眼淚與擁抱來豐富它，媚悅它。在這一個期間，那些震顫于黑色眼毛下的美麗的眼淚，幾乎成為他們最愛喝的飲料。水滴可以滲透岩石。眼淚可以滲透心靈。天上的銀河就是用眼淚灑成的。越過那些歡樂的淚，他們不斷在創造，在給予，使那個字每天像露水一樣的新鮮，詩一般的崇高。僅是享受與收穫就是陳舊與黴鏽，愛情是最經不起陳舊與黴鏽的。它是一朵鮮花，晨餐朝陽，夕飲夜露，僅放到清水裡侵一侵取出來是不夠的。

在他們的靈魂深處，永遠有一個相同的音節在震響著，共鳴著。這鳴響令他們如癡如狂，如夢如幻。猶如陽光中的水藻，他

們沉醉在感情的暖流裡，聽任那又強烈又溫柔的波浪沖過來，卷過去。他們忘記了一切，也忘記了自己。在這些日子裡，日子過得真快，還來不及想一想，一個星期已經過去了。在揭日曆時，他們幾乎是以一個星期為單位。一個月彷彿只有四五天，四五個猩紅色的火曜日。

初冬的哈拉蘇寒冷而嚴肅。風雪的日子多於晴天。外在的風雪滋長了他們內在的情熱。金耀東業已暫時停止狩獵。他們經常的廝守在一起，很少出門，常常整星期的足不出戶。外面的世界彷彿比另一個星球還遙遠，還渺茫。

除了莫梧奇夫婦及其他當地朋友來訪外，這個小小的樂園一直洋溢著最純粹的歡樂與熱情。莫梧奇看出這一對亞當夏娃正沉醉在最原始的荒唐裡，第三者的出現不是最受歡迎的，故聰敏的隱遁開，盡可能少露面。同時，入冬以來，這個俄國漢子分外憂鬱而愁苦，除了狩獵外，終日與酒精打交道，幾乎懶得與人談話。

盛倫姜載河姚百戶長一類朋友，在這個期間，更是很少來訪。照他們的說法，是「不打攪別人好事，」他們知道：這是金耀東的「非常時期」。

因此，在純粹的隱居狀態中，這一對情人在室內消磨著他們的「蜜月」。他們把它解釋做「魯濱孫式的蜜月」，「亞當與夏娃的蜜月」。他們誰也不願先提議出門散散步，看看雅魯河上面的冰雪，或找找莫梧奇夫婦。他們把愛情，幻想，以及各式各樣的夢完全緊緊關閉在戶內。

「唉，為什麼出去呢，外面是風雪與嚴寒，而室內是溫暖與春天？……愛的，讓我們永遠做伊甸的囚徒，永遠沉醉在美麗

的幽禁裡，好不好？扮演這種囚徒與幽禁，一生中不會有幾次呵！」她輕輕絮語著，把臉緊緊偎著他的臉。

他沉思的望著爐火，低低歎息道：「唉，但願世界只有我們小屋子這樣大就好。……有時候，我覺得這是一個不可饒恕的錯誤：世界竟比我們的小屋子還大得多。……」

她把臉偎得更緊些，熱烈的道：「耀，現在你不覺得我們的小屋子比世界還大，比羅浮爾皇宮還輝煌嗎？你不覺得地球上所有的真理，美麗，快樂，光亮，現在都已齎集在這裡嗎？……哦，愛的，我真覺得這小屋子有一種古怪的誘惑的魅力，使人難以擺脫。離開這座小屋子，似乎比殺死一隻無辜的羔羊還殘忍呢！……哦，我若為王，我寧可選擇這小屋子而放棄世界。生命是這樣短促，一個人為什麼不活得忠實一點，近情一點呢？」

「這只是一種純靈感的想法。一個人不能一輩子拿靈感當飯吃呵。……世界自是世界。小屋子只是小屋子。……」

她挪開臉，怔怔的對他望了一會，突然憂鬱的垂下頭，喃喃道：「是的，世界要比我們的小屋子大一點。這是殘酷的。然而這是真實。……」

他發覺自己的話語傷害了她，連忙安慰她，輕輕拍著她的肩膀道：

「蓮，別難過吧，我不是有心說的，你知道。……原諒我吧。我從來就沒有正正經經的思想過。我對自己常常是殘酷的。」搬過她的美麗的臉孔，在那黑黑的亮亮的右眼睛上吻了一吻：「有時候，我覺得自己太卑怯，太軟弱，雖然我是這樣大的一個大個子！你說得太好了：一個人為什麼不活得近情一點呢，

既然生命是這樣短促？……你說得對：我們為什麼出去呢，外面是風雪與嚴寒，室內是溫暖與春天？……不出去，不出去，絕不出去！我們要像植物似地生活在樂園裡。我們要像星星與月亮似地沉醉在永恆裡。找們要像太陽似地永遠燃燒在火焰裡！……」

她嫵媚的笑了，感動的俯伏在他的懷裡。她身上每一條曲線彷彿全在首肯他最後的幾句話。

「絕不出去，」究竟是易說不易行的事。他們雖然不受任何限制，像空氣一樣自由，但畢竟是生活在空氣裡的生物。他們無法擺脫掉那些與空氣同樣重要的俗冗。

不過，即使出門，他們也多半是一道出去，很少有一個被單獨留下來。如果偶然有單獨出門的，在家裡的一個必為寂寞所齧痛，在路上的一個也有點惴惴不安。他們竟孩子似地任著性，而以感情的折磨為歡樂的泉源。在這種情形下，倒是金耀東常能克制自己，能勇敢的舉起理性的寶劍。不過，這種克制也有限度。當狂潮沖來時，他所有的堤防也會薄弱無能，如紙紮店的出品。情人的最大弱點是太倚賴顯微鏡，而很少舉一舉望遠鏡，這是古今悲劇所以成為悲劇的核心因素。

二

春風年輕了花草樹木。愛情年輕了男女。在神祕的親和力與化合力下，他們的固有個性，改變得可怕。

在一生中，金耀東從未像現在這樣細膩過，精緻過，女性過。他血液裡的貴族成分，到底顯露出它的廬山真面目。他天性中的崇高部分，到底得到一個適當的扮演。他心靈中所有的粗

獷，現在已給愛情琢磨得光滑了，鍛鍊得美妙了。他所有的殘忍與野蠻業已耗盡了。在熱情的沖卷中，有時候連他自己也不知道在說些什麼，做些什麼。

他從未像現在這樣崇拜過藝術與美學。他從未像現在這樣歌頌過秩序與和平。他將來恐怕也不會這樣崇拜與歌頌了。想到自己有一天竟會變成這樣的嬌嫩而布爾喬亞，有時候他真是又悔又恨，又是譴責。不過，這種偶然的悔恨與譴責只是變形的縱容與嘉許。隨著悔恨與譴責，他更深一步陷入感情的浪漫泥沼。現在，他所有的內在聲音全為那顆美麗的靈魂說話，他的一千種思想與理由在為目前的幸福辯護。那最內在的正義與良知早已沉睡過去，看樣子一時是不會醒來的。在甜蜜的大昏眩中，他讓自己隨金色的河水而流去，不管流到哪個方向。這種任性與瘋狂，他知道在歷史上難遇到幾次的。他要接受它的暗示，接受它的試驗與影響。他要沉溺個夠。他要滿足自己的好奇心。他要大膽航入一個奇異的國度，看究竟能探尋到些什麼。

葉蓮娜天性是沉靜而矜持，智慧而孤高。她的靈魂有著美麗的憂鬱，憂鬱的美麗。她與那個俄國音樂家的感情悲劇，加重了她個性中的憂鬱成分，也加深了她心靈中的智慧成分。這一悲劇助長了她對人生的了悟。她現在更深一層明白了什麼是真感情，什麼是偽感情，什麼是光，什麼是熱。廿歲的處女的感情多半是盲目的，蒙蔽的，理論多於體驗，夢想多於真實。那層遮蓋著她們耳目的霧幕，必須經過一次殘酷的現實，才會煙消雲散的揭開去。這以後理智才會清醒，感情才會踏實。葉蓮娜過去的情形也正是如此。回顧過去，她不禁有一種大夢初醒的感覺。她發覺自

己過去的感情有著太濃厚的誇張色彩，以耳代目的成分多於分析與解剖，演繹的方式重於歸納。這種幸福，即使風平浪靜，有時也經不起一場大風暴的試驗。故在結識金耀東後，她對過去已不再依戀，只偶然感到一種淡淡的惆悵而已。

　　目前新遭遇的感情大火災，在她生平是空前的。在這場大火中，她的本能與個性發生極兇猛的反動，與極強項的叛逆。她素來是沉靜而矜持的，現在卻變得極容易激動而歇斯地里亞了。她素來是智慧而孤高的，現在是極容易變得昏眩而軟弱了。那埋藏在心之最深處的火山現在終於爆發開來，她讓自己熱熱烈烈的燃燒著。這種反常的熱烈，只有平素冷靜的人才會有。這種狂猛的燃燒，只有一個成熟的婦人才會有。愛情這一魔術是太神奇了，太微妙了。它使人有時有著蘇羅門的智慧，有時卻比驢子還糊塗；有時有著蘇格拉底的幽默，有時卻有著小孩子的胡鬧；有時變成哲學家的沉思，有時卻像酒徒一樣瘋狂；有時有著世紀末的憂鬱，有時卻像伊壁鳩魯派似地快樂。

　　這個神祕狩獵人所給予她的影響，是難以估計的。他對予她，不啻是新大陸對於哥倫布。她從未夢想到世界上還有這樣一種靈魂典型，這樣一種存在，他給予她的印象異常混沌複雜，不是言語文字所能形容的。勉強要把這種印象概念化，只有森林或海洋這類名詞才可以適用。他對她是一座春天的大森林，有交錯的杈椏，有扶疏的綠葉，有神祕的樹蔭，有複雜的暗影，有花有草，有鳥雀有昆蟲，這一切令她神往，令她迷失，令她沉醉。他的思想就是森林裡翩躚飛舞的落葉，光色燦爛眩目。他的情感像海洋一樣雄壯而富有音樂節奏，像花園一樣彌漫出奇異的色彩與

香味，使她如吸飲了巨量麻醉劑似地暈眩起來。要抵抗這種古怪
的吸引是不可能的，他不僅有思想，有感情，有個性，並且還有
一種極切實的土地氣息。他雖然只比她大了十歲，但卻似乎比她
多有一千年的土地經驗。這種珍珠式的經驗，只有曾沉潛到痛苦
的海底的人才撈得上來，只有科勒律己所詠的古舟子才會有。她
雖然很少探問過他過去的經歷（偶然她提起這個，他必話題岔開
去），但她直覺到他必曾在大江大海裡打過滾。他不是一個平凡
的角色！

他唯一的瑕疵（如果他有瑕疵），或許是那點固執與剛強
了。這常是構成正直男性的不可或少的兩種因素。這兩種因素，
有時雖會傷害她，刺痛她，但她仍覺沒有不讚美的理由。唯其有
這兩種因素，她才覺得他有一種原始的迷人魅力，與強烈的男性
美。這種粗獷的魅力，這種青銅雲石般的男性，正是她崇拜與敬
仰的輻輳點。

在愛情的氛圍裡，一切全是甜的，美的。只要和他在一起，
無論是談天，是沉默，是諷刺，是哭是笑，都甜都好，都香都
美。和他在一起，她覺得自己眼睛放光，心靈放光，四周一切全
放光。她怎樣說，怎樣做，都舒服自在，都輕鬆活潑。聽他說
話，就是喝一種酒，很容易陶醉。他是希臘神話中的大神，給她
安排下天上的筵席，豪華的青春。他不在，一切全魔術似地改變
了，變得那樣慘，那樣陰沉，剛才的幸福直如一場噩夢，她唯有
獨自欷歔，讓一片酸辛的況味塞在心頭。

女人的心腸總是軟的。在她們心坎裡，永遠儲蓄著比男子多
得多的柔情，多得多的昵愛。這裡面有著偉大而崇高的母性在。

女人一旦發現一種宗教後，會信仰得比鋼鐵還堅固。這就是為什麼，耶穌的女信徒會比男的虔誠，而西班牙女修士，常常比英國牧師更是上帝的好選民。

在金耀東身邊，葉蓮娜發揮出最女性的女性。她比五月的雛鳩還多情，比五月的薔薇還芳香。她用最柔和的話語溫存他，用最甜美的眼色喂飼他，她逼得他幾乎除了她的眼睛不再有地平線，除了她的呼吸不再有空氣。她體貼他時，有著古代東方女奴的謙卑。她守護他時，有著白色護士的精細。他出門了，她用孩子的心等待他。他出現在歸途上了，她用十六歲少女的天真眼睛瞭望他，頻頻在窗下嫵媚的飛著吻。他回來了，她蝴蝶似地飛到他身邊，給他脫下為寒氣所潤濕的大衣，換上烤得熱熱的袍子；給他脫下潮濕的烏拉，換上烤得熱熱的便鞋。接著是熱熱的甜甜的紅茶，熱熱的甜甜的紅唇。他微微有點不舒服了，她小母親似地命令他躺下，命令他服一些屬於常識的通俗藥品。他憂鬱了，她便騙他，哄他，安慰他，為他唱歌，為他彈琴，非要他笑了，絕不停止。她這樣做，完全出於自動，絲毫不牽強，不附會。她覺得這樣做，是她的權利，也是她的義務。有時候，在過度幸福中，他被一種不知名的悔恨所齧痛，偶然對她顯出粗暴時，（這種情形自然極少極少），她便用那令人不能忍受的美麗的眼睛望著他，怔怔的含淚道：「愛，是蓮娜冒犯了你嗎？……你能饒恕她麼？……她的身體與靈魂全是你的……她現在向你求恕了……」他不開口。他啜泣了。

經過感情的裝飾，連最庸俗的也變成最貴族的了。在這些日子裡，整潔房間與作飯洗衣，幾乎變成最智慧而纏綿的事。他們

分任著打掃工作時，那些牆壁，桌椅，灰塵，污垢，似乎全變成有光有熱的生命體，有一種不可抗的吸引力。

無論做什麼，他們都願意分工合作，各做一半。他們的生命現在如分開來，每個人也只能算是半個人，合起來才是一個整體，一個充滿了創造性的整體。他們要用各自的半條生命，來共同完成一條新的理想的生命。他們要用各自的一半勞動，共同完成一件新的工作。「共同」這個字眼現在已成為常掛在他們嘴邊的字眼。他們共同抹一張桌子時，兩個半面抹完了，抹布拋在一邊，這一雙手為另一雙手緊緊握著，四隻眼睛溫柔的隔桌相望，粲然而笑。這時候，他們似覺全地球的幸福似乎已聚集在身邊。他們共同掃地時，掃著掃著，兩人從對角線上掃到一起，兩條熱熱的身子如嘴唇似地纏在一起，在剎那間，他們感覺到生命的永恆。為了做[1]一餐飯，他們常常耗費了許多時間。在白菜蘿蔔的旁邊，會飄起歌劇《茶花女》，會產生《天方夜談》。他們一面洗菜，一面唱著，或者講著故事，或者淘氣的取笑著。他笑她傻得像白菜。她就笑他的靈魂是蘿蔔典型。菜做鹹了，他笑她是私鹽販了出身。她歡喜吃素菜時，他就勸她去當和尚[2]。這種沒有火藥氣的舌戰，不用說常常是結束在一個甜蜜的吻，或一個熱烈的擁抱裡。在這種輕鬆的作風下，他們不知道是在勞動，還是在遊戲，在愛的光輝下，互助與合作使他們忘記了疲倦，忘記了艱苦。

近代人常對家發生反感。那是因為家已成為囚牢與鳥籠的代名詞。理想的家應該有天空的廣闊，海洋的自由，在裡面住著

---

[1]　原文為「作」。

[2]　原文誤植為「他就勸他」。

幸福的靈魂，快樂的靈魂。金耀東經過多年的流浪與鬥爭後，現在正開始感到這種幸福與快樂。他有生以來，第一次感到家是這樣溫暖，這樣親切。當你身邊有一條能瞭解你安慰你的美麗生命時，你怎不感到溫暖與親切呢？在這種溫暖與親切中，他開始覺得這一個小小屋子還需要第三條甚至第四條小生命。他便從姚百戶長那裡要來兩隻小貓，一隻黑花，一隻乳白。前者他們喚作咪咪，後者喚作美美。他又從盛倫處找來一條小狗，喚它作拿破崙，因為它有著拿破崙的不可一世的眼睛。貝爾特雖然也是可愛的，卻嫌太笨大一點了。添了這三條小生命後，在咪咪的貓叫聲中，在嗶嗶的犬吠聲中，小屋子分外顯得生氣勃勃，和平而熱鬧。金耀東覺得自己從沒有像現在如此深刻的瞭解過小動物，愛過小動物。

晚飯以後，夜未闌珊。燈影幢幢，四壁柔和。他們手牽手的同坐在壁爐旁邊。咪咪美美坐在他們懷裡。拿破崙躺在他們腳下。貝爾特睡在壁爐的另一邊。爐火輕唱著。他們開了話匣子：或是小提琴獨奏，或是披霞娜獨奏，美麗的弓弦聲或寥亮的鍵盤聲溢瀉於室內。四野岑寂。夜風無語。月光從窗外照進來，奶白色光華射在那張聖母像上。……

三

歡樂流逝著。青春流逝著。熱情流逝著。這不是歡樂，這是生命！這不是青春，這是藝術！這不是熱情，這是信仰！只有信仰的煉火，才能鍛冶出藝術的純金。只有藝術的崇高，才能反射出生命的燦麗。不浸透陽光雨露的花不是花。不浸透藝術的愛情

不是愛情。這一對朱比特與維納斯不是呼吸在感情裡，而是酣醉於藝術裡。他們用油彩與雲石來組合情熱。他他們用詩歌與樂曲來編織心靈。他們用荷馬，拉飛爾，與貝多芬來裝飾生活。

在這些日子裡，特別能強調他們生命色彩的，便是音樂！

啊，音樂！音樂！音樂！音樂！音樂！音樂！

在那些如金似銀的月夜裡，在那些如哀似怨的雪夜裡，水樣的月光塗抹在白色樺樹上，水樣的銀夜流瀉在白色靜寂裡。天空澄潔而光耀，似可看得見天堂與上帝。雅魯河凍結了。大地是白色的大地，透明的大地，水晶的大地。連生活與情感似乎也是白色的，透明的，水晶的。月光捕捉了一切。雪光掩蔽了一切。月光雪光水乳交溶，相纏相結，難解難分。月照雪。雪映月。月雪互流。世界蒼白了。月光有情的從窗外走進來，擁抱了屋角那支靜靜的白色燭，擁抱了燭臺之畔的黑色鋼琴，擁抱了那在黑白鍵盤上滑動的纖白色手指。……

她傾心為他彈奏著。一個夜晚又一個夜晚。她的Touch雖然沒有受過拉罕馬尼諾夫的訓練，她的技巧雖然沒有從那個波蘭總統那裡汲取過靈感，然而她有十五年以上的經驗，她有豐富的「表現」與Felling，這些在他聽來，是盡夠美的了。

她琤琤淙淙彈奏著，在潔白月光中，她的籠罩在黑色袍子裡的修長身材，以及她的為繁茂黑髮所掩映的蒼白色面孔，是愈益聖潔而美麗了。

她為他彈巴哈。她為他彈海頓。她為他彈莫箚特與貝多芬，彈孟德爾松與修曼，彈蕭邦，李斯特，羅賓斯坦，與狄勒西。……從宗教的彈到浪漫的。從古典的彈到現代的。從最莊嚴

的彌撒曲彈到最輕鬆的小夜曲。……他們沉醉在巴哈的「義大利音樂會曲」裡。他們沉醉在海頓的「F長調變曲」裡。他們沉醉在奧大利神童的「D調朔拿大」裡，沉醉在他的最洋洋大觀的「C短調朔拿大」裡。狂風暴雨來了，「熱情朔拿大」來了，如火如荼的熱烈，大江大海的奔放，每個節奏[3]全是火焰組成的，每個音符全是火焰鑄成的。在這裡面，偉大的樂聖對負義的茱麗葉傾瀉出全部的熱情，全部的譴責，全部的愛與恨，笑與淚，生命與創造。月光朔拿大是優美的，柔和的，平靜的。第一樂章Adagio徐緩的開展於許多重複的三聯十六音裡，３６１，３６１，３６１……絕對的和平，絕對的純潔，絕對的幽麗。奏著，奏著，奏著，一片片如花似玉的美麗月光彷彿就從鍵盤上流瀉出來，流瀉出來。從樂聖到孟德爾松，是從高邁的山嶽空氣下降到仲夏夜森林。那些練習曲，那些用披霞娜抒寫歌謠意境的「無言歌，」永遠彌漫出一種新鮮而溫柔的情調，一種抒情詩的美豔的芳香。修曼沒有孟德爾松的精緻，沒有孟德爾松的輕快，他是奔放的，豪壯的，熱烈的。這位晚年瘋狂的浪漫派巨匠在早年無定形式的樂曲中，已流露出瘋狂的跡象。他的「蝴蝶」現在是飛到這些白色的冬夜裡。他的「狂歡節」現在是開展在這個小小伊甸裡。狄勃西的旋律是綺麗的，音色是濃豔的，他的和聲特別富於變化，他的音階復活了古代希臘的音階，他的三夜曲閃射出波特賴爾與馬拉梅的肉感的彩色。李斯特出現了，最精髓的浪漫之花出現了。鋼琴邁入李斯特王國，是達

3　原文誤植為「節奏」。

到阿爾卑斯山的頂點，不能再超越了，不能再技巧了。那寫盡他一生情感與思想的「匈牙利幻想曲」，蘊藏著原始的魅力，曠野的蠻豔，無窮無盡的青春欲焰，萬古不朽的衝動與強力。從李斯特巡禮到蕭邦花園，是從狂熱的夏季散步入秋天。蕭邦的秋天，美麗的秋天，偉大的秋天！啊，蕭邦，蕭邦，這個美麗的名字！這個有著肺結核的紅暈面頰的「披霞娜之靈魂！」這個纖秀的多愁善感的「披霞娜詩人！」他的音樂是秋天的音樂，黃昏的音樂，女性的音樂。在他的最興奮的舞曲裡，也常帶著憂鬱的彩色而使人流淚。他用鵝管浸著眼淚寫下了馬佐加，寫下了華爾滋，寫下了波蘭舞曲。整個受苦受難的波蘭在他手臂下歌唱著，抖顫著，哭泣著。銷魂的夜曲終於憂鬱的掠來了，栩栩的，嫋嫋的，珊珊的，令人不能忍受的美麗，令人不能忍受的芳香。天才在樂曲中五光十色的熠耀著，落英繽紛，景物如虹，泉流幽咽，林鳥展開華翼。一切是高貴的，淒豔的。人永遠不能估計這裡面所含蓄的情感。旋律溫柔的開展著，潺潺的，湲湲的，靜靜的。靈感隨暗美的小溪水而流，流過華夜的小森林，挾著柔軟的樹葉，披拂著髮卷似地水草。流吧，流吧，流吧。流不盡的淚水，流不盡的青春，流不盡的悔恨。無比的溫柔的悔恨，無比的善良的悔恨，無比的瑰麗的悔恨。悔恨與哀愁。哀愁，哀愁，永遠是哀愁。……夜曲奏完，他們擁抱著，流了淚。

　　重新開始！

　　一個樂曲又一個樂曲馳過去，馳過去，馳過去。泉水響了，啊，巴哈！冬天來了，啊，巴哈！偉大的對位法，啊，巴哈！音樂飛舞著。時間飛舞著。情感死了，啊，勃拉姆斯！E長調幻想

曲！啊，勃拉姆斯。……多美妙呀，拉罕若莫夫的序曲！……一
個組曲過去了，一個即興曲過去了，一個米奴哀過去了，耳朵已
成為貝殼了，聽見海洋的聲音了。室內充滿大海的新鮮氣息了。
音樂把黑暗照亮了。音樂照到他們靈魂暗處了。音樂使月光沒有
光了。音樂使雪光沒有光了。音樂流瀉著，琴聲流瀉著。貝多
芬的G調旋轉曲，蘇伯爾脫的G調即興曲！再來一個聖松的馬佐
加！再來一個羅賓斯坦的C調練習曲！……龍涎香在彌漫著。乳
香在流溢著。埃維尼亞在渲瀉著。風信子是催眠的。靈感成為巴
庫油礦了。多柔和的Touch！多強烈的Expression！……朔拿大！
朔拿大！朔拿大！朔拿大如一只只白鴿子飛出來，一隻，兩隻，
三隻，四隻，五隻，……音樂如千萬朵花枝樣招展著，音樂的芳
香誘引起古暗的記憶。一千種磁力激流著。再來一個間斷曲！再
來一個斯特拉司！沒有過去！沒有現在！沒有將來！沒有死亡！
沒有復活！上帝來了！魔鬼來了！朋友來了！敵人來了！鐘聲響
了！一隻孔雀！一個天鵝！一團火！……大神！……奧林匹斯
山！……解放！……微塵！……最後一個3/4的華爾滋，……貝
多芬！……嗡！……

　　音樂的雨點停止了。她撲到他懷裡，如一只麋鹿。

　　沉醉！永恆！

　　……

　　除了音樂，文藝也同樣令他們沉醉。他們讀著普希金的詩，
最多的是戀詩。他們特別欣賞普希金的散文《波希米亞人》。屠
格涅夫的重要作品，他們一遍又一遍的讀著，其中《獵人日記》
與《貴族之家》中的最美麗的幾部分，他們幾乎全能背誦了。他

們向《安娜卡洛連娜》裡的李文與吉提致最崇高的敬意。他們為《罪與罰》的索尼亞流淚。他們從契訶夫的劇本裡體驗到最樸素也最動人的感情。他們從高爾基的短篇小說裡呼吸到強烈的草原氣息，濃厚的音樂的芳香。……他們的文學巡禮只限於俄羅斯，因為他們手邊只有俄國作品，而這些作品裡的迷人的宗教情緒又極令他們感動。

他們從哈爾濱的白俄書店裡買來一些用珂羅版影印的西洋畫集，從這裡面，他們也多少捕捉住那些美術天才的靈感之火花。在文藝復興期三大師中，他們特別歡喜拉斐爾，他的那些聖女像全有著海洋風的柔美線條，有著最和諧的波浪情調，而令人情不自禁的陶醉。他的「馬童奈」，在他們的天秤上，要比摩那利莎的分量沉重得多。近代美術家中，他們歡喜賽尚，果根，與穀訶的強烈彩色，不歡喜馬納與摩納。他們欣賞馬提斯的東洋作風，而討厭達達派或表現派。雕刻方面，他們有兩本影印的羅丹集子，這裡面大部分的圖片都令他們讚賞。他們把裡面的「黃銅時代」與「夏娃」剪下來，裝在小鏡框中，掛在牆上。他們同意羅丹的「囑詞」：

「美術的最要緊處在使人興感，戀愛，希望，震顫，生動。在做美術家以前，先要堂堂做一個人！」

四

他們縱情的狂歡著，酣醉著，昏眩著，彷彿是地球上僅存的人類。他們發瘋的拋灑出全部生命與時間，永無吝嗇，永無涸竭，似乎要填補他們未相識時的那幾十年空白，似乎要把畢生作

孤注一擲。在這些玫瑰色日子裡，他們已不是情人，而是狂烈的賭徒；他們已不是生物，而是神話上的精靈；他們已不是固體，而是地獄裡的煉火；他們已不是哺乳動物，而是狂風暴雨雷電轟閃中的兩株大樹；⋯⋯

　　在這些金黃色的歡樂中，那最黃金的時辰是暗夜微火相對無語的時辰。再沒有比黑暗更憂鬱了。也再沒有比黑暗更美麗了。這時咪咪與美美蜷臥在爐門附近。輕輕發出鼾聲，貝爾特與拿破崙，躺在壁爐的另一邊，微闔上眼睛。門外風聲嗚咽如鋸琴。沒有月光。沒有星光。大地陰暗。木拌子不時在壁爐裡發出爆裂聲。爐火如錦。火光染紅了他們的臉。火光照亮了他們的眼睛。他們手牽手的坐在壁爐旁邊，默默對望著。這種對望真是令人不忍回憶的纏綿。四隻眼睛熱熱烈烈的燃燒著，猶如暗夜天空的四道火炬。他們對望著，彷彿要深深望穿對方的靈魂，望盡對方一生的悲歡離合。宇宙間一切全死了。只剩下這四隻明亮的眼睛超越時空的照耀著，互望著。⋯⋯望著望著，他們不約而同微笑了，低下眼臉了，四隻手握得更緊了，彷彿很害羞，又彷彿因太醉人的幸福而抖顫。及至再抬起眼臉，四隻眼睛閃電樣重新相遇時，那銷魂的一剎那間，真使人覺得生命是美麗得近於殘酷了。⋯⋯

　　「哦，愛的，你的眼睛淹得我喘不過氣了。別再這樣望我了。我真不能忍受你的眼睛呀！」

　　她不語，緊緊捏著他的手，依舊熱火火的望著他。

　　他閉上眼，昏熱的喃喃，似乎在禱告：「唉，愛的，今夜世界上還有人能像我們這樣幸福嗎？⋯⋯」

「……」

「唉，愛的，我怎樣感謝你才好呢？……你太好了。……」

他把他的手捏得更緊了。

他突然睜開眼睛，用最溫柔的聲音，湊到她耳邊輕輕囈語，聲音比落葉歎息還低微：「好天使，你會永遠憐惜耀吧，即使他犯了最大的過失？……你知道，耀在這世界上是個最可憐的人，一向生活在仇恨中，從來沒有被人疼過。……他知道他有很多很多的過失，很多很多的缺點。他並不想隱諱這些。他只希望他的蓮看在愛的情分上，能永遠諒解他，饒恕他。……哦，美麗的，你永遠會諒解他，饒恕他吧？……」

她抬起那雙明亮的潮濕的大眼睛，怯怯的然而含愁帶怨的注視著他。他從這只眼睛裡讀出下面的話：「狠心的人，看我的眼睛吧，你忍心這樣問嗎？」接著，她的臂膀緊緊圍著他的脖子。她用雨點一樣的狂吻來作總答覆。她瘋狂的吻他的頭髮，他的額際，他的眼睛，他的臉頰，他的嘴唇。……她所有的生命全傾注在狂吻上，噴泉般的向他灑射著。這些火焰式的發燙的吻，配合著她的發燙的胳膊，發燙的胸膛，發燙的臉，發燙的嘴唇，使他第一次深感到一個熱情女子把全身體全靈魂交付給一個男子時，是怎樣一種如火如荼的滋味。

狂暴的雨點終止了。她擦著眼淚問：「你滿意我不？你還懷疑我不？」

他流下眼淚。

（在這種時候，「幸福」與眼淚常常是成正比例的。）

五

　　不管是怎樣強烈而熱情的大雷雨，總有雨過天青的時候。不管是怎樣狂猛而燦爛的太陽，總有日落西山的時候。不管是怎樣繁華而綺麗的花朵，總有殘落的時候，不管是怎樣芳香醉人的幸福，總有夢醒的時候。生命雖然悠長，歡樂畢竟短促。即使歡樂會延長到一千年，一萬年，它也會消失得像一秒鐘，一分鐘，快得不可思議。人濯足於歡樂的河流時，是健忘而糊塗的，及至偶然回頭髮覺世界不僅有河流，也有河岸時，這一個極淺顯而平凡的道理剎那間卻給人帶來全部宇宙真理，而使他每一根神經纖維雪亮如閃電。思想雪亮了。心卻在滴血了。

　　幸福的十月過去了。沉酣在夢裡的亞當夏娃也漸漸蘇醒了，他們隱隱聽見了蛇叫聲，他們隱隱聽見了一陣陣陰暗而寒冷的敲門聲由遼遠處傳來，一陣陣召喚聲由遼遠處傳來。

　　陰曆十一月初，一個大雪停止後的下午，這個平靜的小屋子的外面，果然響起了敲門聲與呼喚聲。

　　門開了，一個矮矮的老人顯出來，是姜載河。自從他們渡蜜月以來，這還是他第一次來訪。這個實事求是的詼諧老人，平時「無事不登三寶殿」，每一次來訪，總有點事故。葉蓮娜一看見他的冷森森的姿態，眼眼裡就說不出的惶恐。果然，這個老人談了不到十幾句話，就開門見山的對金耀東道：

　　「我這就要動身，到洮兒河頂子去打皮貨了。——」咳嗽了一聲，對葉蓮娜望了一眼，又轉向金耀東道：「你怎麼樣？……」

　　「我？」金耀東如大夢初醒，對姜載河傻瞪了一會，才摸

清楚對方的意思。他稍稍沉思了片刻，當即毫不遲疑的答：「我
當然也跟你一道去。打皮貨我還是頭一遭，我得跟你在一起才
成。……」他望葉蓮娜，她臉色異常蒼白。他知道這一鐵錘已經
錘定了，索性錘到底。這似乎是他神聖的權利，也是他神經的義
務。他咬咬牙齒，肯定的道：「我們這就得準備，是不是？明兒
我去看你，詳細情形，我們當面商量！」

「不急不急。遲一兩天沒有什麼。只要能在月半左右上路就
成。……趕回來正好過年。」

他們又談了些冬獵應作的準備。談話中，姜載河忽然想起一
件事：

「忘記告訴你了：盛倫這兩天病得很凶，是『冬溫。』他要
不病，我們可以多添一個好伴兒了。」

「噢[4]，老盛病了？我竟一點不知道。我很久沒有看見他
了，」

「你這一響也很忙吧！……」姜載河笑著說：「你很忙，我
不打你的岔了。你再細想想，關於打皮貨的事。決定了，三兩天
裡給我個信。」

當他們談話時，葉蓮娜始終不開口，她的眼睛怔怔的望著窗
外雪景。及至姜載河一出門，她立刻撲到他懷裡，兩臂用力搖
撼他：

「哦，耀，耀，你不能跟他一道去！你不能！你不能！這
個老頭子，可恨透了！……你曾經答應過我，說永遠不離開我

---

[4]　象聲詞，原文為「歐」左加「口」。

的。……哦，你不能去！你不能去！」

　　他輕輕拍著她的肩膀，溫柔的安慰她道：

　　「親愛的，不要害怕！離我動身還有十幾天呢。我們現在不是很幸福嗎？不要想得那樣遠！」

　　「不，不，你根本就不能跟他去。我根本就反對你去打皮貨！……我不讓你去！我不要你去！……你不能去！你不能去！」

　　「蓮，安靜點吧！你從來不是這樣急燥的。……你平心靜氣想想：我怎麼能夠不去呢？……在這一個月裡，我什麼事全沒有做，什麼獵也沒有打。長此這樣下去成嗎？我們究竟不能靠音樂與詩歌填肚子呵！」

　　「如果說為了生活，你更沒有理由和那老頭子走了。你可以學莫梧奇，在這附近打圍。我呢，可以設法找點工作，或者在哈拉蘇站上，或者到紮蘭屯，或者去教小孩子。馬利亞最近給天主教教堂主持一個小學，她說那裡缺人，只要我們能在一起，我什麼工作全可以幹，什麼苦全可以吃！……哦，耀，如果你真愛我，答應永不離開我！答應我！答應我呵！」

　　「你所說的理由，全不能成立。試想想，我在附近打圍，能有什麼了不起的收穫呢？莫梧奇近來的境況，不也很不如意麼？……你教教小孩子，又能有多少收入呢？……你知道我們現在的開銷麼？……親愛的，沒有豐厚的物質條件，美麗的生活就要不美麗的。我這一趟打皮貨，只要撈回一筆，就夠我們的幾個月的享受了。為了我們未來的好日子，不值得我辛苦一點麼？至於你要工作，要吃苦，如果是因為寂寞，是因為膩煩終日和我纏

在一起，而要找一個機會避避我，那我絕不反對。可是，如果為了我們的生活，那我絕不答應。為了生活，即使吃苦，我有的是肩膀，再也輪不到你。你已經給了我太多了。你所獻出的已太大了。再絞搾你的勞力，那是我絕不能忍受的事。⋯⋯我已經計畫好了。這一趟打皮貨回來，買兩隻奶牛。裝蘭屯有乳酪廠。我們擠點牛乳，再打點圍，日子就可以混過去了。⋯⋯今年夏季，獵到一對六叉茸，就能為我帶來這樣一個舒適的『家』。這一次打皮貨，一定會有更好的運氣。⋯⋯親愛的，往亮處想想，往大處想想，不要太傷感了！傷感是容易催人老的！」

這一席話似乎收了點效，她稍稍安靜些了。

「可是，愛的，那樣廣漠的冰天雪地，那樣冷的風，冷的雪，讓你一個人去挨餓受凍，去過著野獸的生活，我怎麼能忍心？我怎麼能忍心！」

「像我這樣大的一個漢子，應該吃一點苦才成！這一個月來，你已經把我寵壞了，慣壞[5]了，如果我不再找點機會磨煉磨煉自己，真就要變成一隻畫眉鳥了。而你也就不會愛我了。⋯⋯你是一個最聰敏的人，難道不知道缺陷的美麼？⋯⋯」

「哦，缺陷的美，這要付出怎樣可怕的代價啊！」

「『可怕的代價？』不過一個半月吧！⋯⋯你記得那部英國小說《簡愛自傳》嗎？人家是付出怎樣的代價？」

「哦，『不過一個半月！』你說得多自然！多殘酷！⋯⋯」

「生命裡總有些殘酷的成分的，我們不該挺起胸脯子承受

---

[5]　原文誤植為「慣會」。

麼？我現在的感受，或許會比你更難受。可是，一想到將來，我就覺得沒有理由傷感了。」

「那麼，你是非去不可了？……」她傻傻的望著他，歎了口氣：「唉，歡樂為什麼這樣短促呢？這一個月像夢一樣的溜過去了。還沒有細看一眼，就溜過去了。……我的心現在好暖啊，又好酸啊！我好像剛從一個很遠的國度裡旅行回來。我身上還披拂著那個國度的珠寶與光輝。……我多恨那個老頭子呵，他剛才的那些話，簡直就是一片片冰塊！哦，比冰塊還冷酷！……是的，我們應該挺起胸脯子，承受生命裡的殘酷部分。可是，可是，——」她突然啜泣起來，肩膀抽搐得很利害：「哦，我現在軟弱得可怕呵！你去了，我的一切也完了！」

他緊緊擁抱著她，溫柔的撫摸著她的頭髮，低言低語的安慰她：

「蓮，蓮，不要難過。我很快就回來的。為了愛我，你不應該忍耐一點嗎？沒有一點忍耐，感情不會持久的。正像沒有一點銅，金子就不能堅固一樣。……愛可以使人堅強起來，你怎麼倒軟弱了呢？……答應我：不要難過。這樣大的人，眼睛還掛燈籠，還要下雨，不害羞麼？來，我給你拭拭，不許再下雨了！聽見沒有？」

他從身上取出手絹，給她拭去眼淚，接著用手托起她的下巴，熱情的注視著她。

她搖搖頭，低低喃喃，且怔怔望著他。

「啊，無情的命運的風，吹吧！吹吧！任你把我吹到哪兒吧！……反正我所有的一切，全已交付出來了。」

他給她看得不安了，輕輕推她道：

「不要這樣看我了！你的眼睛裡似乎，似乎，……」

他說不下去了。他渾身抖顫起來，猶如一隻被發現隱身洞窟的野獸。

（一九四三年一月三十日寫成）

附

錄

騎士的哀怨*

一

　　當他在一個戰役裡遭遇到殘酷的失敗，健康與職業都被損毀了，流亡在寧古塔時，他的疲倦而感傷的眼睛，終於落在他的無前馬身上。

　　這馬來自俄國托木斯克高原，是遠東濱海省第二名馬，全身噴散出露西亞大地特有的橫掃宇宙的雄邁氣象。馬身長六尺二寸，壓倒所有同類的垂直高度，當它昂然舉首向遠方睨視時，以他的近六尺的身材，要墊起腳，伸直胳膊，才能擒住馬顎下的水勒韁。這出奇的高大，使它必須佩掛兩個踏蹬，騎手如攀爬軟梯子似地，才能跨到皮鞍上。然而，自從他做了馬主人以後，仗著自己超凡的馬技，拋掉一個踏蹬，左足點著那蕩漾的獨蹬，縱身只一跳，便疾猿樣翻上去。

---

*　本篇載《露西亞之戀》（重慶中國編譯出版社，一九四二年二月），文末署「一九四一年十二月抄」。作者附記：「這是一個未完成的長篇斷片。」在《後記》中說「《露西亞之戀》與《騎士的哀怨》兩篇，是正在寫作中的一個長篇的兩章，材料悉由友人范爽所供給」。從內容看，當是作者計畫寫作的長卷《亞細亞狂人》第四部（《荒漠里的人》前一部）結尾的一章。這一部的時間是一九二一至一九二八年。描寫主人公金耀東隨軍進入蘇聯，加入蘇聯紅軍所屬高麗革命軍步騎混合兵隊，和蘇聯紅軍合作攻擊斯巴司卡亞的白俄軍。後因高麗革命軍被蘇聯紅軍強行解除武裝，主人公流亡到中國東北寧安縣寧古塔。

　　當馬眼爛灼著雄糾糾的神光，巨鼻高傲的呼吸著大氣，表
演著充滿舞蹈旋律的「西班牙步」時，它昂挺長首，旁若無人，
傲然高揚兩隻鋼鐵的前蹄，先是一百八十度平角，繼而九十度直
角，終於肅然放下，合著海浪起伏式的節拍，莊嚴而徐緩的前進
著。──

　　「一、二、三、……一、二、三、……一、二、三、……」

　　莊嚴的前進著，緩緩的前進著，這時它已不是一隻四足動物，
而是一支「進行曲」，每一步如銀漿樣的打起一支音樂的浪花，
每一個動作如小喇叭（克拉裡奈特）樣吹奏起一片舞蹈的旋律，
它的姿態是那樣神聖，高傲，幾乎全宇宙都匍匐在它的鐵蹄下。

　　當它疾馳著，飛越障礙時，它傾下頭，小耳朵匕首樣向前
挺然平刺，烏亮的長馬鬃像潮水樣向後潰退，黑毯毯的尾子堅硬
筆直如鐵索，頭，耳，頸，背，尾，一溜平，成一條直線，四蹄
拳曲，成閃電形，一支箭似地直沖過去，「切」著風前進，（匕
首似地耳朵在割切著風），飛越了一座又一座的障礙。那巨偉的
身子飛入空中，禦風而行，全身的棗騮色毛燃燒起一片暗紅的火
焰，四蹄不斷電光樣烱過去，烱過去。人們只見一片片火焰在烱
過去，烱過去。這火焰烱耀著，旋舞著，膨脹著，一個火焰連結
一個火焰，馬身馳騁處，一路盡是火焰，火焰。頃刻之間，跑馬
場似乎在燃燒起來，爆發了大火災。

　　表演完畢，滿場崩裂起大雷雨似地喝采聲與掌聲。騎手拭拭
汗，跳下馬，一面溫柔的撫摸著馬鬃，一面從口袋中取出拌咖啡
用的潔白方塊糖，放在馬的高傲的嘴裡。馬咻咻的喘著氣，饞饞
的嚼著糖，眼睛裡露出得意的笑容。日積月久，馬竟產生方塊糖

的饕餮嗜好。每次表演高級馬術，為了獲得方塊糖的犒賞，它的技術分外顯得精采。那白白的甜甜的小方塊引誘起一個甜蜜的回憶。這誘惑最強烈時，即使不表演馬術，它也用長長的闊嘴掀動起他曾放過方塊糖的軍衣口袋。

馬的雄偉體格決定了馬的雄偉精力，它能挽載重八十三個普特的車子，（一普特合三十斤），抵得上三匹常馬的挽力。當它不停蹄狂馳時，連續五小時內，每小時能保持六十華里的速度，一晝夜能跑七八百里。一人半高的土牆，（約二米達），它只一縱身，就載著勇敢的騎士，極輕快的飛越過去了。

是這樣不平凡的名馬，在西伯里亞戰爭時代，他能用一千八百金盧布買來，現在每天卻為五元四十斤的燕麥發愁了。——這馬的雄偉精力的來源，是由於每天四十斤燕麥，一些未經雨淋的翠綠乾草，以及大量的食鹽，（這是他額外加添，豐富它的養料的。）

被戰爭與職業遺棄了，而養著這一直被「戰爭」的奶汁撫養大的名馬，對他不啻是最大的諷刺。

「給無前另外找一個好主子吧！」他竭力裝冷靜的想著。然而，這無情的冷靜旋即如曇花般消失，突然襲擊他的是一陣無名的傷痛，他渾身不自禁的抖顫起來。

「天啊，我的能離開無前麼？……」他苦痛的絞扭著手指，在馬槽門口來回走著。他不能忘記：無前的八歲生涯，有四分之一是消磨在他身邊。他和馬有著比大海還深的友誼。當他投入革命火焰中，馳驅於西伯利亞原野時，有好幾十次，馬和他曾共同冒著最凶烈的炮火，殘酷的向白黨猛衝過去。打擊騎兵的鐵則

是：射人先射馬，馬比人是有著更多的受著死神青睞的機會。然而，它卻從未畏葸的低過一次頭。在軍中，蘇聯哥薩克騎兵是全世界騎手崇拜線的輻輳點，當他拍著無前飛馳過去，指揮這些「騎兵之王」時，他的騎術與馬的雄姿，逼這些騎士們甘心的俯下頭。──他與他的馬並沒有辱沒了哥薩克的煌麗光輝。

這樣想著，熱烈的愛使他嫉妒任何一個另外的人做它的主人。他不能忍受任何人跨在無前的背上，就如同人不能忍受任何另外的人擁抱他的妻子。

「不，不，我絕不能放棄無前，我絕不能放棄無前！」他發狂的想著，咬著牙齒。

然而，每天四十斤燕麥！……

二

在寧古塔，他是一個雙手空空的流浪者，閑住在友人家裡，借用著友人的馬槽。一切的一切，全向友人伸手。

每天在街上遊蕩著，看牡丹江的青水向東流去，看太陽從東邊起來，又向西邊落下去，把最末的殘謝的紅光渲染到水面上。……

牡丹江水上並沒有飄浮著燕麥。

寧古塔的繁華大街上也沒有堆著無主的乾草。

三

深秋的夜。秋月睜著哀傷的大眼睛，銀色的眼波如泉水樣流瀉到地上。這是一個大月流天之夜，一個令人心跳的夜。天上星

群在顫。一片片匍匐色的雲彩在悠悠流動，空間也在流動。夜的羽翼在震顫。秋涼猶如一片新榨的石榴汁，颯爽而酸澀的四溢著。

他悄悄向馬槽走去。月光描畫出他的孤單的影子。這正是深夜，他不能睡。一股強烈的渴望，使他想看看無前。他被一個悲哀預感侵襲著，似乎意識到分別是不可免的了。

隱隱的，一陣聲音從馬槽裡傳出來：「嘩察察，嘩察察，嘩察察，」這是馬齧嚼乾草的聲音。

他的腳步還沒有踏入馬槽，那畜牲從腳步聲中，彷彿聽出主人的到來，不禁輕輕發出一陣愉快的嘶叫聲：「呼嚕嚕，呼嚕嚕，……」馬在歡迎他。

「哦，可愛的！」他輕輕在心裡喚著。快到馬槽門口，他突然停下腳步，側耳諦聽。

馬嘶叫了一陣，不見主人到來，腳步聲竟消失了，它似乎有點失望，停止了嘶叫，只默默嚼齧乾草：「嘩察察，嘩察察，嘩察察。……」

他突然出現在門口。

這意外的出現使馬吃了一驚，它停止了咀嚼，爆發了一陣感謝的狂喜，再度發歡的嘶叫起來：「呼嚕嚕，呼嚕嚕。……」

「傻東西！」

他輕輕罵著，逕自走過去，溫柔的撫摸著馬的鬃毛。

馬槽裡彌漫著濃烈的乾草芳香，像傾潑了滿地香檳酒。蒼白色的月光攀爬過木窗上的小欄杆，美麗的走進來，滿屋子都是奶白色光華。在皎明的月光中，他看清了馬的表情。由於軀幹的龐大，馬不像狗那樣活潑的表演出對主人的親愛。然而，就在這畜

牲的忠厚單純的眼色裡，他已看出一個少女在窗下接待情郎時的
溫存。它煽動烏油油的小耳朵，鬃毛潮水樣向一邊汹湧著，輕悠
悠的踢著蹄尖，一行發歡的擺著頭，昂起尾巴，盡力用柔和的眼
色瞪著他，一行咀嚼著乾草，不時輕輕嘶著，嚼草聲與嘶聲伴奏
著，投到月光裡：

「嘩察察，嘩察察，嘩察察，……呼嚕嚕，呼嚕嚕，嘩察
察，嘩察察，嘩察察。……」

網形的鐵絲「乾草簍」上，堆著用草叉子鬆散開的乾草，自
收割以後，從未給雨水淋浴過，一直保持著鮮油油的翠綠色。乾
草簍裝置在牆上，馬伸起頸子，大嘴巴正好接觸到乾草。它一束
束的拖下來，貪饞的咀嚼著，咀嚼著。……

馬的嚼草聲把他帶到遙遠的回憶裡。在西伯利亞作戰時，那
大馬槽容納著幾十匹軍馬。深夜，一切聲音全死了，只有馬嚼乾
草聲激響著，如一陣陣狂暴的雨點子急打在枯葉上，一陣比一陣
急，一陣比一陣緩，從深夜一直響到黎明，直到簍子裡的乾草耗
完了，這急雨聲才停煞住。在這急雨聲中，只要他一走到馬槽門
口，其中必有一隻馬停止咀嚼，發出歡悅的嘶聲：「呼嚕嚕，呼
嚕嚕，呼嚕嚕，……」他用電筒照過去，那正是無前。

他沉醉在這雨點樣的咀嚼聲裡。

「嘩察察，嘩察察，嘩察察，嘩察察。……」

偶然間，在月光的照耀中，他看見馬的右後腿足上那顆有鴨
蛋大的骨瘤，他又沉入回憶中。

那是一次最滑稽也最險惡的戰爭。在一個伸手不見五指的夜
裡，他們二十八騎解決了三百五十個敵人，一顆子彈打碎了他腰

上的望遠鏡，一顆子彈擦過了馬的右後腿的「飛節，」外側骨穿
破了，——痊瘉後便殖生出這樣一個骨瘤。

　　全世界乘馬兵種，還在「人馬之親愛」那頁課本中掙扎著
時，他已越過這一頁，前進到人馬靈魂之溶合。馬的血液滲雜著
他的血液。他的血液裡也滲雜著馬的血液。在戰爭中，他們的神
祕的精微的合作，比一個名管弦樂隊還協調。在那些無邊無涯的
黑夜裡，當他高舉戰刀，躍馬衝入敵陣，由敵兵身邊馳騁過去
時，雖然是在極峻急的速度中，馬與敵人所保持的距離，仍是不
遠不近的，正好讓他的戰刀直斬到對方的頭上。主人的思想與欲
念，似已注射到馬的血液裡，那星星樣一點點的智慧的靈犀的液
體，只有在情愛的最深的脈管裡，才能綿綿流動。⋯⋯

　　不知何時起，馬的嚼草聲已然停止，他從沉思中驚醒過來。
抬頭望過去，那簍子裡的乾草業已耗盡了，馬在用蹄子向地上扒
著，摟著，發出響亮的「沙沙」聲，這是它索取糧草的表示。

　　「壞東西，這麼貪吃！」他愛撫的譴責著，索性放縱感情，
到馬槽的另一個角落裡裝了一布袋約十斤的燕麥，把布袋套在馬
頸上：「傻寶貝！吃吧！儘量的吃吧！⋯⋯像這樣的餵法，也沒
有幾天了。」

　　馬不完全懂得主人的話。這意外的犒賞使它狂喜起來。它感
謝的用小耳朵磨擦著他的胸口，磨擦著，磨擦著，——這是它所
有動作中最親呢的表示。

　　他癡癡的望著馬。

　　馬也望著他。

　　一剎那間，在銀色月光的照耀中，四條視線交流成一片，人

馬的靈魂已溶成為一體，……

馬旋即埋下首，大聲在布袋子裡咀嚼燕麥，偶然抬起頭，在哀愁的月光中，它看見一滴晶瀅的滾圓的水珠從主人的眼角上旋滾下來，……

四

分離是命定的了！

穆陵縣的貧農鄭寬植，他的一個熟朋友，企圖為他解決這個難題，和他商量，把無前馬租給他過一個冬天。在這一個冬季，鄭寬植加入了一個俄國采木公司，在一個「把頭」（工頭）手裡做包工，他需要馬說明他到太馬溝嶺拖取伐木。

太馬溝嶺到處都是闊葉形的白楊森林。這些楊樹，最大的有幾十丈高的金剛身子，與幾人合抱的粗腰。由於天賦的易燃性，這些碩大的植物命定要被采木公司一段段腰斬，再售給火柴公司，支解成一根根極細的火柴棒子，而用這纖小的屍身作為燃體，供人間以光明。

沿著太馬溝嶺的山下，是波浪滾滾的穆陵河。入冬以後，河面河底，完全凍結，成為一條極滑溜寬闊的銀白色道路。

伐了木，一捆捆木段放在木撬犁上，利用冰面的滑力，從穆陵河上游趕著馬，一直拖到下游車站上才卸下。這些馬為了拖撬犁跑冰層，足上都戴著「疙瘩掌」，這是一種俄國式的冬日走冰層的馬蹄鐵，鐵上嵌以三角釘，前面一個，左右兩個，成「一八」形，猶如犬牙交錯的三個鋸齒，這樣才能「巴」鐵蹄子，而不致滑跌。

　　想像著那遙遠的白皚皚的冰層，他不禁打了一個寒噤：「我的無前從沒有拉過撬犁呵！」

　　然而——

　　半由於對這個貧農的憐憫，半由於生活的鞭撻，他終於應允了。

　　「馬，你儘管借了用，無須出租錢。我窮雖窮，並不希罕這個！……我借馬給你，毫無條件，只有一個條件：你每天得把它餵飽，千萬別叫它掉驃！……這不是平常馬，它的來歷你知道，……嗯，它一匹能抵三匹，一天給你賺個二十來元，不算難事，可就少不了四十斤燕麥。……」

　　「哪裡，哪裡，你多幫忙，多照應，一天就餵個十塊八塊錢的麥子，我全能承擔。你莫愁，盡有它吃的，盡有它吃的！……」

五

　　無前去了。那高大的順從的棗騮色的影子，從他眼裡消失了。那深夜的急雨樣的嚼草聲，也從他耳裡消失了。他的生活裡留下一個不可彌補的空闕。他的慣於操縱韁繩的雙手，有時是說不出閒空難耐。他的慣作騎馬勢的兩腿似乎逐漸變得軟弱起來。他被戰爭遺棄了，也被他的馬遺棄了。深夜獨自在馬槽門口徘徊時，他不禁深深的，深深的，懷念起無前。……

　　遐想著太馬溝嶺的搖顫著雪海的白楊林，穆陵河的冰層一溜白，一望無垠。……

　　在「喔喔」雞鳴聲的繚繞縈迴中，工人們浴著黎明的曙光，趕馬到太馬溝嶺，把伐下的一端鑿成方眼的白楊木柱子，搬到撬

犁上，用繩子穿過方眼，系在撬犁的兩根木樁上。再用樁上的繩子，系住馬頸上的「套頸」，「達，達，達，達，……」一面麼喝，一面舉起鞭子，趕著馬由冰層溜下去。山嶺中與冰河上滿布著一千多工人，穆陵河畔旋舞起一片伐木聲，呼喚聲，吆喝聲，人語聲，嘈雜聲，……。這些神祕的聲音揉混在一起，猶如那伏爾加河初化冰時放木筏下水的船夫聲。

那些半船形的木撬犁，在北歐的雪地與冰層上，原是狗拖的，現在加在馬的後面，同樣表現出人對動物的奴役。那圓環形的皮「套頸」加在馬頸上，如木枷卡著罪犯，損毀了馬的尊嚴，傷害了馬的心靈。在「套頸」的奴隸下，馬直是上了十字架，連靈魂也給釘死了。……

那些單調的苦役的日子，單調的雪，單調的白楊林，單調的冰層，單調的鄭寬植的農民臉——這一切無前能忍嗎？

在那些皮鞭下，搖顫著無前的受屈辱的影子（他是從未用鞭子侮辱過無前的）。……

他不能再想下去了。他全身筋肉被絞扭似地痛楚起來。他開始有點後悔了。

在悔恨中，寧古塔的冬季的灰色影子逐漸淡下去，淡下去。……

隨著季節轉變與烈日的烘曬，山上的積雪逐漸溶化成雪水，分散成千萬條水流，小瀑布樣奔流下來。河裡的冰層，在暖煦煦的春風中，也紓解了透明的凍結的身子，輕輕的曼妙的褪去了一層層的白色冰衣，就像舞女跳蟬翼舞時一層層褪去白色蟬紗似地。

開春的穆陵河的冰層上，氾濫著雪水與冰的溶液，馬無法涉水前進，撬犁也溜不下去，河畔勞動吼聲在慢慢低沉下去。……

翌年二月中旬，鄭寬植通知他：無前可以回來了。

六

這是一個陰殺殺的日子，一個黑色的日子。

沒有太陽的寧古塔郊野比沙漠還荒涼。到處是累累的荒塚，成百成千的死墳小金字塔樣屹立著。墳壘叢中，朝南一面的積雪業已溶化，泥土是濕漉漉的，朝北的一面還鋪著片片塊塊的殘雪。在陰沉沉的天空下，這些雪堆子發出憂鬱的蒼白色。

初春的寧古塔郊野，沒有江南黃鸝的婉孿啼囀，沒有繽紛飛舞的群鶯，只有成百成千的灰毛長尾的「林鵲」在低飛，離地不過一丈，它們毫不怕人，昂著紅頭，用黑嘴「呱，呱，呱，」的亂叫著，聲音是粗糙而悲憤的。一兩隻褐鷹不時由空中孤寂的掠過。

遠近的寧古塔的山巒是一些複雜而奇妙的組合，一座座盤踞著，重重疊疊的，並不高，數目卻異常多，看來好像千軍萬馬似地。山頭山腳，到處是「玻璃殼子」，這是一種闊葉樹，夏天青，冬天紅，現在為寒氣所包圍，烔耀著赭紅色，葉子如一片片寬大的手掌。

遠處是一些大屯子，紅紅點點的。近處有一二家獨莊子，是一些大地主的「邸第」，莊子四圍是泥土修的炮臺，擔任碉堡式的防禦。從長方式的「炮眼」裡，伸探出「抬捍」，這是一些從管口裝藥的十八世紀的土炮。在「抬捍」的捍口上，高吊著紅手

巾，是預祝打匪勝利的標誌。在陰沉的日子裡，這些寂寞的「抬
捍」，與血紅的手巾，透映出無限的淒涼。

山田坦蕩蕩橫陳著，黏著潮濕的冰凍。白色冰塊化凍處，田
的褐色肌肉裸靈出銅錢樣的一塊塊的。地上的黑土噴散出沉悶的
土味，向陽地帶有小草的綠身子從地層中鑽出來，山陰面只是蔓
長的荒草，一溜又一溜的鋪開去，鋪開去。

中午時分，一個帶皮帽著黑大衣的漢子出現在墳塚中。他的
濃黑的眉宇間透露出抑制不住的激動，他的臉色是歡悅的，與頭
頂上的天空及四周的荒涼景物正相反。他在墳堆上蹲了一會，又
亢奮的站起來，走動著，走動著，一回兒又蹲下去，不久又站起
來。……

陰天的雲層也有一種陰沉的亮光，這光在中午最明亮。中
午過去，這陰沉的亮光愈益陰沉下去，那毛茸茸的光似乎在收縮
著，收縮著。……

這漢子看看天色，從身上取出火車表，自言自語著：

「快兩點了，無前怎麼還不來呢？……成一笑說是準中午來
呵！……」

他記得很清楚，昨天成一笑從六十里外一個車站上打電話
來，說無前今天中午可回到寧古塔。成一笑不是一個荒唐人，在
路上該不會有什麼耽擱。

一個星期前，當他接到鄭寬植的通知信後，就立刻央成一笑
幫他到穆陵縣把無前接回來。在他的勞工朋友中，成一笑是一位
樂天派，正像他的名字一樣。他從不知道眼淚與悲愁，似乎全世
界的幸福都藏集在他的肚皮裡。不過，昨天，這樂觀漢子在電話

裡的聲音，似乎有點淒楚，但也並沒有說什麼，只是寥寥數語，告訴他無前回來的時間。

一個不安的感覺包圍著他，他想起馬的旅程。

穆陵縣距寧古塔不過二百四十里，今天卻已是無前啟程後的第六天了。

「二百四十里路，為什麼要走六天呢？」他納悶著，回憶起無前過去一小時六十里的紀錄。按著他的估計，無論如何，中午也可到達了。「該不會有什麼吧！……鄭寬植的來信上，還誇獎馬的精力哪！」

他焦燥的徘徊著，徘徊著，……

「許是路上耽擱了。」他憂切的懷念著：「然而是怎樣的一種耽擱呢？」

絞榨出各式各樣的推測與想像，他尋不出馬在路上耽擱的理由。

他的眼睛落在荒塚上。那些孤淒的墳尖子給他以不快的預感。墳塚中，有的是新修的土，頂子堆得尖尖的，墳頭上還殘剩著錫箔與紙錢的乳白色的灰燼，長眠在地下的大約是一個新離開世界的靈魂。有的年久失修，坍塌下去，只剩一個平平的土砬子。有的則頹圮得不留一絲痕跡，只有深埋在草中的墳前灰白石碑昭示出曾有一個屍體在這下面腐爛過。荒碑一座座崢嶸的屹立著，固執的屹立著，渾身是冷冷的，有著深不測可的陰鬱與傲氣。碑上的字跡，當年雖由石工一鐘鐘一鑿鑿雕琢下來，而今受風霜雨雪的剝蝕與沙塵的擊打，凹陷的鑿痕已積了一層層的灰土與污垢，「皇清孺人先妣趙太夫人……」一類字樣已有點模糊。

有的碑完全被荒草湮沒，用足踢，才知道那是一片石頭。墳墓四周，兀立著枯禿的白楊與榆樹，地上躺著枯死的白楊葉與榆葉，這全是一些脆弱的殘片。

墳塚中的凋殘荒涼的姿色，燜灼著可布的死的顫慄，他看著看著，視線抖顫起來。

轉過頭，他向路上望過去。在這陰沉的日子裡，路上行人極稀少，路是寂寞的迂回著，向遠方伸展過去。在路的土層上，雕刻著大轆轤車的車轍，一道一道的深深陷下去，似在張開凹陷的絕望的眼睛望著他。

望著這些車轍，他不禁想起那些大轆轤車子。當車輪子陷在轍裡時，馬是怎樣可憐的掙扎著！趕車的舞著長鞭子，鞭子在空中畫出一個又一個的大圓圈子，嘴裡呼嚕著：「達，達，達，達，……」

「唉，無前怎麼還不來呢？」

天色逐漸暗下去，他有點焦灼了。他無可奈何的燃起一支煙捲，拼命吸著，又拼命向天空噴去。一股強烈的欲望支配著他，他熱切的希望煙篆向天空直沖上去，然而，令他出於意外的，那煙篆竟一直往地下鑽。氣壓是可怕的低，要落春雪的天氣。天上的陰雲抹著煤煙色，沉甸甸的向下墜，要落下來似地。曠野的風吹過來，拂過去，從他嘴裡噴出來的藍色煙圈子全給打散了。

他吸完一支煙又一支煙，一口口用全力吸進，又全力噴出去，想藉著煙篆的上升，使心頭的愁苦也冉冉飄散，然而，連這一點點的欲望都不能被滿足。他的失望的眼睛費力的向遠方望過去。

路上什麼也沒有。遠方始終沒有馬出現。

「唉，我的好無前，你為什麼還不來呢？你知道你的老主人在怎樣熱烈的渴念你哪！……」

他神經質的獨語著。他是在對墳墓說話，對石碑說話，對白楊樹說話。

黃昏黯然來了。郊野愈益顯得可怖的黯慘而陰鬱。在黃昏中，芝麻田裡割剩下來的光杆子，如一個個侏儒，在風中搖顫著身子。墳地白楊與榆樹下面的死葉似在風中啜泣著。隨著天色的陰暗，風把荒草也鞭打得更殘酷了。

他身上的煙捲全抽盡了，路上還沒有馬影子出現。

說不盡的煩惱。說不盡的焦燥。他突然對遠方狂喊著：

「無前，無前，你在那裡？你在那裡？你在那裡？……」

沒有回應。沒有反響。

在失望中，一剎那間，無前的雄邁的高傲的姿影又在他的記憶中復活了。而那過去的生死一幕如一幅大油畫樣站在他面前。……

那是在一場最激烈的戰鬥後，他頭部受傷，腫得像笆斗大。在木炭色的夜裡，他帶傷領著一營騎兵，以急行軍向一個新地轉移，在一座幾十丈高的削壁邊沿上，五百多騎疾馳著，疾馳著，疾馳著。……

突然——

「崩察——」一個尖銳的聲音急響起來。

無前滑了前蹄，一足踏空削壁，沿著壁面直滾下去，直滾下去。……

五百多騎立刻混亂起來。

削壁有七十多度的急傾斜，遠遠看去，與平地幾成直角。無前滾下去，滾下去，它的最高智慧逼它死摟住壁面的黃土層，它死扒著，死摟著，死抓著，又一節節滾下去，滾下去。

受傷的騎手已忘去一切苦痛，石像樣直坐在馬上，一動也不動，兩腿拼命往內夾，似要把馬的勒條骨夾斷。……

黑魆魆的夜饕餮的吞噬了一切。

離地約三丈時，馬終於支持不住了，作出將要滑失前蹄把一切付諸命運的表示。就在領會死亡將到來的前一秒鐘，騎手突然閃電式一挺腰，向馬臀部疾倒下去，把重心移向馬後身，雙手用全力急拖住轡繩，盡全力向上高舉著，高舉著，……，這一「扶助」動作，剎那間給馬以狂風暴雨式的敏悟，它拼出最後危險，孤注一擲，縱身一躍，向地上跳去，竟落在一片平坦地上——人馬無恙。

是這樣偉大勇敢的無前！它把他從死神懷抱裡搶過來，他怎能忘記它？他怎能忘記它？

特別是無前表演「西班牙步」時的傲態，它那超人的雄壯姿勢。——

突然，像被擊了一鐵錘，他從回憶中驚醒了。

遠方出現了兩條黑色姿影。

這姿影越來越近，越來越近。……

「啊！無前！」

他從靈魂裡認識出：這是無前，這就是在千萬人中表演過高級馬術贏得采聲如雷的無前！這就是壓倒一切馬的無前！這就是

載他參加過幾十次戰鬥的無前！這就是載他馳騁在西伯利亞的無前！這就是能飛越二米達高牆日行七八百里的無前！這就是永遠保有最雄偉最冷峻的姿態的無前！

他的血液急速的旋轉著，他的心「東東」跳，他渾身愉快的抖顫著，臉上沖了血。大歡喜如千萬條冰河的解凍，在他身上無限制的溶解著，溶解著。……

「啊，無前來了，」他大聲喊著，興奮的跑過去。

是的，無前來了！

無前來了！

無前由那遠遠的莊子裡來了！

無前由那排白楊樹下面來了！

無前由那芝麻田的旁邊來了！

無前走過那株老榆樹了，走過那株枯禿柳樹了。

無前走過第一座墓塚了。

啊，無前無前，你怎不快走？怎不快走？

啊，我的心為什麼跳得怎樣快？我的眼睛為什麼模糊了？快睜大些呀！睜開些呀！好看清無前啊！

啊，天是這樣暗，這樣陰，快給我光，給我亮！

啊，你蒼天！你大地！快給我光，快給我亮！再光些亮些，我好看清楚我的無前啊！我必需看清我的無前啊！

無前在走過第七個墳塚了！無前在走過第八個墳塚了！無前在走過第九個墳塚，第十個墳塚了。……

馬終於被成一笑牽過來。

在大歡喜中，他終於看見他的無前了。

馬朵立著，全身肥甸甸的肉已被撬犁吸幹。那圓圓臀部，瘦成兩塊有角的四方形，猶如兩塊嶙峋的山岩。馬的肌肉在乾癟下去，一條條肋骨，鐮刀樣凸顯出來，全身只剩下一付骨頭架子，比僵屍與骷髏還可怕。當年光滑如鏡的棗騮色馬毛，現在是說不盡的乾癟，枯萎，縐折，發出死暗的苦黃色，像一條害過惡瘡的癩皮狗。馬的兩隻大眼睛，當年曾是無限的挺拔與驕傲，現在卻深深凹陷下去，凹陷下去，充滿了頹唐，可憐，像兩口吸幹泉水的被遺棄的枯井。那短短的小耳朵，當年精力健旺時，經常是機警的緊貼在一起，現在是頹廢的遲鈍的鬆散開了。那長長的馬首，當年慣是昂然高舉，目空一切的，現在卻悲哀的卑怯的低垂到地上，深深的，深深的，低垂下去，似乎羞見老主人，要把整個腦袋都埋到泥土裡，埋下去，永遠埋下去，不再抬起來。……

黃昏愈益陰黯而悲慘，天似乎在用雲彩的黑手急掩住自己的眼睛，發誓不再看地上的一切。白揚與榆樹的光禿枒椏，在絕望的伸起手臂向天呼籲。曠野的風在嚎哭，荒草與死葉在傷心的哭泣。……

悲哀如暴雨樣急打著他。他瘋狂的緊抱住馬頸子，昏厥過去了。

七

當他滿面淚水醒來時，從來樂觀的成一笑哭著道：

「唉，真慘哪！……想當年，你是怎樣疼無前來著！你為了這匹馬，費了多大心血！操了多大心思？你是愛馬勝人，你對你好朋友也沒有這麼疼過！……你用綢手絹給無前拭鼻涕口沫，

你餵它糖吃，你夜裡常不睡覺去看它，它身上有一點髒漬，你就把馬夫打個稀爛，——這一切，我全記得，我全記得。……唉！唉！你當初是怎麼疼無前來著！……可憐我到鄭寬植家裡，一進馬槽，眼淚就簌簌落！……大冬天的，鄭寬植這小子，一天趕馬跑四趟穆陵河，平常馬只能跑兩個來回，二百四十里，兩趟拉人，兩趟拉木頭，一撬木頭有兩千多斤！……開春冰化了，鄭寬植沒工作，餵不起馬，就有一頓沒一頓的糟塌。是怎樣少的馬料呵！……無前餓了七八天了！……二百四十里路，直走了六天，可憐無前哪走得動呵！我先還騎著走，走著走著，看它那搖搖幌幌的乏勁兒，我實在不忍心了，就牽著它走。過太馬溝嶺，爬那大山頭，可憐它倒下去四次，躺在地上直喘氣，就要死過去似地。在地上躺了好久，我扶著它，這才勉強掙扎著爬起來，一天活挨著走個四十里，哪走得動呵！……今天中午本就該到寧古塔，一路上死拖硬挨的，可憐直走到現在！……唉，唉，慘哪！年頭不是年頭，畜牲跟人一樣，也受盡欺負！……唉！唉！也怨不得鄭寬植，他也是為生活所逼，為生活所逼，不得已呵！……」

八

他已記不清把馬牽回去的那一夜，是怎樣過去的。

那是一個瘋狂的夜，說不盡的悲哀與傷痛！

他典當了所有的衣服，買了二百斤燕麥，大量的乾草與鹽。不斷的餵飼著馬，一口口的餵飼，不斷的撫摸著。……

無限的餵飼，無限的撫摸，……，他忘記了一切。

　　一星期後，馬稍稍上了驃，他賣給一個富裕的商人，一個愛馬的商人。……與馬離別的那一幕，他更不忍再回憶了。

九

　　就在賣去馬的當天下午，他狂飲了大量的酒。天黑了，他醉醺醺的撞進寧古塔一家戲院裡，連他自己也不知道是在做什麼。

　　他也沒有看戲目，就昏頭昏腦的歪坐在長椅上。雜在千萬蜜蜂亂舞似地「嗡嗡」人聲中，他什麼也不看，徑閉上眼睛，昏天黑地的想著，腦海如暴風雨驃襲下的大海，千千萬萬波濤亂滾著，亂奔著，一波波的洶湧著，洶湧著。……

　　突然，「哐哐哐……」一陣鑼聲亂響著，使他從沉思中驚醒過來。

　　他睜開眼睛。

　　隨著鑼鼓聲，絳紅的幕布流水樣向兩邊分展開去。臺上的佈景是一片蕭條的客店。

　　鑼鼓聲停了，胡琴聲響起來，是「慢三眼」。琴音異常淒涼憂鬱。音樂聲溪水樣流蕩在鬧騰騰的燥熱的空氣裡，又顫顫的向四周浮動著，繚繞著。

　　隨著憂鬱的琴聲，一個黑袍黑紗球的中年漢子，出現在他的眼簾裡。這漢子臉上充滿頹唐與憂傷。當「過門」奏畢時，漢子抹了抹顎下的篷篷鬍鬚，猛一抬頭，憂傷的唱著：

　　「店……主……東……帶……過……了……黃……驃……馬……」

　　這正是秦瓊賣馬。

他猛然跳起來。

「嘩——察！」一個茶杯給他砸在地上。

「嘩——察！」一個茶壺也給他砸碎了。

瘋也似地，他拿起手邊所能拿起的茶杯茶壺，向地上狂砸著。附近茶杯茶壺砸完了，索性一腳踢翻椅子，掀翻放茶壺的長檯子，懷著無限仇恨，他用腳踩折椅子，把折碎的椅子向人叢中拋過去。

他附近的看客先還發楞，旋即發一聲喊，恐怖的躲開，喊著，叫著，一時滿院大亂，擠成一團，臺上的戲停演了。群眾如無頭蒼蠅似地亂碰亂撞，喊著鬧著。

「瘋子來了！瘋子來了！……」

他索性把一隻隻椅子向群眾頭上拋了過去，不斷把茶壺擲過去，拋過去。

「啊，瘋子！瘋子！瘋子！……」

他終於被幾個力氣大的漢子抱住了。他雙手被反剪，再也不能掙扎，只能狂喊著道：

「欺負人呵！欺負人呵！……這不成世界了！這不成世界了！……呵，欺負人哪！……唉，唉，這還成世界嗎？唉，唉！這……」

（一九四一年十二月抄）

作者附記：這是一個未完成的長篇斷片。

韓國的憂鬱*

　　每見到這位韓國青年時，我們並沒有談過太多的話，——他是一個沉默的人。他現在坐在碉堡旁邊的岩石上面，眺望著遠處的藍色霧帶，兩隻大而黑的眼睛裡充滿了憂鬱的幻想，這是殘夏一個黃昏，晚風波浪似地起伏著，田野裡發散出富有撩撥性的稻香。天是藍的。在這位韓國青年的後面，是幾椽樸質而不缺少靈魂的茅屋，充分表現出未來派的作風，我之和這們青年相識，是由這幾椽茅屋介紹的。茅屋的主人是韓國革命黨領袖金□[1]，湊巧有兩個富餘的屋子，我們有一個時期頗想租下來，雖未如願，但卻認識了這位青年，他是金□的親戚，不用說，也是革命黨的一員。我們的寓所很接近，晚飯後散步皆可照面，自不缺少閒談的機會。

　　他總常穿一套草綠色童子軍服，身體異常結實，但臉上總流露出一縷神祕的哀怨，夾雜著幾分憨氣，這種憨氣唯有在文化落後的人民的臉上才能邂逅到。

　　「在想祖國？」我走近他的身邊。我們的會談往往是不遵循

---

*　本篇載香港《大公報・文藝》第707期，1939年9月25日，署名 "卜甯"。這篇速寫式的作品是作者首次描寫韓國人的短篇小說，表現了作者對流亡中國的韓國革命者的崇敬之情。鑒於該作一直埋沒，無人道及，特附錄於此，以備查閱。

[1]　這裏的金□當指韓國臨時政府領導人金九。方空格□係原文。

常軌的。

「是的，在思念漢城。在這個時候，漢城街上的綠色樹下，該有人坐著喝茶了。但韓國也是這麼亡掉的。」他站起來，眼圈有點紅，他曾在北平住過十年，是□□大學的肄業生，北平話說得很流利。

我們並肩在山徑上散步，我歡喜閉上嘴巴，靜聽他的獨語，像聽一個名小提琴家獨奏一支憂鬱而美麗的曲子；他的詞句含有濃厚的憂鬱美，他是政治系的學生，但暇時很愛讀詩。然而他的話並不太多，他隨時可以沉默。

我們談了一些瑣事，他突然問我：「你認為亡國奴的臉上烙印著特殊的符號嗎？」聲調是憂鬱的。

我稍稍有點迷惑，但隨即歪扭本意，提出一個否定的答覆。──我不願增加一個沒有國家的人的憂鬱。

「謝謝你！但是許多中國人都說我臉上籠罩著一層令人難耐的陰鬱，像一片從未經陽光照射過的江南潮退地。我自己也覺心中總浮有一片陰影，在中國僑居十多年了，這陰影仍沒有褪去。我的物質生活並不算壞，但精神上總不能快樂。我有時也在人面前笑，然而只有我自己知道這□給我內心的懲罰是多麼大！……」他的眼睛轉過去凝視遠山，我看到兩顆淚珠在他的頰上緩緩滾動。

「痛感到國家的失去？我覺得你是太傷感了。我們應該從好的方面去想。」我吐出自己所不要聽的話。

「是的，往好的方面去想。所以我想換一個生活，在最短時間。這兒的環境是太安靜了，不是我這麼一種人所能久住的。」

　　他的臉上似乎微微顯出煩躁：因為多說了幾句話，我不再開口，任他的話語自生自滅。

　　「我想到□□[2]軍做政治工作，那兒有朝鮮義勇軍。我在鄉間頗愛漁獵，□□□。[3]——可是，韓國民族性是太柔弱了。就拿我說吧：你看我身上的憂鬱情調是多麼濃厚，像一個流亡的革命徒嗎？——我很羨慕你們中國人的英勇！」

　　「中國人也有柔弱的，像我就是。但時間是可以療治柔弱的。韓國的前途仍是不可限量。」

　　「是的，我想借炮火的聲色來療治我的柔弱。我在這兒所見的只綠色山國，綠色草，綠色草，綠色水，藍色一，藍色霧，……雖然每天我在不間歇的工作，但我的憂鬱是日益濃厚了。——今天我的話似乎說得太多，但我們以後恐怕難得有機緣談話了，除非將來有一新的「緣」。明天我要過去，準備一切，兩三星期以後，我或許要立在黃河岸邊了。

　　我們在一座石墓面前停住足步，墓周是離離的青草，他的憂鬱深深的傳染給我，以後沒有說什麼，在臨別時，我們緊緊握了一次手，我祝他前途一帆風順，在漁獵方面能有美滿的收穫，他臉上浮起一朵笑，是憂鬱的笑。落日光撒滿山隈如一張暗紅色的漁網，憂鬱的網。

---

[2]　此處方空格□照錄原報，非本書編者所加。

[3]　此處所有方空格□均照錄原報，非本書編者所加。

　　此後我沒有再見到他，他的夫人以及岳丈等仍靜靜住在那椽茅屋下面。他的岳丈是個非常古怪的老人，叔本華「憎女論」的實踐者我們先前接洽租兩間餘屋所以未成就，因為我們當中有一位朋友攜妻同住，而這位老人不願與陌生的婦人作鄰居。他年輕時或許曾在女人面前栽過很大的筋斗吧！我想。但我的同情止不住向他們流注，他們臉上皆有一種共同的特徵，憂鬱與憨氣。上面那位青年的夫人年紀很青，愛穿白地黑方格子的旗袍，當我第一次見到了她時，禁不住有點驚異；似乎在一列金黃色的蜀柑中發見一隻美國種的柑子，我只覺得略略與眾不同，但又說不出為何不同，待知道總是箕子的後人時，才瞭解這「不同」應解釋為異國情調。她著一襲白地黑方格子的袍子，提一桶水在綠色田徑上小跑著時，使我聯想起一隻鑲黑花的白色蝴蝶；憂鬱的蝴蝶。我和她以及那古怪的老人沒有交談過，他們似乎在躲避著陌生的人。

　　一個多月以後，是秋天的黃昏，我在一座座石墓之間徘徊著，聽偶然間，我見到那只鑲黑花的蝴蝶，憩在一座石墓前的石碣上。她的左臂上有一圈黑紗，眼睛紅腫著，臉上的憂鬱是更深了。當我經過她時，經過一番躊躇後，終於大著膽詢問她的丈夫的消息。她的眼睛閃爍著淚光，輕輕道：

　　「……他已經陣亡了，在山西一個小縣裡，我們前天接得電報……」她止不住垂首嗚咽了，黑髮如水行藻似地散漫開來，一滴滴清淚輕輕落在石板上為露珠，悲哀像噴泉，不斷沖洗著她。

　　我想不出適當的話來安慰她，乃默默走開，在我眼前似乎浮起一個幻景；充滿了憂鬱的大而黑的眼睛，流瀉神祕的哀怨與憨氣的面龐。只是，執傲的鬥爭在原野上。

後記　關於《荒漠里的人》文本的整理

　　《荒漠里的人》是一部文學作品，也是一份歷史文獻，編輯整理的基本態度是尊重原貌，保留原貌。「保留原貌」關鍵是保留住原作文字體現的內容原貌，不刪，不減，不增，不改。這一點是做到了的。在卷首的《編輯說明》中，我已經對文本整理的基本原則和具體問題的處置，作了詳細交待，之所以還要在這裡贅言，是想訴說一下整理這部書的簡略過程和些許感受，既聊以自慰，也告白於人。

　　整理《荒漠里的人》完全是一件「計畫外」、「意料外」的工作。我只是無名氏作品的一個讀者，從來就不是論者。一個偶然的原因和機會，我和我的韓國學生金宰旭去尋找而且居然找到了貴陽《中央日報》上《荒漠里的人》的連載文本。看報載日期，這部作品開始連載時，我只是個滿月不久的嬰兒。不曾想到，在年屆古稀之時竟然花力氣去找它，並且找到了它，看到了它。有這樣的因緣，我自然以先睹為快，立即通讀。可是這「通讀」難通難讀，磕磕絆絆，原因是文字到處有「攔路虎」當道，有的一行字要看三五遍，有的整篇無法卒讀。讀得既辛苦又吃力，既窩火又無奈，至於宰旭簡直就像是「上山打虎」了。我深感要讓今天的讀者和研究者把這部作品順利讀下去，首要的事便

是整理文本，掃清文字障礙。在學界處處呼喊「創新」、人人勇於「創新」的當下，我問自己：做這件墨守成規、保留原貌的事，「無所創造，了無新意」，有必要嗎？若做，必然費心費力，孜孜矻矻去做了，還未必「有好果子吃」。罷手吧。轉念一想，有益學術進展之事便該做，有益學術根基之事更該做，需要討「好果子」嗎？因此，欲罷不能之心，時時令我蠢蠢欲動。正好我所在單位表示可以支持這項整理工作，於是我這個無名氏的普通讀者便下決心去做這件笨事了。

我所據的母本是報載縮微膠片。就我看到的膠片情況說，粗粗一看，絕大部分版面文字清楚或大體清楚，但細細讀來，其間或有少數字空白、發黑、殘缺，或半行一行模糊；還有約十分之一版面因正反面文字相透，整期文字一片模糊。

抗戰期間的報刊書籍，限於物質條件，使用的新聞紙或土紙質地都差。相比而言，新聞紙平整光滑，印刷品質較好，文字較清楚，但這種紙易破碎，如今已不堪翻閱。土紙的優點是韌性較大，至今翻閱不會破碎，但張紙較粗造且各張厚薄不一，同一張紙各處厚薄也不勻，這就造成如下情況：同一天報紙的同一版，這一份紙薄一點，正反面文字滲透，交叉重疊，亂成一團；另一份紙厚一點，則不滲不透，尚可辨認。同一版因紙張各處厚薄不勻，文字有的墨色濃，有的墨色淡；濃處的字成黑團，淡處的字則呈缺損或空白狀。

貴陽《中央日報》是用黃土紙印刷的。我偶然發現縮微件某期多有文字不清，而同期紙質本卻通篇文字清晰或較清晰。為了辨識更多的文字，我決心全力去尋覓原報紙質本，以作校核。尋

紙質本何其難也。費盡心力，通過各種途徑，總算尋找到三種原報紙質本（可惜都只有部分），對照膠片校讎。比如，在某檔案館尋到一九四二年七至十二月合訂本，一九四三年一至六月合訂本，兩本合訂本的篇幅，不足原報的五分之一。但在這兩本合訂本中，竟然有縮微件所缺五期之一的第七三期，算是大收穫。另二種原報紙質本也在文字校正中發揮了作用。世間的事情真是禍福相依，翻閱民國舊報亦然。因為該報是土紙印刷的，藏家才同意我小心翼翼輕輕翻閱原報，否則只能「望報興嘆」。

我雖竭盡全力，這個整理本仍留下兩大遺憾。

遺憾之一是有四期文字闕如，影響閱讀和解析。這是最大的遺憾。

小說正文共刊出一四八期，其中一四七期刊在《前路》副刊（連載小說的《前路》，其中一三九期版面在第四版，八期在第五版），一期刊在第五版《今日談》副刊；刊載在第五版《前路》的是第十五期（一九四二年九月二十四日），第十九期、第二十期（一九四二年十月三、五日），第二三期（一九四二年十月十一或二十五日），第二四期（一九四二年十月十二日），第三二期（一九四二年十一月一日），第三六期（一九四二年十一月十二日），第四二期（一九四二年十一月十九日）；刊載在第五版《今日談》的是第五一期（一九四三年一月二日）。

以上九期中，闕佚的有五期。因當日原報全無而缺的有一期：第七三期（第三章第四節，一九四三年二月二十五日）；當日原報無第五、六版而缺的有四期：第十五期（第一章第三節，一九四二年九月二十四日），第十九期、第二十期（第一章第四

節，當是一九四二年十月三、四、五日中的二天，第一章第五
節（第二三期，當是一九四二年十月十一日、二十四日中的一
天）。萬幸的是，第七三期（第三章第四節，一九四三年二月二
十五日）在其他地方的紙質報紙上找到（刊載在第四版），得以
補上。第十五、十九、二十、二三這四期則始終沒有找到，而這
四期都刊載在第五版上。

　　據看到的刊載在第五版的段落，都在七百五六十字，如以此
為據設最大量，所缺四期共約三千字。也就是說，現在沒有看到
的已載文字最多三千字。

　　鑒於所缺全都是刊在第五版的段落，這就需要交代一下該
報第五、六版多失缺的原因。該報每日一大張四版，有時增加兩
版，即第五六版。第一至四版為對開一大張，第五、六版則是八
開一小張。凡有增版，會在報頭下刊一小告示：

　　　　讀者鑒　本日臨時增加一小張隨報附送不另取資如有遺漏
　　　　請向送報人取閱　此啟。[1]

　　該報每份零售價六角，廣告費計費如下：

　　　　報名下高十八字寬十八字每日刊費一百六十元；長行四寸
　　　　起起碼每寸每日刊費十五元（指定地位加半倍）；分類小

---

[1]　這個告示最初為：「本報臨時增刊一小張　隨報附送　敬希讀者注意」。
　　「一小張」有時作「半張」，「讀者注意」有時作「注意是幸」，文字比較
　　隨意，一九四二年九月以後按正文中引用的規範刊登。

　　廣告四十四字以內每日十五元，六十九字以內每日二十二元五角，九十四字以內每日三十元（字體以新五號字計算）。

　　增加第五、六版時，原第四版整版刊登廣告（無增版時廣告為半版），這樣就有一版半廣告，廣告收入可提高一倍半，報社當然樂而為之。

　　我揣度，第五、六版多失缺的原因在於，這兩版開本只有正版一版的一半，頁面大小不一，不便保存，這是原因之一。內容五版為副刊《前路》、《今日談》等，六版為廣告，單張廣告也容易讓閱者帶走或丟棄，這是原因之二。

　　遺憾之二是全書仍有少量分散在各章節的文字未能辨認，留下了空白。

　　經過多種辦法，解決了大多數空白字、黑團字、嚴重殘損文字的辨認，但仍有一些字實在難以確認，還需辨識。我根據上下文和作者的用語習慣，參考殘存字形，對其中一些字作出了推斷。剩下少量空白字、黑團字，實在不敢臆猜妄斷，只好留空。我推斷確認的文字是否準確，有待方家高人指點。至於未辨識文字和空缺段落的彌補，我許願：俟諸異日，但願能有與我一樣「傻」的後學者出頭露面，匡正文字誤斷，補足段落空缺。果如此，阿彌陀佛！善哉！

　　卜甯（無名氏）先生二〇〇二年離世，迄今已逾十二載。他的各種創作在臺灣、香港和大陸新版再版，不可勝計，而《荒

漠里的人》成了七十年間未能成書出版且鮮為人所知所見的唯一
一部長篇創作。不論對於作者本人來說，還是對於中國現代文學
來說，這都不能不是一件極大的憾事。我不惜時間和精力孜孜矻
矻發掘整理這部作品，使之披露，目的只有一個：讓更多讀者和
研究者一睹此作，以彰顯無名氏的文學貢獻，為現代文學研究提
供一份新的重要史料。為整理這本書，我奔走於北京、上海、重
慶、南京、貴陽等地，耗時一年，費盡苦心，花費不菲。這件工
作既無寸「名」可求，也無點「利」可圖，要說實實在在的收
穫，那就是「勞累」二字。整理既畢，為妥善出版，我多次求教
于大陸與無名氏曾有交往的學者，出版社亦在台設法輾轉作相關
聯繫，但均未有結果。在我來說，只是為還原文學歷史事實、為
實現學界期待和延續相關學術研究，懷學術良知自願挺身而出，
竭盡搬磚運瓦的辛勞。如此而已，雜念和「風險」就拋開吧！為
文學勞碌一生的卜甯先生九泉之下有知，當會諒解並頷首微笑吧。

李存光

二〇一四年八月五日作，十二月五日改定

於京東無米齋

釀小說07　PG1212

 荒漠里的人
　　──無名氏長篇小說

作　　者　無名氏
編　　注　李存光
責任編輯　蔡曉雯
圖文排版　楊家齊
封面設計　蔡瑋筠

出版策劃　釀出版
製作發行　秀威資訊科技股份有限公司
　　　　　114 台北市內湖區瑞光路76巷65號1樓
　　　　　電話：+886-2-2796-3638　傳真：+886-2-2796-1377
　　　　　服務信箱：service@showwe.com.tw
　　　　　http://www.showwe.com.tw
郵政劃撥　19563868　戶名：秀威資訊科技股份有限公司
展售門市　國家書店【松江門市】
　　　　　104 台北市中山區松江路209號1樓
　　　　　電話：+886-2-2518-0207　傳真：+886-2-2518-0778
網路訂購　秀威網路書店：http://www.bodbooks.com.tw
　　　　　國家網路書店：http://www.govbooks.com.tw
法律顧問　毛國樑　律師
總 經 銷　聯合發行股份有限公司
　　　　　231新北市新店區寶橋路235巷6弄6號4F
　　　　　電話：+886-2-2917-8022　傳真：+886-2-2915-6275

出版日期　2015年2月　BOD一版
定　　價　320元

Printed in Taiwan

國家圖書館出版品預行編目

荒漠里的人 : 無名氏長篇小説 / 無名氏著. -- 一版. -- 臺
北市 : 釀出版, 2015.02
　　面 ;　公分. -- (釀小説 ; PG1212)
BOD版
ISBN　978-986-5696-74-0 (平裝)

857.7　　　　　　　　　　　　　　　103027572

讀者回函卡

感謝您購買本書，為提升服務品質，請填妥以下資料，將讀者回函卡直接寄回或傳真本公司，收到您的寶貴意見後，我們會收藏記錄及檢討，謝謝！
如您需要了解本公司最新出版書目、購書優惠或企劃活動，歡迎您上網查詢或下載相關資料：http:// www.showwe.com.tw

您購買的書名：_____

出生日期：_____年_____月_____日

學歷：□高中 (含) 以下　　□大專　　□研究所 (含) 以上

職業：□製造業　□金融業　□資訊業　□軍警　□傳播業　□自由業
　　　□服務業　□公務員　□教職　　□學生　□家管　　□其它_____

購書地點：□網路書店　□實體書店　□書展　□郵購　□贈閱　□其他

您從何得知本書的消息？

　□網路書店　□實體書店　□網路搜尋　□電子報　□書訊　□雜誌
　□傳播媒體　□親友推薦　□網站推薦　□部落格　□其他_____

您對本書的評價：(請填代號　1.非常滿意　2.滿意　3.尚可　4.再改進)

　封面設計____　版面編排____　內容____　文／譯筆____　價格____

讀完書後您覺得：

　□很有收穫　□有收穫　□收穫不多　□沒收穫

對我們的建議：_____

_____

_____

_____

11466
台北市內湖區瑞光路 76 巷 65 號 1 樓

秀威資訊科技股份有限公司 　　收
BOD 數位出版事業部

....

（請沿線對折寄回，謝謝！）

姓　　名：＿＿＿＿＿＿＿＿＿　年齡：＿＿＿＿　性別：□女　□男

郵遞區號：□□□□□

地　　址：＿＿＿＿＿＿＿＿＿＿＿＿＿＿＿＿＿＿＿＿＿＿＿

聯絡電話：(日) ＿＿＿＿＿＿＿＿＿＿　(夜) ＿＿＿＿＿＿＿＿＿＿

E - m a i l：＿＿＿＿＿＿＿＿＿＿＿＿＿＿＿＿＿＿＿＿＿＿＿